지금은
행복한
시간인가

박완서
산문집
5

지금은 행복한
시간인가

문학동네

차례

일러두기

* 이 책은 1985년 출간된 『지금은 행복한 시간인가』(자유문학사)를 재편집하였습니다.

* 『표준국어대사전』 및 『고려대 한국어대사전』을 기준으로 한글 맞춤법을 통일하였으나, 많은 부분에서 저자의 표현을 최대한 살렸습니다.

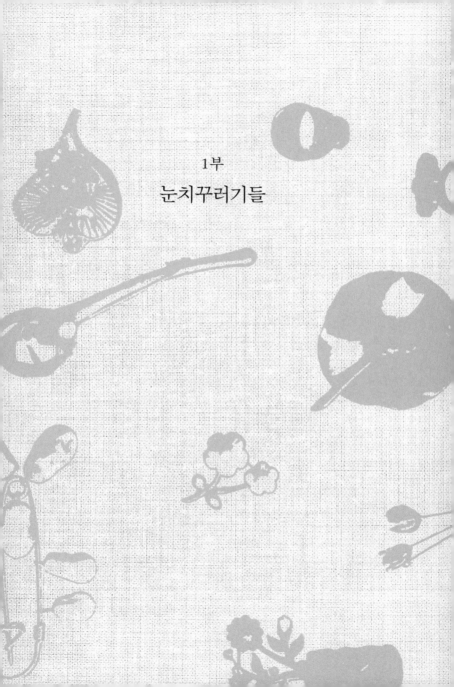

1부

눈치꾸러기들

불망不忘을 위하여

해가 저물어가면서 여기저기서 망년회니 송년 파티니 하는 이름의 모임이 잦아진다. 초청장이 오기도 하지만 친구끼리 무슨 말끝엔가 "우리도 망년회 한번 합시다. 그래요 참, 망년회도 안 하고 해를 넘길 수야 없죠" 하는 식으로 별안간 날짜와 장소를 정하는 수도 있다.

초청장이 온다고 해도 대개는 가도 그만이요 안 가도 그만인 데다. 내가 간다고 해서 그 자리가 빛날 리도, 안 간다고 해서 섭섭해할 사람이 있는 것도 아닌, 그런 모임에 참석해서 촌스러운 구경꾼 노릇을 하는 것도 나쁘지 않다.

아름다운 비단과 모피, 미인을 만나 한층 은은하고 부드럽게 빛나는 진주 목걸이, 미묘하게 흔들리는 귀걸이, 뜬구름

같은 정담, 샴페인 같은 폭소…… 그런 것들을 흠뻑 듣고 보는 즐거움과 귀갓길의 헛헛함으로 잠시 세월의 덧없음을 장식한들 어떠랴.

그러나 그런 모임에 자선이란 장식이 붙는 건 질색이다. 모피와 비단과 보석과 그 밖의 온갖 진귀하고 아름다운 것을 바라보는 기쁨에도 잡념이 섞이고 귀갓길의 헛헛함도 씁쓸하고 아니꼬운 게 되고 만다.

또 너무 극성맞게 먹고 마시고 질탕스럽게 노는 망년회도 어쩐지 싫다. 도대체 그렇게 죽자꾸나 잊어야 할 만큼 큰 괴로움이 우리에게 남아 있기나 한 것일까. 괴로운 일은 많았었다. 우리의 정서에 극렬한 반응을 일으키다못해 하늘의 노여움까지 빌려다 천인이 공노해야 했던 흉악한 사건들이 올해처럼 잇단 해도 없었다. 참으로 끔찍한 해였다. 그러나 더욱 끔찍한 건 우리의 망忘의 습성인지도 모르겠다. 올해의 10대 뉴스에 접하면 그 치 떨리던 분노와 치욕과 비탄이 하나하나의 사건으로 이미 간결하게 정리돼 있음을 본다. 조만간 망의 서랍 속에 간직하기 위해.

그래 그런지 너무 질탕하게 노는 망년회를 보면 지난해의 시름을 잊기 위해서라기보다도 다가오는 새해에 대한 불안을 잊어보려는 필사적인 노력으로 비쳐질 적도 있다. 조지 오웰의 『1984』가 아니더라도 우린 누구나 새해에 대한 막연한 불안을 가지고 있다. 『1984』를 읽지 못한 사람, 심지어는 그런 소설이 있다는 것도 모르는 사람까지도 세상이 이렇게 흉흉해지다간 앞으론 어떻게 될까, 인심이 이렇게 각박해지다간, 생활이 이렇게 편리해지다간 앞으로 어떤 일이 닥칠까 하는 미래에 대한 제 나름의 비관을 하나씩은 갖고 있게 마련이다.

지금 제목은 잊었지만 에드거 앨런 포의 아주 짧은 단편에 이런 게 있었다. 국내에 고약한 악역惡疫이 돌았다. 걸렸다 하면 심한 고통과 함께 반시간 만에 생명을 앗아가는 무서운 전염병이었다. 용감하고 총명하고 부유한 한 성주가 성내의 기사와 귀부인과, 이들에게 충분한 즐거움을 줄 수 있는 악사와 어릿광대와 그리고 넉넉한 양식과 좋은 술을 가지고 외딴 수도원에 은둔했다. 수도원은 외진 곳에 있었을 뿐 아니라 담이 높고 문이 견고해서 방비가 철통같았다. 악역이 스밀 빈틈이 조금도 없는 안전한 곳에서 선남선녀들은 악역의 공포를 잊고 허구한 날 온갖 유락을 즐겼다. 바깥세상의 악역이 점점 더 극성을 떨 무렵 성주는 호화를 극한 가면무도회를 열었다. 사람들은 상상력이 허용하는 한도 내에서 온갖 기발한 가장을 하고 먹고 마시고 춤추었다. 그들의 열락이 절정에 다했을 때 사람들은 그들 중에 너무도 혐오감을 일으키는 가장을 하고 있는 이를 발견하고 비명을 지른다. 그는 죽음의 얼굴로 가장을 하고 죽음의 의상을 입고 있었다. 죽음을 피해 온 이들에게 모욕과 충격을 준 이런 가장에 격분한 성주가 그에게 검을 빼들었지만 죽어 넘어진 건 성주였다.

그때야 사람들은 그의 정체가 그들의 환락의 장소에 소리 없이 스민 악역이란 걸 깨닫는다. 사람들은 하나하나 죽어 넘어지고 성내엔 다만 퇴폐와 허무만이 남는다는 줄거리다. 이 이야기와 『1984』를 겹쳐놓으면 하나의 생생한 지옥이 된다.

그렇더라도 망년회는 즐겁다. 가도 되고 안 가도 되니까 즐겁다. 간혹 누가 왜 안 오냐고 챙겨줘도 핑계에 궁하지 않아서 좋다. 집이 비어서 못 간다고 할 수도 있고 겹쳐서 못 간다고 할 수도 있다. 더 좋은 건 식구들이 제각기 이런저런 이름의 망년회에 가서 혼자서 집을 보는 일이다. 혼자서 곰곰 올해를 그래도 살맛나게 했던 잔다란 기쁨들을 주워올려보면 저절로 미소가 번지게 된다.

대개는 가족끼리, 이웃간에, 친구 사이에 정에 얽힌 작은 기쁨들을 잊지 않고 챙겨보면 높고 높은 성채보다는 한결 든든하게 미래의 불안을 덜어준다.

세모歲暮의 호숫가에서

우리 동네엔 호수가 있다. 내가 아무리 호수 자랑을 해도 사람들은 믿으려들지 않는다. 대단위 아파트가 밀접한 지역 내에 호수라니, 기껏해야 풀이나 웅덩이겠지, 이러는 눈치다.

우리 동네 사람들 중에도 호수에 대해 전혀 모르는 사람이 더러 있다. 어디 갔다 오느냐고 묻는 이웃 사람에게 나는 제법 싱그럽고 씩씩하게 조오기 호숫가를 산책하고 오는 길이라고 대답했더니, 그 사람은 나의 정신 상태를 의심하는 듯 야릇한 얼굴을 하고 꽁무니를 빼버리는 걸 본 적도 있다.

이렇게 알려지질 않아서인지 둘레가 10리는 됨직하고 모양이 호리병처럼 재미있게 생긴 이 인공의 호숫가에는 주위의 인구밀도에 비해 별로 사람이 없다. 어떤 때는 기나긴 호숫가가 사람의 그림자라곤 없이 텅 비어 있을 적도 있다. 나도 흙이나 풀숲을 밟으며 호숫가를 산책하는 게 소원이지만 호숫가는 시멘트로 단단하게 콘크리트를 쳐놓았으니 그럴 수도 없는 일이다. 시멘트 바닥이 산책하기는 좀 불편하더라도 아이들이나 젊은이가 자전거를 타고 달리면 얼마나 보기 좋을까 싶었지만 자전거를 타지 말란 경고판이 붙어 있으니 그 것도 바랄 수 없는 일이다. 나는 또 호숫가에서 어지러운 마음을 쉬며 글씨가 큰 동화책을 읽는 게 소원이지만 호숫가엔 벤치도 나무 그늘도 없으니 그럴 수는 없는 일이다.

그래서 호수는 동네 한가운데 있으면서도 동네 사람들로부터 그렇게 먼지도 모르겠다. 그럼에도 불구하고 호수는 나에게 큰 위안이다. 자주 찾지 않더라도 우리 동네엔 호수가 있다고 생각할 수 있는 것만으로도 위안이 된다.

처음 그 호수를 보았을 때가 재작년 봄날 아침이었다. 호수는 안개 속에 잠겨 있었는데 안개가 걷히면서 어디서인지 무수한 새떼들이 날아와 수면으로 곧장 내려꽂히다가 날개로 물을 차면서 공중 높이 날아오는 게 참으로 보기 좋았다. 나는 곧 그게 제비떼라는 걸 알았고 물 찬 제비란 말은 어려서부터 익히 들어 알고 있었지만 제비가 물 차는 걸 보긴 그때가 처음이었다. 그때 난 품에 어린 손자를 안고 있었는데 아이의 눈도 경탄으로 영롱하게 반짝거렸다. 그 아이가 지금까지 그걸 기억하고 있을 리는 없지만 그 아름다운 광경은 기억보다 더 소중한 무엇이 되어서 그 아이에게 남아 있으리라고 나는 믿고 있다.

오늘도 나는 오래간만에 산책을 나선 길에 손자를 불러내서 호수로 새 보러 가자고 꾀었다. 그러나 아무리 기다려도 새는 나타나지 않고 수면엔 고층 건물의 그림자만 길게 어른거렸고, 2년 전 품안에 들었던 아이는 크게 자라 잠시도 팔다리를 쉬지 않고 뛰고 넘어지고 노래 불렀다. 생각해보니 아무리 날이 따뜻해도 곧 해가 바뀌려는 십이월이 아닌가. 제비떼가 있을 리 없었다.

곧 해가 바뀐다는 사실에 맥이 풀리면서 짐짓 유연하게 남한산성 쪽의 연봉을 바라보려 했지만 어느새 들어선 고층 아파트가 시야를 가로막는 게 아닌가. 이럴 때 할 수 있는 일은 몇 년 만에 공항에 내린 재외교포처럼 발전의 속도에 대한 외마디 경탄의 소리가 고작이다. 하긴 여태까지 살아온 방법이란 게 질주하는 발전을 허둥지둥 뒤쫓고 비굴하게 아부까지 한 게 전부이다.

세상이 많이 발전한 건 사실이지만 내가 꿈꾼 세상은 결코 아니었다는 절절한 비감이 가슴을 저리게 하는 것도 세모 때문일까. 나는 저런 마음을 달래기 위해 손자에게 '사랑해' 장난을 하자고 졸랐다. '사랑해' 장난이란 내가 아이에게 팔을 크게 벌리고 '사랑해'라고 외치면 아이는 될 수 있는 대로 멀리 뒷걸음질쳤다가 한달음에 달려와 가슴에 왈칵 안기면서 목을 끌어안는 장난이다. 집에선 기껏 마루나 방의 길이만큼밖에 못 달려오지만 호숫가에선 한껏 멀리 뒷걸음질쳤다가 달려올 수가 있다.

나는 멀리멀리 물러난 아이에게 "사랑해, 사랑해"라고 목청껏 외쳤다. 아이는 힘껏 달려오기 시작했다. 부드럽고 긴 머리를 휘날리며 힘차게 달려오는 아이는 아름답고 큰 새 같기도 하고, 눈부신 불꽃 같기도 했다. 마침내 아이가 내 품에 뛰어들었다. 나는 아이의 동물적인 고소한 냄새와 식물적인 향기로운 냄새를 동시에 맡으며, 아이의 듬직한 체중에 비틀댔다. 그러나 이런 아찔한 행복감도 발전이란 것이 마련하고 있는 것에 대한 두려움을 지우진 못했다. 발전이란 게 계속 이런 속도로 질주만 하다간 이 아이가 주역이 될 21세기의 세상의 모습은 어떨는지, 무엇이 남아 있고 무엇이 없어졌을지, 그때도 사람에게 꿈이란 게 있을지, 그때 세상에도 사랑이란 말이 살아 있을지 그것조차 예측할 수 없다니 현재의 삶은 또 얼마나 황당한가. 그 황당함 때문에 더욱 큰 소리로 "사랑해"를 외치고 있는지도 모르겠다.

화창한 세상

　어떤 거대하고 으리으리한 빌딩 로비에서였다. 한 중년의
신사가 여러 명의 초로의 신사를 뒤에 거느리고 엘리베이터
앞으로 가는 게 보였다. 그들은 곧 엘리베이터를 타고 사라졌
지만 그 잠깐 동안에 본 그들의 모습은 매우 인상적이었다.
　중년의 신사는 머리끝서부터 발끝까지 일관되고 있는 위
엄과 아무나 닥치는 대로 깔아뭉갤 듯한 안하무인의 시선으
로 미루어 사장님보다 한 단계 높은 회장님쯤으로 보였고, 쩔
쩔매며 뒤따르고 있는 신사들은 진득한 연륜으로 보거나 훌
륭한 복장으로 보거나 중역진으로 봐서 틀림이 없을 것 같았
다. 중역이 사장이나 회장한테 저렇게까지 굴어야 하는가 싶
을 만큼 뒤따르는 신사들은 하나같이 아부와 비굴이 몸에 배

있어 차마 바로 보기가 민망할 지경이었고, 한편 우리네 가장이 밖에서 겪는 사회생활의 굴욕적인 일면을 훔쳐본 듯 가슴속이 찡하기도 했다.

마치 고층 빌딩의 층수만큼이나 위로도 한이 없고 밑으로도 한이 없는 우리 사회의 상하관계가 꼭 그런 방법으로밖에 유지될 수 없는 것일까, 하긴 밥줄이 달린 일인데 어쩌겠는가, 라고 간단히 체념할 수도 있다. 우린 자고로 '목구멍이 포도청'이란 말로 밥줄을 위해선 철조망 밑을 기는 것 같은 절대적인 비굴까지도 합리화해왔다. 자신과 가족의 목숨이 달린 밥줄은 과연 중요하다. 신성하기까지 하다. 그러나 중역은 사장이, 과장은 부장이, 계장은 과장이, 청소부는 청소 감독이 먹여 살리는 건 아니지 않은가. 청소부는 그가 맡은 바 그의 직책이, 과장은 과장의 일이 그를 먹여 살린다고 생각하면 각자 좀더 떳떳할 수도 있지 않을까. 청소부가 청소를 특별히 게을리하고 있지 않는 한 감독한테 비굴하게 아부할 필요는 없을 테고 더군다나 회장님이 지나간다고 해서 혼비백산, 벌벌 떨 필요도 없겠다. 비록 각자 맡은 바 일의 중요성의 경중에 따라 직급의 높고 낮음은 있을망정 일을 한 대가로 먹고 사는 입장은 서로 동등하다.

직급의 높고 낮음이 있는 한 그 위계질서를 위해선 의연한 윗사람 노릇과 아랫사람의 윗사람에 대한 존경심은 마땅히 있어야 하는 것이겠지만, 내가 빌딩 로비에서 목격한 상하관계는 그런 것하고는 거리가 먼 것이었다. 마치 코미디의 한 장면처럼 아부와 비굴의 극치를 보여주던 그 초로의 중역이 잠깐 윗사람의 권위가 미치지 않는 곳, 이를테면 화장실 같은 곳에서 홀로 기를 펴게 되었을 때, 그가 할 수 있는 것은 무엇일까. 아마 '내 더러워서……' 하는 욕지거리가 고작일 것이다. 만약 그곳을 나오다 아랫사람을 만난다면 무슨 트집이든지 잡아 쩔쩔매는 꼴을 보고 싶어할 테고 저녁에 집에 돌아와선 아내나 아이들에게 터무니없는 허세를 부리고 싶어할 것이다.

이렇게 표리가 부동한 건 결코 존경이 아니다. 또 남을 존경함으로써 자신의 자존심이 상하는 것도 진정한 존경은 아니다. '내 더러워서……'라는 욕지거리가 목구멍에서 가래처럼 끓는 걸 참고 떠는 아양과 존경을 구별 못하는 윗사람은 참으로 어리석다. 또 세상이 온통 그런 코미디 같은 상하관계로 이어졌다고 생각하는 건 매우 우울한 노릇이다. 우리를 먹여 살리고 우리의 안전을 지켜주는 능력이 자기 밖의 어떤 가공의 힘에 있다고 믿고 거기 무조건 빌붙고 아부하는 기술이 근래에 더욱 발달하고 세련되어 '목구멍이 포도청' 정도를 지나 가히 우상숭배의 경지까지 이르지 않았나 싶다. 그러면서도, 아니 그럴수록 우리는 보다 나은 세상에 대한 적절한 갈망을 버릴 수가 없다.

우리가 모두 굶주리고 헐벗었을 때 꿈꾼 보다 나은 세상은, 일만 하면 배부르고 등 따실 수 있는 세상이었다. 이제 우린 열심히 일만 하면 배부르고 등 뜨실 수 있는 정도는 보장된 세상이 됐다고 믿으면서도 보다 나은 세상에 대한 갈망은 오히려 헐벗고 굶주렸을 때보다 더하면 더하다.

우상을 섬기지 말아야 하는 건 기독교 정신일 뿐 아니라 민주주의의 정신이고, 보다 나은 세상에 대한 갈망이란 바로 참으로 그리고 골고루 민주적인 사고와 생활 방법에 대한 갈망이 아닐까. 이제 겉모양이 드높고 내부 장치가 으리으리한 고층 건물만 가지고 근대화를 뽐낼 게 아니라 그 속에 근대적인 정신을 담을 때도 되지 않았나 싶다.

소문과 법도

아침 일찍 친구로부터 전화를 받았다. 딸의 결혼 날짜를 며칠 앞둔 그 친구는 매우 근심스러운 목소리로, 시어머님께 드릴 패물까지는 미처 생각을 못했는데 요샌 그런 것까지 마련해야 한다고들 하는데 그게 정말이냐고 물어왔다. 친구는 정말 그런 걸 해주고 싶어서가 아니라 그렇지 않다는 위로의 말을 듣고 싶은 눈치였다.

나는 친구를 위로하기 전에 화부터 났다. 친구에게가 아니라 그 전날 방영한 텔레비전 프로를 포함해서 매스컴들이 요새 일제히 떠들어대는 호화 혼수에 대한 보도 태도에 대해서였다. 그 전날 방영한 텔레비전 프로만 해도 힘들여 취재한 흔적이 역력했고 그 목적이 결혼 풍습을 바로 잡자는 데 있다는 건 의심할 여지도 없었다. 혼수를 최소한도로 줄여서 결혼하고도 지금은 없는 것 없이 행복하게 사는 부부도 비춰주었다. 그러나 시청자의 머리에 나중까지 남는 것은 그 엄청난 호화 혼수이고, 그걸 못해 파탄에 이르는 불행이었다. 호화 혼수를 비판하고자 만든 프로가 호화 혼수에 대해 보통 사람은 모르고 있던 것까지 가르쳐주고 되레 그걸 조장하는 역효과를 가져올 수도 있었다.

집집마다 나이 지긋한 어른이 안 계셔서인지, 또는 어른의 권위가 예전만 못해서인지, 요새는 혼례에 있어서도 집안 특유의 법도가 거의 없어져가고 있다. 가풍뿐 아니라 지방색까지도 희미해지면서 법도 대신 요새는 다들 이만저만한다더라, 아무개네는 이러저러하게 했다더라 하는 소문이 판을 치고, 의식적이건 무의식적이건 간에 소문에 의지해서 혼례를 치르게 된다. 한두 번이라도 혼례를 치러본 사람은 다 아는 일이지만 그 소문의 근원지는 어이없게도 몇몇 이름난 주단가게, 귀금속상, 예식 대행업자들이다.

경제 제일주의의 세상답게 신성한 결혼의 법도까지 상인들이 쥐고 있는 셈이다. 그러나 소문을 퍼뜨리는 데 있어서는 상인도 매스컴의 위력을 당해내진 못한다. 매스컴의 눈이 요새 결혼 풍습을 한번 짚고 넘어가야 할 지경에 이르렀다고 판단했다면 최소한도 못된 소문을 퍼뜨리는 데 가세하진 말아야겠다는 책임감 먼저 가졌어야 될 줄 안다. 또 호화 혼수를 이왕 다루려면 공평해야지 왜 그렇게 편파적인지 모르겠다. 예전부터 사돈 간에 오가는 것은 저울로 단다는 말이 있다. 그만큼 많이 받으면 많이 해줘야 된다는 뜻도 되지만 사돈끼리 생활 정도가 기울 때는 잘사는 쪽에서 못사는 쪽에 부담을 주지 않도록 혼수의 양을 스스로 삼가야 한다는 점잖은 뜻도 포함돼 있었다. 그런데 요새 매스컴이나 사회단체에서 우려하고 즐겨 다루는 호화 혼수가 여자 쪽에만 국한되다보니 남자는 맨손으로 장가드는 것처럼 되고 말았다. 실제로는 남녀가 거의 비슷한 비용이 드는 결혼 비용을 이렇게 편파적으로 보도함으로써 남자는 정말 맨몸으로 장가들기를 꿈꾸게 되고 상대적으로 여자 쪽의 부담만 늘까봐 걱정이다. 피차 맨몸으로 결혼하기를 꿈꾼다면 좋은 일이다. 요즘 세상에 그건 얼마나 신선하고 기특한 꿈인가. 그러나 자기는 맨몸이 돼 상대방이 없는 거 없이 갖춰놓은 대로 살짝 입주만 하기를 꿈꾼다면 그건 매우 염치없는 허욕이 된다. 결혼 풍습에 대한 그릇된 소문들은 이런 변변치 못한 남자의 허욕을 부추길 뿐만이 아니다. 요새 우리 주변에서 눈에 띄게 늘어나는 처가 의존적인 유약한 남자들이나 '딸 낳은 죄인'이란 신부측의 복고적인 한

탄도 그런 그릇된 소문과 무관하지 않으리라.

여기서 여러 번 그릇된 소문임을 강조한 것은 요새 보통 사람들이 행하고 있는 결혼의 실상은 소문처럼 그렇게 분별 없는 게 아니기 때문이다. 내가 알고 지내는 그만그만하게 사는 보통 사람들은 소문에 신경을 쓰면서도 결국은 제 분수대로 혼사를 치른다. 분수를 넘어 기둥뿌리가 휘청한 사람도, 빚을 진 사람도 보지 못했다. 간혹 그릇된 소문만 믿고 과다한 걸 요구한 신랑과의 혼담을 없었던 것으로 한 용감하고 똑똑한 신부가 주위의 따뜻한 격려 속에 얼마든지 새롭게 행복해지는 것도 보아왔다.

매스컴의 막강한 힘은 소문의 광범위한 전파력에도 있지만 극히 일부의 일을 마치 전체적인 사건인 양 착각하게 하는 데도 있다. 그렇다고 요새 매스컴에서 다투어 그 일을 집중적으로 다루는 게 인간의 가치를 곧장 물질로 환산하려는 끔찍하고 천격스런 세상이 오고 있음에 대한 적절한 경고라는 것까지 부정하는 건 아니다. 다만 헛소문과 착시에 현혹당하지 않는 것도 그런 세상에 저항하는 한 방법이라는 걸 말하고 싶을 뿐이다.

잃어버린 우리 동네

　눈이 피곤할 때나 할 일이 없어 심심할 때 창밖을 보면 멀리 성남 쪽의 산들이 바라보였다. 공기가 자욱해서 가까운 산만 보일 적도 있었고, 산너머 산, 그 산너머 또 산까지 보일 만큼 공기가 투명한 날도 있었다. 창가에서 먼 산을 볼 수 있다는 건 나에게 큰 위안이었다. 그러나 길가로 면한 얼마 안 되는 공터에까지 아파트가 들어섬으로써 나의 창가의 이런 위안마저도 빼앗기고 말았다. 이제 내 창가에서 볼 수 있는 건 온통 아파트뿐이다. 앞에도 좌우에도 멀리에도 가까이에도 첩첩한 아파트의 숲이다. 어떤 때는 내 눈에 그게 엄청난 돈더미로 보인다. 저건 1억 원 뭉치를 쌓아놓은 거, 저건 5천만 원 뭉치를 쌓아놓은 거, 하는 식으로 곱셈을 하다보면 머

릿속에서 0이 수도 없이 새끼를 치고 혼란을 일으켜 도저히 감당을 못하게 된다. 그런 계산이야말로 사람의 머리가 할 짓이 아니라 전자계산기라는 그 앙증맞고 요망한 기계나 할 일이란 생각이 절로 난다.

요새 이 근처에선 이름난 건설업체가 짓는 아파트 분양이 몇 차례나 있었고, 회가 거듭될수록 그 인기의 도가 지나쳐 투기의 조짐이 뚜렷해지고 있다. 단독주택을 팔고 처음으로 아파트를 사볼까 하고 번번이 분양 신청을 했다가 떨어진 나의 친구는 그때마다 '미쳤어, 다 미쳤어' 하고 한탄을 하곤 했다. 그게 무슨 소리냐고 물어보면, 한 번만 그 회오리바람 속에 들어가보면 너도나도 다 미쳤다는 걸 곧 알게 된다고 했다. 그 친구 엊그저께 또 한번 떨어지더니 미쳤다는 한탄 대신 이제 아파트만 보면 현대판 '소돔'과 '고모라'의 성을 보는 것 같아 거저 줘도 안 살기로 했다고 했다. 그 친구 어지간히 지치고 화도 났겠지만 '소돔'과 '고모라'의 성은 좀 지나친 비유다 싶었다면 나 역시 오래돼 한물간 아파트일망정 아파트의 주민이기 때문이었을까. 그렇지만 그게 아니라고 변명할 성의도 없었다. 아파트란 데는 외부의 비난에 대해 감싸고 변명할 만큼 정이 들지는 않는데다 아무리 오래 살아도 그 편리에 길들여졌을 뿐 정이 들지는 않는다. 아파트에 살면 우선

'우리 동네'라는 그 정겨운 말을 잊어버리게 된다. 아파트는 결코 '우리 동네'가 아니다. '우리 동네'엔 더불어 사는 이웃끼리의 온갖 귀살스러운 흉허물과 함께 곰삭은 정이 서려 있지만, 아파트엔 몇 평짜린가와 웃돈이 얼마나 붙는 단지인가 하는 환금성의 다소가 있을 뿐이다.

아파트에만 끈질기게 붙어다니는 웃돈을 프리미엄이라고 하고 프리미엄 하면 누구나 복부인을 연상한다. 내 집 마련을 위해, 또는 내 집을 몇 칸 늘리기 위해 근검절약해본 사람이라면 1970년대 복부인의 전성시대를 어찌 잊을까. 우리가 복부인을 옳지 않게 보는 건 돈을 많이 벌어서가 아니다. 힘 안 들이고 엄청난 돈을 벌었기 때문이요, 그 옳지 못한 방법 때문이다. 그 방법에 따라 주택정책은 춤을 추었고, 내 집 마련의 꿈은 무참히 짓밟혔고, 모든 물가는 덩달아 뛰었다. 그건 걷잡을 수 없는 광풍이었다.

이 거액의 불로소득 프리미엄은, 비단 집 장만하려는 사람뿐 아니라 열심히 일해서 겨우겨우 사는 대다수 서민들의 근면 성실한 생활에 대한 중대한 모욕이 되었고, 자칫하면 그들의 도덕적인 마비까지 가져올 뻔했다.

정부가 그걸 없애야겠다고 생각한 건 당연하다. 그걸 없애기 위한 새로운 주택정책이 소위 채권 입찰제라는 현행 제도

다. 그러나 채권 입찰의 현장을 한번 구경이라도 하고 나면 내 친구의 '미쳤어, 다 미쳤어' 소리가 결코 지나친 말이 아니란 걸 알게 된다. 복부인 시절보다 훨씬 더한 투기판이다. 복부인과 중개업자가 실수요자보다 몇 갑절 붐비고 헛소문과 눈치가 난무하고 돈이 돈 같지가 않다. 그들은 채권에다 또 웃돈을 얹어먹을 궁리를 하니 집값은 그만큼 더 올라갈 수밖에 없다.

때로는 떡고물이 떡보다 클 적도 있다. 그럼 힘 안 들이고 떡을 먹는 이는 누구인가. 채권 입찰제라는 게 별게 아니라, 정부가 1차 프리미엄을 먹는 제도라고 볼 수밖에 없다. 프리미엄이란 돈은 여태까지 숱한 서민들을 울리고 원한을 산 옳지 못한 공돈이다. 복부인과 함께 부도덕의 상징처럼 되어 있다. 그런 옳지 못한 방법으로 생기는 돈이라면 정부가 먹어서는 안 된다고 생각한다. 정부란 부정한 걸 엄벌할 권한을 가진 곳이다. 그 권한이 참다운 힘을 갖기를 바라는 마음이기에 더욱 그렇게 생각한다. 정부의 그런 권한이 참다운 힘을 잃고 우습게 보인다면 그건 국민의 과반수가 부패하는 것보다 더 무서운 일이 아닐까. 우리나라가 참 잘돼간다는 긍정적인 생각을 갖고 싶기에 더더욱 주택정책이 바로잡혀지기를 바라는 마음 간절하다.

눈치꾸러기들

　며칠 전 출가한 딸로부터 아파트 분양 신청을 해달라는 부탁을 받았다. 직장 관계로 본인이 직접 할 시간이 없었기 때문이다. 나는 그애들이 집을 늘리려는 게 신통하고 대견해서 쾌히 승낙했다. 늘린다고 해봤댔자 2백만 원 청약 예금을 해놓고 기다린 서민주택 규모의 작은 아파트지만 어쨌든 나는 매우 기분이 좋아서 우선 모델하우스를 먼저 보러 갔다. 모델하우스 근처는 무슨 박람회장을 연상시킬 만큼 많은 사람들로 붐비고 있었고 까닭 없이 들떠 있었다. 그야말로 인산인해였다.

　극장 구경을 가서도 만원이면 미리 재미있으려니 싶은 것처럼 모델하우스에도 사람이 많으니까 인기가 있는 것 같아

싫지가 않았다. 그러나 내부까지 사람들이 빽빽이 들어차 방이고 부엌이고 욕실까지도 도저히 비어 있는 상태대로 바라볼 수 없다는 건 여간 고역스러운 일이 아니었다. 더욱 기막히는 건 그 많은 구경꾼의 반 이상이 집을 사려는 사람이 아니라 부동산 소개업자들이라는 거였다. 구경꾼은 이동하고 빠져나가지만 업자들은 한자리에 모여서 서성이니 사람이 많을 수밖에. 중개업자들은 사람들을 더욱 붐비게 할 뿐 아니라 사람들에게 끊임없이 명함을 나누어주었다. 중개업자를 통하지 않고 아파트 시공업체와 직접 거래를 하려고 청약 예금을 들었거늘 왜 그 자리에 그렇게 많은 중개업자가 끼어 법석을 떠는지 알 수 없는 일이었다. 처음엔 주는 대로 명함을 받다가 나중엔 주체할 수 없어 받지 않았더니 코트 주머니에 쑤셔 넣어주는 이가 있는가 하면 뒷면에 끈끈이가 붙은 특수 명함을 날쌔게 핸드백에 붙여주고 달아나는 업자도 있었다. 중개업자들은 하나같이 어쩌면 그렇게 미끈하고 잘생기고 민첩하고 영리한 젊은이들인지. 그들에 의해 이미 장악된 분야에서 그들이 부릴 수 있는 농간에 대해 슬그머니 두려운 생각이 들었다.

집에 돌아와 명함을 세어보니 자그마치 마흔네 장이나 되었다. 그리고 곧 그 명함의 필요성에 부닥치게 되었다. 은행에 가서 청약을 하기 전에 채권은 얼마나 사겠다고 써넣어야 하나를 결정해야 하는데 의논할 데는 그 방면에 전문가인 그들밖에 없었다. 명함에 박힌 전화번호를 돌려 문의했더니 어제만 해도 2백만 원쯤만 써넣어도 될 줄 알았는데 오늘은 사태가 달라져 4, 5백으로 뛰었다고 했다. 그러나 은행 마감 시간은 아직 멀었고 그동안에 시세는 자꾸 변할 테니 기다리라고 하면서 지금 30여 명의 직원이 시내 주택은행에 고루 퍼져서 정보를 수집하고 있다고 했다. 우리가 아직도 복덕방이라고 부르는 중개업에 직원이 30여 명이라니 부동산 투기 억제 대책 이후 그들이 서리를 맞기는커녕 한층 성업중인 걸로 보였다. 과연 그들은 시시각각 상승하는 채권 입찰액을 가르쳐주었고 은행 마감 시간 임박해서는 1천2백만 원까지 치솟았다. 주택은행 창구 주변의 눈치작전은 한층 치열했다. 누가 실수요자고 누가 가수요자고 누가 중개업자인지 분간할 수 없는 가운데 소문과 정보가 난무하고 초조하게 어깨너머로 남의 입찰액을 엿보고 거기다가 10만 원, 20만 원을 보태서 써넣는 사이에 입찰액은 터무니없이 불어났다. 이건 투기 억제가 아니라 정부가 투기에 뛰어들어 1차 프리미엄을 먹자는 수가 아닌가 하는 불손한 생각이 다 들 지경이었다. 나는 결국 딸과 의논해서 그애가 마련할 수 있는 최대한의 액수를 써넣은 게 고작 4백만 원이었다. 그날 밤 정보를 제공해주던 중개업자는 다시 전화를 걸어 내가 써넣은 액수를 묻고는 커트라인이 1천3백50만 원은 될 거라면서 틀림없이 떨어질 것을 예고했다. 그리고 이렇게 덧붙였다.

"싸모님, 보아하니 싸모님이 3천만은 굴리시나본데 뭣하러 아파트를 하세요, 땅을 하시지. 싸모님, 저하고 한번 손잡아보세요. 두세 달 만에 3천만 원을 1억 만들어드릴 테니. 1억이라니까요."

솔직히 말해서 그의 1억의 유혹은 집요하고도 감미로웠다. 지금은 요堯의 시대가 아니고 더구나 나는 허유許由가 아니므로 귀를 씻기는커녕 그 감미로운 여운에 한동안 탐닉했다.

그러고 나서 비로소 잠에서 깬 것처럼 맹렬한 분노를 느꼈다. 선량한 백성이 유혹과 악에 빠지기 알맞게 마련된 제도적 장치에 대하여, 머지않아 예비고사 성적이 발표되고 원서 접수가 시작되면 각 대학 창구마다 또 한차례 눈치와 정보가 만발하리라. 이러다간 눈치에만 통달한 천박한 간지奸智가 국민적 표정이 될까봐 겁이 난다. 개인의 40세 이후의 용모에 대해선 각자가 스스로 책임져야 한다지만 한 나라 국민의 공통의 표정에 대해선 과연 누가 책임을 질 것인지 성난 소리로 묻고 싶다.

전동차 안의 지혜

내가 사는 동네는 잠실이다. 나는 내가 사는 동네뿐 아니라, 나의 집까지를 잠寢 실房이라고 부른다. 도심과의 먼 거리 때문에 늦게 들어와 겨우 잠만 자고 또 일찍 나가는 식구들을 비꼬는 농담 삼아 그렇게 부른다.

우리 동네엔 우리집처럼 잠자기 위한 방들이 고층으로 싸인 단지들이 도처에 있다. 그 잠실이, 근래에 전철 2호선이 곧장 도심까지 연장됨으로써 감각으로 느끼는 거리가 믿을 수 없을 만큼 가까워졌다. 그렇다고 별안간 잠자는 방 신세를 면한 건 아니지만. 명동이나 소공동쯤에서 얼씬거리면서 집을 바로 지척에 둔 것처럼 느끼는 맛도 괜찮고, 택시값이 올라도 조바심할 필요가 없어서 좋다. 교통 체증에 걸릴 걱정이 없을 뿐더러 민반공 때도 멈추지 않고 운행하는 유일한 교통수단이니 어떤 경우에도 시간 약속을 지킬 수가 있으니 또한 좋다.

그러나 사람의 욕심은 한이 없다던가. 2호선 구간이 연장되기 전만 해도 나처럼 출퇴근 시간을 피해 이용하는 사람은 영락없이 앉아서 갈 수 있었는데 요샌 대낮에도 어림없다. 신설동 쪽으로 가는 손님이 갈아타려고 많이 내리는 성수역에서도 자리를 못 잡으면 꼬박 서서 갈 수밖에 없다. 앉고 싶으면 누가 과연 성수역에서 내릴까를 눈치봐서 그 앞에 붙어 서 있어야 된다.

언젠가 주책없게도 나는 우리 아이들에게 어떡하면 성수역에서 내릴 사람을 미리 가려낼 수 있나에 대해 자문을 구한 적이 있다. 한 아이가 말하기를 옷차림이 세련된 사람보다는 수수한 사람이 성수역에서 내릴 확률이 높다고 했다. 다른 아이는 그게 아니라 젊은 사람보다 나이든 사람이 더 많이 성수역에서 내린다고 했다. 그럴싸하게 들렸다. 나는 별난 비법이라도 전수받은 양 즉각 써먹어보았지만 결과는 신통치 않았다. 어떤 게 수수하고 어떤 게 세련된 건지 가려낼 수 있는 내 안목부터가 별로 믿을 만하지 않았고 노소로 가려낼 수 있는 방법은 순 엉터리였다.

며칠 전에 있었던 일이다. 앉기 위해 눈치보는 일을 숫제 안 할 작정이었는데 저만큼에 앉은, 한눈에 옷차림이 세련된 부인이 커다란 핸드백을 열고 장갑을 꺼내 끼는 게 보였다. 나는 속으로 옳다구나 저 부인이 곧 내리겠구나 싶어 그 앞으로 주춤주춤 다가가 섰다. 하나 다음 역에서 그 부인은 내리지 않았고, 다시 장갑을 벗더니 핸드백을 뒤졌다. 나는 실망하지 않고 부인이 차표를 찾겠거니 했다. 이윽고 부인이 꺼낸 건 차표가 아니라 껌이었다. 껌을 씹으면서 다시 장갑을 꼈다. 부인이 이렇게 나에게 희망과 실망을 번갈아주는 새에 또 몇 정거장을 지났다. 부인이 또 장갑을 벗더니 손을 쥐었다 폈다 가벼운 손운동을 시작했다. 다음엔 주먹으로 어깨를 콩콩 두드리기도 하고 허리를 비틀기도 하고 어깨를 으쓱으쓱하기도 했다. 요가 같기도 하고 맨손체조 같기도 한 이런 동작조차도 내 눈엔 곧 내려서 걸어가기 위한 준비운동처럼 보였다. 이렇게 부인의 자리에만 눈독을 들이고 있는 동안에 마침 부인의 옆자리가 났다.

그러나 나보다 먼저 냉큼 부인이 그 자리에다 자기의 그 큰 핸드백을 내려놓더니 좀더 자유롭게 온몸운동을 하는 것이었다. 어느새 전동차는 종착역에 와 있었다. 부인을 흉보려는 게 아니다. 누구든지 한 30분 계속해서 관찰하면 별의별 사람이 다 있다. 지금도 그때 생각을 하면 기껏 10, 20분 앉아

가기 위해 갖은 눈치를 다 본 자신에게 혐오감을 느끼게 된다. 그후 다시는 그런 치사한 눈치 안 보고 느긋하게 서서 갈 수 있게 된 것은 순전히 그 부인 덕이다.

느긋하게 서 있으면 바깥 경치뿐 아니라 차 안에서도 좀더 많은 것을 볼 수 있게 된다. 전동차의 긴 의자도 일곱 명이 앉으면 알맞게 돼 있는데 앉기에 따라서 여섯 명이 앉았는데도 옹색해 보이는 자리가 있는가 하면 여덟 명이 앉았는데도 편안해 보이는 자리가 있다. 한 사람만 무릎을 올려놓고 삐딱하게 앉거나, 짐을 올려놓고 모른 체해도 여러 사람이 불편해지고, 조금씩만 서로 좁혀 앉아도 한 사람을 더 앉힐 넉넉한 자리를 마련해줄 수가 있다. 정해진 자리를 비좁게 쓰느냐 넉넉하게 쓰느냐는 오로지 쓰는 사람들의 태도에 달려 있다.

전동차간에도, 비좁은 땅덩이에서 어떡하면 여러 사람이 더불어 넉넉하게 살 수 있나 하는 방법 같은 게 있건만 전동차 손님이란 아무리 삐딱하게 자리를 차지하고 앉았어도, 이 땅덩이 전체로 볼 땐 최소한의 설자리밖에 못 가진 사람들이다. 하여 전동차 안의 지혜는 고작 전동차 안의 지혜일 뿐임을 면치 못하는가보다.

어떤 양극단

입학이나 졸업철만 되면 여기저기서 수석이라는 게 발표되고 수석은 으레 영광이란 말로 꾸며주게 돼 있다. 그러나 귀한 인재를 일시적인 풍선처럼 소모해버리는 게 아닌가 싶도록 떠들썩하게 다루는 일은 삼가야 할 듯싶다. 모자랄지언정 넘치지 않도록 속으론 많이 대견해하면서 겉으론 짐짓 예사롭게 구는 것도 약관의 영광을 아끼는 한 방법이라고 생각해왔다.

그러나 이번 서울대학의 수석졸업자 안安군은 참으로 예쁘고 대견해서 소리 내어 칭찬해주고 싶은 마음을 어쩔 수가 없었다. 안군이 서울대학이 생긴 이래 최고득점의 수석 졸업자라서가 아니라, 그가 꼽은 가장 존경하는 분이 그의 고등학교 때 선생님인 게 그렇게 예쁘고 대견하게 들릴 수가 없었다.

그동안 우린 얼마나 함부로 외람되게 교사라는 직업을 얕잡고 그들의 자존심을 상처냈던가. 지난번 예비고사 수석이 발표됐을 때만 해도 그들 부모의 직업이 청소부와 교사인 걸 보면서 세상 인심은 한결같이 동정적이었다.

"어쩌면 그 힘들고 어려운 환경에서 자식 하나는 그렇게 잘 길렀을까." 이렇게 말하는 사람들의 의식 속에서 교사직과 청소부직은 아무런 차이가 없는 동격이었다.

직업의 귀천이 없다는 건 좋은 일이다. 그러나 천직賤職이 있어서도 안 되지만 마땅히 각별한 아낌과 존경을 받아야 할 직업이 단지 박봉이란 이유로 그걸 상실하고 딴 박봉의 직종과 동격으로 취급당하는 것은 슬픈 일이다. 그때 더욱 괴이쩍었던 것은 그 영광의 얼굴 중 법관의 집안에서 자란 학생에 대한 유복하고 좋은 환경이란 일반의 단정과 선망이었다.

나는 법관과 교사의 봉급차가 얼마나 되는지 아는 바 없지만 법관이나, 교사나 다 같이 이 사회의 양심의 마지막 보루로서 아낌과 존경을 받아야 하고, 생활은 둘 다 너무 부자여서도 너무 가난해서도 안 된다는 소신 하나는 있었기 때문에 적이 곤혹스러운 혼란에 빠졌다. 그러나 교사를 이렇게 밑바닥 가난뱅이 이상도 이하도 아니게 취급하는 것보다 더 나쁜 교사 취급을 우린 또 얼마나 자주 저질렀던가.

돈봉투와 교사는 우리의 공공연한 스캔들이었다. 돈봉투에 의해 매수되고 짓밟힌 사도를 우려하고 분노하는 소리 때문에 스승의 길은 더욱 고달프고 외로운 뒤안길이 되었다. 교사가 얼마나 돈을 밝히고 돈봉투에 의해 제자를 차별하고 학부모에게 안면을 바꾸나 하는 것은 학교에 보내는 자녀를 안 가진 집에서도 모르는 사람이 없을 만큼 골고루 유포되어 있다.

그러나 그렇게 돈을 밝혀 부자가 된 교사가 과연 몇이나 될까. 우리는 교사와 청소부를 서슴지 않고 동격시할 만큼 교사들의 대부분이 박봉만으로 힘겹게 살고 있다는 걸 알고 있으련만도, 때로는 극히 일부 지역의 극소수 일을 가지고 전체인 양 착각하는 모순된 우愚를 범하고 있다. 더구나 그런 극소수의 추악한 교사상을 우리에게 고자질한 사람들이야말로 돈만 있으면 뭐든지 할 수 있다는 그릇된 생각을 가진 극소수의 추악한 학부모라는 사실을 우리는 잊고 있다. 돈을 직접 건네보지 않고서야 어떻게 돈을 받을 때의 교사의 얼굴과, 돈을 챙긴 후의 교사의 태도 변화를 그렇게 낱낱이 사실적으로 고해바칠 수가 있겠는가.

우린 그동안 이렇게 우리 마음대로 교사를, 돈을 모르는 무능한 가난뱅이 아니면 누구보다도 치사하게 돈을 추구하는 배금주의자라는 양극단에 몰아붙였었다. 그건 결코 그들이 서야 할 자리가 아닌 줄 안다. 그렇담 그들이 진정 서야 할 자리는 어디일까. 그 어려운 질문에 대한 참으로 훌륭한 대답을 이번에 안군이 해준 셈이었다. 그 훌륭한 대답은 서울대가 생긴 이래의 최고 점수보다 몇 배 대견하고 값져 보였다.

그렇다. 우리가 아무리 비열하고 몰지각하게 선생님들을 추하고 굴욕스러운 양극단에 몰아붙였어도 그분들은 의연히 그분들이 마땅히 서야 할 자리를 지키고 있었던 것이다. 뛰어난 제자의 애정 깊은 존경 속에 그분들이 있는 거라면 좌절과 실의에 빠진 제자들의 마지막 희망과 용기 속엔들 어찌 그분들이 계시지 않을까보냐.

내가 아는 여교사 한 분은 교복 자율화로 빈부의 격차가 두드러진 교실에서 너무 헐벗어 위축된 제자들을 위해 여기저기서 옷을 구걸해 손질하는 게 유일한 여가의 일이다. 그분을 알고 있다는 건 나의 영광이요, 기쁨이다.

초중고교 교사들을 그들이 처한 난처한 양극단에서 구해, 마땅히 있어야 할 떳떳한 자리를 내주지 않고서는 아무리 해마다 대학 입시 제도를 뜯어고쳐도 교육은 정상화되지 않을 것이다. 대학 입시는 어디까지나 교육의 한 과정일 뿐 그 자체가 궁극적인 목표는 아니기 때문이다.

고독과 극기

신문에서 이홍열 선수가 골인하는 순간의 사진을 보다 보다 오려서 두었다. 그가 뛰는 걸 보지 못한 건 참 아쉽고 억울한 노릇이다. 마라톤은 내가 유일하게 좋아하고 거의 숭배하는 운동이다. 또 어려서 뜀박질 못해본 사람은 없다는 뜻으로 치면 내가 해본 유일한 운동이랄 수도 있다.

우리 어렸을 때만 해도 괜히 뛰길 잘했다. 운동기구나 놀이 틀, 하다못해 공도 귀한 세상이었기 때문에 땅에 금을 긋고 반반한 돌멩이를 주워다가 사방치기를 하지 않으면 경주할래, 하는 한마디로 주먹을 불끈 쥐고 가슴을 앞으로 내밀고 이를 악물고 멀리 동구 밖까지 뛰어갔다 오곤 했다. 그때 우린 으레 고무신은 벗어던지거나 양손에 한 짝씩 쥐고 맨발로 뛰었다. 고무신이 닳을까봐 아깝기도 했고 오래 신기려고 어른들이 문수를 늘려서 사준 고무신은 으레 칠떡거려서 뛰기에 불편했기 때문이다. 맨발로 뛸 때의 땅과의 친화감을 무엇에 비길까. 그러나 무엇보다도 그 시절 아이들은 손기정을 가지고 있었다. 두메산골 아이들도 손기정 이름만은 알고 있었다.

꼭 어렸을 때의 그런 추억 때문만이랄 수는 없지만 하여간 마라톤은 연습하는 것만 봐도 대견하고 좋다. 선두 주자도 잘나 보이지만 꼴찌 주자도 잘나 보인다. 그 극대화된 고통과 고독과 극기 앞에 무릎이라도 꿇고 싶어진다.

재작년 서울에서 처음 열린 국제 마라톤은 반환점이 우리 집에서 멀지 않았다. 나는 좋은 자리를 맡으려고 일찍부터 나가 길가에 앉아 기다렸었다. 그때 유난히 아름다웠던 것은 어떤 피부색이 검은 선수였다. 그의 뛰는 모습의 자연스러운 유연함은 보는 사람으로 하여금 흑인은 백인보다 아름답다는 탄성을 절로 자아내게 했으며, 아파트의 숲을 잠시 원시의 밀림으로 환상케 했다.

몇 년 전에 본 어떤 꼴찌 주자도 잊을 수 없다. 동아 마라톤이었는데, 그 꼴찌 주자가 골인 지점에 가까워질 무렵엔 이미 차단됐던 교통도 정상화되고 거리의 구경꾼도 흩어진 후였다. 그래도 그는 뛰고 있었다. 승리나 기록을 위해서가 아니라 다만 완주하려고 뛰고 있었다. 나는 그가 사람들의 무관심과 자신의 고독에 못 이겨 골인 지점을 목전에 두고 슬그머니 주저앉을까봐 더럭 겁이 났다. 나라도 그에게 힘이 돼주어야겠다 싶어 염치 불고하고 거리로 뛰어들면서 목청껏 응원을 하기 시작했다. 그러나 그는 내 응원을 못 들었을 것이다. 들었대도 힘을 보탤 수도 델 수도 없었을 것이다. 그의 안중엔 이미 구경꾼도 적수도 없었다. 그가 마지막까지 대결해야 할 적수는 그 자신뿐이었다. 그는 자신과의 싸움에서 결국 승리를 거두었다. 그는 비록 꼴찌로나마 당당히 골인한 것이다. 마라톤이 슬프도록, 무릎 꿇고 싶도록 아름답게 보이는 건 바로 자신과의 싸움을 극한까지 몰고 간다는 데 있을 것이다. 그때의 이상한 감동을 글로 쓴 게 나중에 내 책의 제목이 되기도 한 「꼴찌에게 보내는 갈채」였다.

그러나 꼴찌에게 보내는 갈채란 아무리 해도 좀 쓸쓸하고 억지스러운 데가 있다. 갈채는 뭐니 뭐니 해도 승자의 것이다. 더구나 기록을 경신한 승자에겐 폭죽처럼 아낌없이 화려한 갈채를 보낼 일이다. 그뿐 아니라 그의 이름을 아이들이 우러르고 동경하고 오래 기억할 이름으로 만들었으면 싶다. 그런 분위기 조성은 어른들의 일이다. 아이들은 제각기 좋아하는 야구선수, 축구선수, 농구선수, 권투선수, 씨름선수를 갖고 있게 마련이다. 그리고 야구 경기가 장안의 인기를 끌 땐 야구를 하면서 놀고, 해외 원정 간 축구단의 선전한 소식이 전해지면 단박 축구 놀이를 하게 된다. 그러나 요즈음 아이들이 동경할 수 있는 마라톤 선수는 없었다. 따라서 뜀박질하는 아이들을 볼 수가 없다. 그 예쁘고 잘 만들었다는 선전이 요란한 비싼 신발을 신고도 뛸 줄 모른다. 아이들이 여남은 명되는 유치원에서도 봉고차라도 한 대 사서 아이들을 실어나른다. 뛰기는커녕 걷지도 않는다. 아침마다 뛰는 사람은 하나같이 나이들고 살이 뒤룩뒤룩 찐 어른들뿐이다.

아이들이 뜀박질하는 걸 보았으면 참 좋겠다. 그 유명 메이커 신발끈을 질끈 동여매고 뛰면 좀 좋을까. 예쁘고 잘 만든 신발도 거추장스러워 벗어던지고 맨발로 뛰는 악바리 어린이가 있었으면 더욱 좋겠다. 그런 악바리들의 발을 보호하려고 거리를 쓸고 일요일 하루쯤 동네로 들어오는 길에 자동차도 못 들어오게 하는 극성 엄마들도 생겼으면 좋겠다. 이번에 이홍열 선수가 15분 벽을 깬 것을 계기로 마라톤 중흥의 소리가 높은데 마라톤 중흥 계획이야말로 정말 마라톤식이어야지 않을까. '로스앤젤레스'니 '88'이니, 그야말로 팔팔 뛰면서 조급하게 굴 게 아니라 길게, 지금의 아이들을 겨냥한 장기적이고 꾸준한 계획이 아쉽다.

바보상자가 가장 바보스러울 때

집에서 살림만 하는 내 친구들은 내가 글줄이나 쓴다고 텔레비전 같은 건 안 보는 줄 안다. 그래서 재미가 있었던 연속극 얘기나 거기 나온 연기자에 관한 소문을 화제 삼을 때는 저희끼리만 지껄이고 나는 안 끼워준다. 그러나 나는 텔레비전을 많이 보는 편이다. 천연색에 밀려난 작은 흑백텔레비전은 숫제 부엌에다 놓아두고 설거지하면서도 보고 콩나물 다듬으면서도 본다. 텔레비전 앞에 편안히 턱 쳐들고 앉아서 보는 것보다 이렇게 대강대강 훔쳐보는 게 훨씬 더 재미있다. 그렇다고 모든 프로를 그렇게 대강대강만 보는 것이 아니고 저녁 반찬 뭐 해 먹을까가 아침부터 걱정이 될 때는 메모지까지 들고 앉아 심각하게 요리 강좌를 시청하기도 한다.

그러다가도 무엇에다 무엇을 넣고 '저으라'는 소리를 '젓으라'라고 발음하는 게 귀에 거슬려 정작 요리 순서는 못 따라가기가 일쑤다. 요리 강좌니까 '저으라'는 말을 써야 할 때가 많은데 그 예쁘고 깔끔한 선생님은 1년 전이나 1년 후나 한결같이 '젓으라'라고 해서 나의 배움을 옆길로 새게 한다. 역시 텔레비전이란 정식으로 판을 차리고까지 볼 것은 못 된다 싶기도 하다.

일껏 저녁을 다 지어놓은 후에 식구들로부터 저녁 먹고 들어간다는 전갈이 속속 들어올 때가 있다. 그 텅 빈 시간엔 책을 읽거나 음악을 듣느니보다는 텔레비전을 보는 게 제격이다. 코미디 프로라면 더욱 좋다. 나는 워낙 웃기를 좋아하기 때문에 코미디 프로를 좋아한다. 더군다나 그런 텅 빈 시간에 찾아오는 코미디언들은 반갑다기보다는 사랑한다고 말해주고 싶다.

"코미디요? 그 저질 말이죠?" 점잖은 사람들은 이렇게 말하기를 좋아한다. 나 역시 코미디를 고질이라고 생각해본 적은 없다. 나 역시 그것을 마음놓고 저질이라고 말할 수 있어서 좋아하는 건지도 모르겠다. 우리의 실지의 삶은 아무리 저질스러워져도 맞대놓고 감히 저질이라고 말하진 못한다. 누구나 누워서 침을 뱉지 않을 만큼은 영리하기 때문일 게다.

누워서 침 뱉는 대신 서서 거울 보고 침 뱉는 재미로 저질이라고 욕하기를 즐긴들 좀 어떠랴.

또 코미디를 보는 재미 중 실생활에선 좀처럼 만나기 힘든 나보다 못난 사람을 만나는 재미도 여간 아니다. 사람은 누구나 제 잘난 맛에 산다는데 못난 체해서 살아가는 사람을 본다는 것은 그것만으로도 기쁨이 아닐 수가 없다. 내가 이렇게 혼자서 코미디를 보면서 허리를 비틀고 웃고 있는 꼴을 남이 본다면 얼마나 바보 같아 보일까 문득 반성할 때도 있지만 사면의 벽은 철통같고, 만약 방문객이 있다 해도 1초 만에 점잔을 뺄 자신도 있다. 내가 이렇게 텔레비전의 오락적 기능에 대체로 만족하고 있어서인지 텔레비전을 바보상자라고 하는 일반적인 정평에 동의하고 싶을 때는 이미 저절로 소문난 코미디나, 쇼나, 연속극을 볼 때보다는 오히려 텔레비전의 기능이 가장 긍정적으로 평가되는 보도나 교양 프로에 접할 때이다.

우린 지난 몇 달 동안 실로 엄청난 어려움과 고통을 겪었고 그럴 때마다 우리는 신속한 보도를 통해 생생한 현장을 보았고, 많은 것을 생각했고, 또 너도나도 참여해서 울분을 토로하기도 했다. 잘난 사람이건 못난 사람이건, 실패한 사람이건 성공한 사람이건, 이 나라 국민이란 동등한 자격으로 마이크 앞에 세우고 한마디씩 하게 하는 건 좋은데, 왜 그렇게 똑

같은 말만 하게 했을까. 우리에게도 힘이 있어야겠다는 것은 지당한 말이지만 그걸 말로 제아무리 무수히 복창한들 힘이 되는 건 아니다. 우리의 분노와 울분은, 목청껏 한마디하고 나니 속이 후련하더라라고 말할 수 있는 간단한 게 아니었지 않나, 적어도 죽느냐 사느냐가 달린 힘이라면 허공에 주먹질 하는 힘이 아닌 실력이어야겠고, 실력이 과연 무엇이냐에 대한 견해야말로 가장 주체적이어야 하고, 주체적인 생각일수록 다양해야 하지 않았을까. 군사력이나 체력을 힘이라고 생각할 수도 있을 테고 올바른 교육을 힘이라고 주장할 수도 있을 테고 부정이나 비리를 망각하거나 눈감아주지 않는, 살아 있는 정신을 힘이라고 생각할 수도 있을 것이다. 자존심이, 미래에 대한 비전이 곧 힘이라는 생각도 나올 법하다.

모처럼 살아 있는 여론을 수용해서 힘의 동기를 만들 수 있는 기회를 흐지부지 흘려버리고 안이한 구호만 되풀이할 때처럼 바보상자라는 그의 별명이 어울린 적도 없었다.

습관성 건망증

김원기 선수가 LA올림픽에서 금메달을 따내는 순간은 굉장했었다. 집집마다 일제히 지르는 환성으로 아파트가 가늘게 흔들리는 것 같았고, 미처 모르고 있던 집에서는 무슨 일이 났나 싶어 베란다로 뛰어나와 사방을 휘둘러보는 모습도 보였다. 목소리와 화면의 장면이 서로 어긋나는 구차스럽기 짝이 없는 중계였는데도 그러했거늘 진짜 생방송이었다면 오죽했을까.

올림픽이 아니라도 국내외에서 큰 경기가 있을 때도 아파트에선 모르고 넘길 수가 없다. 좌우로 나란히 상하로 첩첩이 붙어살면서도 언제나 냉정한 따로따로인 이웃들이 그때만은 벽을 허물고 흥분과 환성을 합침으로써 거대한 아파트가 마치 한 심장을 가진 살아 있는 한몸이 된다.

스포츠의 위력이라기보다는 전파 매체의 위력을 새삼 절감하게 된다. 올여름엔 LA올림픽이 우리를 하나로 묶었다면 작년 여름엔 이산가족 찾기가 우리의 안일한 일상을 뒤흔드는 충격을 주었을 뿐 아니라, 일체감에도 큰 공헌을 했다.

작년 이맘때 우리 가족도 죽은 걸로 돼 있던 친척을 KBS 덕택으로 만날 수가 있었다. 화면을 통해서가 아니라 만남의 광장에 비치된 명단을 통해서였다. 역사의 현장에 뛰어드는 것처럼 큰마음 먹고 만남의 광장에 갔다가 명단을 들쳐보게 되었고, 남편 쪽 성씨가 아주 드문 희성稀姓인데, 성이 같을 뿐 아니라 우리 아이들하고 항렬까지 같은 사람이 가족을 찾고 있음을 알게 되었다.

그게 단서가 되어 6·25 때 일가가 고스란히 참변을 당한 걸로 돼 있는 남편의 형님 식구 중 단 하나의 생존자인 조카를 만나게 되었다. 전화戰火 속에서 갑자기 고아가 될 당시 겨우 다섯 살이던 그는 이제 마흔이 다 된, 처자식을 거느린 장년이었고 어릴 적의 그를 기억할 만한 집안의 어른들은 이미 다 타계하여 그가 정말 형님의 아들이란 걸 입증하기까지는 약간의 우여곡절이 없을 수가 없었다. 먼 친척 어른들까지 많은 도움을 주었지만 본인도 다섯 살 적에 살던 동네 환경과 어느 날 갑자기 당한 참변을 놀랄 만한 기억력으로 되살려냈고 무엇보다도 그는 그의 아버지를 판에 박은 듯 닮아 있다고들 했다. 결혼하기 전의 일이니까 나는 그의 아버지조차 본 적이 없다.

우리의 상봉은 어색하기 짝이 없었다. 눈물도 안 나왔고 와락 얼싸안지도 못했다. 남의 만남을 보고는 그렇게 헤프게 나오던 눈물이 정작 우리의 만남엔 한 방울도 안 나왔다. 열심히 텔레비전에서 본 극적인 상봉의 장면을 떠올려봤지만 아무나 그렇게 되는 게 아니었다. 친자식이나 친형제가 아니기 때문에 그런가도 싶었지만, 사촌끼리도 처남 매부끼리도 만났다 하면 으레 복받치는 눈물을 주체 못하는 한 많고 정 많은 이산가족들에 비해 우린 얼마나 말똥말똥한 시선으로 상대방을 골고루 탐색했던가? 그는 너무도 힘들게 살고 있었다. 어려서부터 고아원에서 자란 그는 몸집도 보통보다 작았고 변변히 배운 것도 없었고, 자기가 기억하고 있는 성姓이 여간해선 찾아볼 수 없는 희성인 걸 이상하게 여긴 나머지 보통 성으로 가호적을 해서 우리하고 성도 달랐다. 공동의 추억도 없었다. 핏줄이 같다고 해서 저절로 가족다운 친화감이 결코 우러나는 게 아니었다. 서로 상상할 수 없는 이질적인 환경에서 자란 같은 핏줄끼리의 만남은 남남끼리보다 더 불편한 점이 많았다.

우리는 그의 가난에도 충격을 받았지만, 그가 보기에 우리가 얼마나 잘사는 것으로 보일까에 더 큰 충격을 받았다. 시체 풍습대로 그저 위만 보며 살아서 그런지 늘 남보다 못살고 남한테 손해만 보면서 근근이 살아왔다고 믿었던 우리 생활을 그의 시점에서 바라볼 수 있었다는 것은 새로운 발견인 동시에 적이 곤혹스러운 일이기도 했다. 아이들을 다 대학 보내고 작은 아파트를 하나 쓰고 살 수 있는 정도를 큰부자처럼 쳐다보는 새로운 친척이란 솔직히 말해서 부담스럽기까지 한 것이었다.

그러나 우리의 이런 복잡스럽고도 야박한 속셈에도 불구하고 그와 그의 식구들은 우리를 잘 따랐다. 그는 자기가 누구인지를 알게 돼 기쁘고, 훌륭한 친척을 만나서 자기 자식의 앞날에도 새로운 희망을 걸 수 있게 되어 더욱 기쁘다고 했다. 우리도 차츰 그가 친척이란 게 기뻐지기 시작했다.

요새 우린 그가 친척이라는 게 자랑스럽기까지 하다. 그는 선량하고 부지런하고 참을성이 있고 성실해서 그의 일터와 이웃들로부터 많은 사랑을 받아왔고 예쁜 아내와 모범적인 가정을 꾸미고 있다. 고아원에서 뛰쳐나온 후 순전히 길바닥과 다리 밑이 집이었다는 그의 청소년기의 고생 얘기를 들으면, 그러고도 악에 물들지 않고 많이 배우고 곱게 자란 그 누구보다도 천진무구한 심성을 가지고 있다는 게 얼마나 아름다운 기적인지 모르겠다. 우리가 흔히 부모덕 없이 자수성가했다고, 마치 혼자 힘으로 산 것처럼 뽐내는 게 얼마나 가당치 않은 교만인가도 알 것 같았다. 저녁이면 들어갈 집이나 방, 그리고 문 기대어 기다리는 부모가 있다는 것만으로도 크나큰 부모덕인 것을.

이제 그는 아무때나 와도 반갑고 흉허물 없는 가족이고, 기쁜 날의 상객이고, 궂은일에 제일 먼저 생각나는 미더운 친척이다. 그러나 만나자마자 그렇게 된 것은 아니다. 그를 이렇게 마음으로부터 반기고, 꾸미지 않고도 저절로 정이 우러나기까지는 자그마치 1년이란 시간과 그동안의 꾸준한 노력이 필요했던 것이다. 그와 우리의 만남이 매우 성공적이고 행복한 예일 거라는 자신이 생긴 것도 근래의 일이다.

그가 며칠 전 우울한 얼굴로 찾아왔다. 아직도 호적 정리가 안 됐다고 했다. 우린 그동안 그가 필요로 하는 서류에 몇 차례 도장도 찍어주고 인감도 내주었기 때문에 다 잘되었으려니 했는데 그게 아니었다.

그는 지난 1년 동안 시간 나는 대로(그는 하루걸러 일하는 운전기사이기 때문에 그런 시간이 충분하다) 쫓아다녔지만 결국은 안 되더라는 것이었다. 듣고 보니 그는 너무도 여러 군데의 관청과 대서방을 쫓아다녔고, 대서방에 따라 될 듯싶게도 안 될 듯싶게도 말해 희망과 절망이 엇갈렸고, 해오라는 서류, 가르쳐주는 방법도 제각기라 애가 달았고, 무시하고 상대도 안 해주는 곳도 있어서 슬펐다고 했다. 그가 겪은 중구난방, 애매모호, 부정확, 불친절, 무책임이 어떠했으리라는 것은 보지 않아도 본 듯했다. 그가 겪은 고초가 억울하고 안쓰러워서 문득 눈물이 났다. 어쩌자고 그 극적인 상봉 때도 안 나오던 눈물이 이제야 나오는지. 나는 우리가 이렇게 실질적인 친척이 됐는데 호적이란 형식이 뭐 그리 대단하냐고 위로의 말을 하려다 말았다. 그건 그의 만남의 의미를 너무도 몰라주는 소리가 될 것 같아서였다.

그가 그의 자식에게 진짜 성을 찾아줄 수 없는 한 그의 만남은 미완일 수밖에 없었다. 우리는 그동안의 그의 고초와 수모의 부피인 양 한 보따리나 되는 그가 하다 만 서류를 앞에 놓고 우리가 도와줄 수 있는 방법을 생각중이나 뾰족한 수가 있을 것 같지 않다.

듣자하니 만난 후 호적 정리까지 된 이산가족은 20퍼센트 정도밖에 안 된다고 한다. 작년의 이산가족 찾기는 정말 대단한 드라마였고, 민족적인 잔치였다. 그러나 뒤끝은 이렇게 흐리다. 이산가족뿐 아니라 모든 큰일들을 우리는 강렬한 각광을 받을 때만 관심도 갖고 열광도 하다가 각광만 사라지면 곧 잊어버리고 만다. 새로운 사건이 보다 강한 각광을 받고 나타나기 때문에 우리의 생각과 시각은 지속성을 잃고 만다. 우리의 이런 습관적인 건망증 때문에 아무리 큰 사건도 다만 각광을 벗어날 수 있을 뿐 해결이나 결말이 없는 게 아닐까.

두 개의 평화시장

왜 사느냐고 누가 묻는다면 나 역시 웃을 수밖에 없겠지만 서울에 왜 사느냐고 묻는다면 할말이 많아진다. 서울이 사랑스러운 까닭도 서울이 지긋지긋한 까닭만큼이나 쏠쏠하게 많다.

도심의 악다구니에서 불과 10, 20분 만에 감쪽같이 고궁의 돌담길로 벗어날 수 있다는 것도, 언제 어디서나 마음만 먹으면 시내버스 타고 한 시간 안에 수려한 산과 아름다운 계곡에 당도할 수 있다는 것도 서울이 지닌 매혹적인 미덕이다.

근래에는 한강의 낙조, 특히 성수대교에서 바라다본 낙조의 아름다움에 경탄하여 즉시 서울에 사는 까닭에 보태기로 했다.

며칠 전엔 종묘에 들어가본 일이 있다. 큰아이 소풍 때 따라가보고 처음이니 20년 만이고, 주위의 불결하고 시끌시끌한 환경 때문인지 그동안 들어가보고 싶다는 생각조차 해본 적이 없었다. 그러나 사람을 밀어내는 불량한 환경 때문에 오히려 그 안에 서린 고요는 완벽했다. 텅 빈 뜰에 스산한 바람이 불 때마다 우수수우수수 떨어지는 은행잎과 가랑잎, 낮은 목조건물 기왓골에 괸 쓸쓸함은 서울 밖의 어떤 명승지에서도 찾아볼 수 없는 고스란한 만추의 모습이었다. 가을의 종묘도 별수 없이 서울에 사는 까닭에 보태야 할 것 같다.

그러나 서울에 사는 까닭을 딱 하나만 대야 한다면 나는 그렇게 오래 망설일 것 없이 평화시장에 물건 사러 다니는 재미를 들리라.

그곳에만 가면 나는 괜히 신바람이 난다. 벼락부자가 된 것처럼 돈 가치에 혼란이 오는 것도 재미있다. 나는 이것저것 욕심을 낸다. 그동안 요량껏 단속해온 자신의 욕망을 적당히 풀어주는 맛은 자유의 감칠맛하고도 비길 만하다. 백화점에 가서 늘상 주눅이 든 주머니 사정이 저절로 넉넉해지면서 눈치볼 것 없는 구매욕이 일상의 권태를 밀어내고 새로운 생기를 불어넣어준다.

평화시장에만 가면 나는 얼마나 부자 할머니가 되는지,

깜찍하게 예쁜 아동복을 한 보따리나 사서 손자들한테 선물할 수 있으니 말이다. 애정이 넘치는 마음으로 선물을 사기에 부족함이 없을 만큼 풍족하다는 건 정말 살맛나는 일이다. 부자가 아닌 나를 그렇게 살맛나게 해주는 곳이 바로 평화시장이다.

간혹 폭신하고 예쁜 양말을 다만 싸다는 이유 하나로 죽으로 사는 주책을 부리기도 하고, 편하고 빛깔 곱고 따스해 보이는 데 비해 터무니없이 싼 누비옷을 우선 사기부터 하고 나서 입을 사람이 마땅치 않아 낭패할 때도 있다. 그러나 낭패조차 유쾌한 게 또한 평화시장이다. 최소한의 비용으로 최대한의 낭비의 즐거움을 맛볼 수 있었다는 걸로.

백화점에서 그렇게 거만을 떨고 나를 굽어보던 유명 브랜드의 옷들이 그 바닥의 반의반에도 못 미치는 싸구려가 되어 남루처럼 함부로 쌓여 있는 것을 구경하는 재미도 평화시장 아니면 맛볼 수 없는 재미다. 나는 그런 고급 남루를 대할 때마다 마치 정숙한 귀부인이 화장을 지운 한물간 창녀 대하듯이 살짝 눈살을 찌푸리고 짐짓 기품 있게 굴려든다.

그러나 나에겐 낭비를 즐길 수 있을 만큼 부자가 된 기분을 내게 하는 평화시장 말고 또하나의 평화시장이 있다. 그건 전태일의 평화시장이다. 이젠 거의 잊힌 이름이 되었지만

1970년대에 그가 남기고 간 절규는 나의 안일한 일상을 마구 고문하듯 고통과 충격을 주었었다. 그러고 지금까지도 그때 당한 고문은 멍으로 남아 있고, 그의 수기는 다시 읽어도 역시 비통한 감동을 준다.

평화시장에서 싸고 좋은 물건에 허겁지겁하다가도 또하나의 평화시장이 안 떠오르는 건 아니다. 그러나 그건 이미 지나간 1970년대의 이야기일 거라고 슬쩍 비켜난다. 설사 현재까지 진행중인 이야기라도 그 물건을 사고 안 사고로 도움이 될 수 있는 문제는 아니라고 또 한번 비켜난다.

현실적인 평화시장은 두 개가 아닌 하나련만 나는 나에게 고통을 주는 평화시장과 즐거움을 주는 평화시장을 도저히 하나로 만나게 할 수가 없다. 그래서 이렇게 서로 요령껏 비켜나게 한다. 나는 내가 지닌 두 개의 평화시장을 통해 나의 사람됨의 한계 같은 걸 느낀다. 그래서 큰돈 안 들이고 한 보따리 쇼핑을 즐기고 돌아오면서 마냥 즐겁기만 한 게 아니라 문득 허전해지나보다.

말과 대화

　어느덧 신구 두 번의 설을 다 넘겼다. 언제부터인지 신정을 쇠고 나서도 나이 한 살 더 먹기를 미적미적 미루고 있다가 구정이 지나서야 마지못해 한 살을 더 보태고 있다. 늘그막의 이런 작은 위안을 빼고는 나는 구정의 의미도 정취도 거의 못 느끼고 있다.

　끈질기게 나도는, 구정을 공휴일로 해서 마음놓고 쇠게 하자는 여론에도 동의할 수가 없다.

　태양력과 태음력 중 어느 쪽이 더 합리적이냐는 문제를 떠나서도, 아이들의 방학이 앞뒤로 끼고 직장인의 연휴가 보장된 느긋한 신정을 마다하고 굳이 음력 설날 차례를 지내느라 부산을 떨고 출근 시간에 늦고 하면서 그날을 공휴일로 안 해준다고 원망하는 가정을 보면 딱하다못해 짜증스러워진다.

몇 년 전만 해도 음력을 고집하는 까닭으로 음력이 없으면 곧 농사를 못 지을 것처럼 말하는 사람이 많았는데 근래엔 그런 터무니없는 생각으로부터는 많이 벗어난 것 같다. 농사에 필요한 절후란 게 태양력에 근거했다는 걸 설마 이제야 알게 된 건 아닐 테고 태양력의 절후에조차 구애됨이 없이 사시장철 농사를 지을 수 있을 만큼 농업이 발달하고 보니 아예 절후 타령을 할 필요가 없어졌기 때문이다.

그러나 어쩐지 구정이라야 설 기분이 난다는 얘기는 아직도 많이들 하고 또 그럴듯하게도 들린다. 하지만 기분은 어디까지나 사람이 내는 것이다. 어려서부터 줄창 신정을 쇠고 친정이나 시가의 일가친척 역시 양력 과세 일색인 나로서는 양력이라야 설 기분이 나지 음력에 일제히 철시한 상가나, 문만 열고 정신은 딴 데 가 있는 관공서나 은행 등은 그저 을씨년스럽게만 보일 뿐이다.

그러나 뭐니 뭐니 해도 가장 뿌리깊고 확고한 구정 숭상의 근원은 역시 일제시대로 거슬러올라갈 수밖에 없을 것 같다. 그 시절의 신정은 일본 설이었고, 구정은 조선 설, 우리 설이었다. 하지만 별로 큰 고민을 거치지 않고 일본어를 상용하고 성姓까지 간 사람들이 구정 날 몰래 떡을 하고 쉬쉬 조상의

차례를 모신 일을 대단한 저항운동인 양, 숭고한 애국정신인
양 자랑스럽게 술회하는 걸 들을 때처럼 쓰디쓴 비애를 느낀
적도 없다.

　나는 어떤 일에 옳고 그름을 따져야 할 때 어느 쪽이 옳다
고 판단하고 말하는 데 더디고 자신이 없는 편인데도 신정을
편드는 데는 자신이 만만했고 구정에 대해선 매우 공격적이
었다. 며칠 전 몇 가족이 모인 자리에서였다. 누군가 올해도
구정이 공휴일로 인정을 못 받게 된 걸 섭섭해하는 말을 한
게 발단이 돼 한바탕 논쟁이 벌어진 적이 있다. 나는 물론 구
정이 공휴일이 되어선 안 된다는 쪽을 열렬하게 편들었지만
상대방 역시 만만하지는 않았다. 그런 유의 논쟁이 흔히 그렇
듯이 쉽게 어떤 합의점에 도달할 수는 없었고 더군다나 어느
한쪽이 승복할 기미가 보인 것도 아니었다. 그러나 쟁점이 비
록 대단한 건 못 됐다 하더라도 오래간만에 진지하고 열렬한
논쟁을 할 수 있었다는 건 매우 살맛나는 일이었고 또 유익한
일이기도 했다. 그런 말다툼이 있었다고 해서 내 생각이 근본
적으로 달라진 건 없지만, 구정에 대한 사람들의 애착증엔 덮
어놓고 부정적으로만 볼 수 없는 점도 많다는 걸 알게 됐다.
종래의 생각이 좀 부드러워졌다고나 할까. 딱딱한 것보다 부
드러운 게 좋은 건 생각의 경우 한결 더한 것 같다.

요즈음 TV를 보면 바야흐로 대화 붐이 일고 있는 느낌이 든다. 좋은 일이다. 특히 젊은이들이 질의자로 나서면 기대를 가지고 보게 된다. 허나 곧 지루해지고 마는 건 질문이나 대답이 서툴러서는 아니다. 질문도 훌륭하고 대답도 훌륭하다. 다만 대답이 훌륭하되 그 질문에 대한 대답이 아닌 경우가 많다. 질문의 요지를 변죽만 겨우 울리거나 아예 요점을 피한, 홀로 훌륭한 대답이 과연 훌륭한 대답일까. 질의자 역시 자신의 질문이 상대방에게 옳게 전달 안 됐으면 집요하게 따져서라도 말이 통하게 하지 않고 자신의 훌륭한 질문에만 자족하고 다음 질의자로 넘어가니 재미가 있을 수 없다. 묻는 사람과 대답하는 사람의 말의 통로가 전혀 없는 질의문답을 과연 대화라고 할 수 있을까.

고위층과 국민 사이에 또는 어느 분야의 정상에 오른 분과 전도양양한 젊은이들 사이에 대화가 있다는 것을 좋은 징조로 받아들이고 싶은 건, 그런 일로 갑자기 세상이 살기 좋아질 수 있길 바라서가 아니라 세상을 한결 살맛나게 할 수는 있을 텐데 하고 바라는 마음에서다. 그런 뜻으로 따로따로 노는 훌륭한 말보다는 서투르더라도 대화를 듣고 싶다.

고약한 말버릇

"아이고, 언제 나오셨어요. 아주 나오셨나요." "웬걸요. 곧 다시 들어갈 겁니다." "가족도 데리고 들어가셨던가요?" "어디가요. 아직도 보따리장사 신셉걸요. 가족까지 데리고 들어갈 여유가 있어야 말이죠!"

주위에서 흔히 듣게 되는 얘기다. 여기서 들어가는 곳은 무슨 대회장이나, 집이나, 방이나, 화장실이 아니라 외국을 말한다. 내 나라를 중심으로 생각할 때 외국에 나가야 하련만 요새의 화법은 그게 전도되어 외국에 들어가고 내 나라로 나오는 걸로 돼 있다. 그러나 외국이라고 해서 다 들어가는 건 아니다. 중동에 돈벌이를 나가고, 동남아나 유럽으로 관광을 나간다고 말한다. 그러니까 들어간다고 말하는 외국은 주로 미국이 되는 셈이다.

다른 나라에서야 아무리 오래 머물러 있어도 객식구에 불과하지만 미국이란 데선 영주권도 주고 시민권도 주어서 제나라 사람을 만들어버리니까 그렇게 해서 된 '코메리칸'들의 미국을 중심으로 한 어법이 한국엔 나오고 미국엔 들어간다가 된 게 아닌가 싶다. 미 국적을 가진 사람에게야 그게 틀린 말버릇이 아닐 테지만 1, 2년 유학을 가도, 미국엔 들어가고 제나라엔 나오는 식의 말버릇은 매우 귀에 거슬린다. 요샌 미국뿐 아니라 일본에 가는 것도 들어간다고들 하는데 재일교포가 그렇게 말한다면 모를까, 이 땅에 대대로 뿌리박고 사는 순전한 한국인이 그렇게 말하는 것은 귀에 거슬리다못해 굴욕적으로까지 들린다. 점잖은 분이 그런 어법에다 간간이 '마아ー' '마아ー'까지 집어넣어가면서 고상한 얘기를 늘어놓을라치면 그 내용이 아무리 그럴듯해도 도무지 믿을 만하진 않다.

변하고 뒤바뀌고 거꾸로 된 게 이루 헤아릴 수도 없을 만큼 많은 말버릇 중에서 유독 그 말이 그렇게 거슬리는 건 일제 식민지하의 굴욕적인 기억과도 관계가 있지 않나 싶다. 그때 우린 일본을 내지內地라고 불렀고 일본인을 내지인이라고 했다. 어려서는 그저 덩달아서 그렇게 말하다가 조금 크고 나서 지도를 볼 줄 알게 되면서부터 그 말이 어쩐지 틀린 말 같왔다. 내지란 해안에서 멀리 들어간 안쪽 땅이란 의미 같았는데 지도에 나타난 일본은 바다에 둥둥 떠 있는 섬이어서 내지가 있을 여지가 없었다. 거기 비해 우리나라는 비록 삼면이 바다로 둘러싸였을망정 큰 대륙에 붙어 있는 게 훨씬 아늑해 보여 일본보다는 내지의 인상에 가까웠다. 그러나 일본인들은 그 섬들을 내지라 불렀고, 따라서 내지엔 들어갔고 조선으론 나왔고, 우리도 덩달아서 그렇게 말했었다.

내지에는 해안에서 떨어진 안쪽 지방이란 뜻만 있는 게 아니라 식민지에서 본국을 일컫는 말도 된다는 걸 안 것은 좀 더 큰 후, 해방이 되고 나서였다. 식민지란 내 땅이 남의 물건이 된다는 뜻이요, 사고의 주체까지 이렇게 바뀐다. 식민지엔 나오고 내지엔 들어가야 말이 된다. 그러나 내 나라에 나오고 남의 나라에 들어간다는 건 말이 안 된다. 말버릇치곤 아주 고약한 식민지적인 사고에서 못 벗어난 말버릇이라고 볼 수 있다.

이런 주체성 없는 말버릇을 고쳐야겠다 함은 나라 안팎을 주체성 없이 몸이 드나드는 걸 우려해서라기보다는 경제 문화의 교류에 있어서까지 자기가 서야 할 주인의 입장을 잊고 어느 쪽을 이익되게 해야 할지 갈팡질팡할까봐 두려워서이다.

우리가 자주민임을 만방에 선언한 3·1운동이 있은 지 어언 65주년을 맞았다. 일제하에서 그날을 기죽을 못 펴고 보낸 횟수보다 해방 후 떳떳하고 자랑스럽게 그날을 기념한 횟수가 훨씬 더 많다.

해방 후 첫 3·1절은 참으로 감동스러웠다. 한창 꽃다운 나이였기 때문일까. 젊은 가슴에서 폭죽처럼 터지던 감격과 긍지와, 거리거리마다 넘치던 시민들의 함성은 3·1운동을 못 겪은 우리에겐 또하나의 3·1운동처럼 인상적으로 남아 있다. 해가 거듭될수록 그런 흥분과 감동은 가라앉고 잘 계획된 행사만이 남게 되었다. 빼앗겼던 물건을 되찾았을 때의 감격이, 그 물건의 정당한 주인 노릇을 한 지 오래됨에 따라 점차 예사롭게 되는 건 자연스러운 노릇이다. 그러나 주인 노릇을 과연 바로 하고 있느냐는 자주 돌이켜봐야 하지 않았을까. 그때 잃어버린 게 예사 물건이 아니라 우리 목숨보다 더 귀중한 거였다는 걸 목숨걸고 입증한 3·1정신에 비추어가며 말이다.

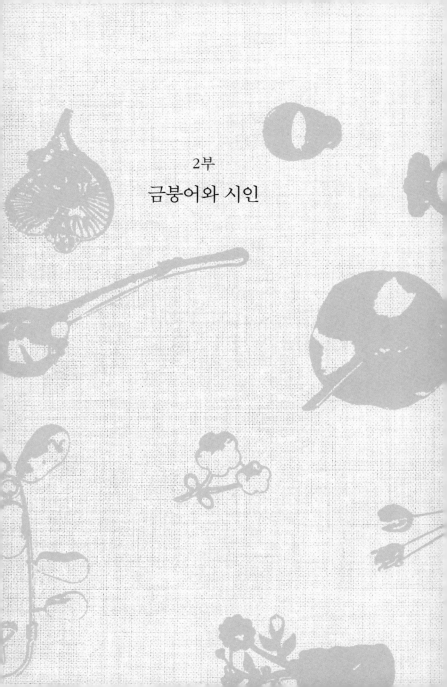

2부

금붕어와 시인

금붕어와 시인

비가 온종일 시나브로 내리는 날이었다. 우산 없이 바바리 코트만으로도 옷을 적시지 않을 만큼 시원찮은 빗발이었지만 속살 깊이 스미는 한기 때문에 우울하고 싫은 비였다. 더구나 희부옇던 도시의 포도鋪道와 건물이 먹물을 타놓은 것처럼 암회색으로 보이는 것도 한층 마음을 짓누르고 움츠러들게 했다.

길 건너로 마주 바라보이는 건물까지 가기 위해 지하도를 거쳐야 한다는, 오랫동안 길들여진 도시인의 관습까지를 뭔가 짜증스럽게 여기면서 힘겹게 지하도 계단을 오르는데 나를 밀치고 경쾌하게 앞질러 계단을 오르는 여자가 있었다. 그 여자는 연분홍빛 바바리코트를 입고 있었다. 그 연분홍빛은 비할 데 없이 밝고 신선하고 아름다웠다. 자칫 분홍빛에 섞여 들기 쉬운 천기賤氣가 말끔히 걸러진 그 깨끗한 분홍을 무엇에 비길까? 언젠가 장미 전시회에서 본 '로열 하이니스'란 교만한 이름을 가진 분홍빛 장미가 갓 피어났을 때의 빛깔과 흡사했다.

그 여자가 그 고운 분홍 옷자락을 휘날리며 인파를 헤치자 계단을 메운 사람들이 한결같이 입고 있는 농담이 다를 뿐인 고동색, 회색 계통의 옷들이 미처 감추지 못한 겨울의 누더기처럼 암울하고 궁상스러워 보였다. 아스팔트에서 갑자기 피어난 커다란 꽃송이처럼 생급스럽고도 눈부시던 바바리 자락은 순식간에 사라졌다. 환각이었던 것처럼.

천천히 솟아오른 맞은편 길에도 여전히 비가 내리고 있었다. 그러나 아까까지 맞던, 속속들이 사람을 춥게 하고 움츠러들게 하는 그 우울한 겨울비는 이미 아니었다. 그건 봄비였다. 춥긴 마찬가지였지만 견딜 만한 감미로운 추위였다. 겉보기에 아직도 겨울나무처럼 딱딱하게 메마른 가로수의 속마음도 그런 것이리라. 그 찬비로 가장귀마다 단물을 올릴 나무들이 늠름해 보였다.

그로부터 며칠 후 차로 강변로를 달릴 때였다. 멀리 보이는 버드나무들이 녹두색으로 흐려 보였다. 해마다 도시의 봄은 그렇게 왔다. 원경의 버드나무가 녹두색을 띠기 시작했다면 그 조그만 나무는 걷잡을 수 없이 잎을 피우게 된다.

한두 번 겪으면 어떤 건 겪어보기도 전에 말로만 듣고도 싫증부터 나고 시들해지는 게 도시인의 고약한 버릇이건만 겨울이 가면 봄이 머지않다는, 벌써 오십 번도 넘어 겪는 변함없는 이치만은 매해 처음 겪는 것처럼 새롭다. 어렸을 때는 처음 봐서 새롭고, 사춘기엔 감수성이 세련돼서 새롭고, 갱년기엔 슬픔에 민감해 새롭다지만 늙음에 접어들고도 역시 새로운 건 무슨 까닭일까. 또 볼 수 있는 횟수가 얼마 남지 않았다는 아쉬움 때문일까? 그렇담 아마 마지막 봄이야말로 생애에서 가장 새롭게 아름다운 봄이 될지도 모른다.

나는 내가 발견한 원경의 버드나무의 녹두색을 큰 소리로 외치지 않을 수가 없었다. 누가 뭐래도 나는 이 도시에 온 봄의 최초의 목격자였다.

"아저씨, 기사 아저씨. 저 버드나무 좀 보세요. 벌써 완연하게 푸른 기가 돌잖아요?"

"어디가요?"

기사 아저씨는 휙휙 차창 밖을 스치는 버드나무를 애써 곁눈질하며 내 말을 믿어주지 않았다. 가까이서 본 버드나무는 내 눈에도 눈뜰 날이 아직 아직 먼 겨울나무처럼 메마른 가장귀를 늘이고 있었다. 그러면 먼 곳에 어린 녹두빛은 신기루인가?

나는 원경만 보고, 그는 근경만 보려 했기 때문에 우린 끝내 버드나무가 눈뜬 걸 함께 볼 수 없었다. 그러나 그도 미구에 버드나무가 눈뜬 걸 보게 될 테고, 그때 그 역시 최초의 목격자가 되리라. 최초의 목격자의 신선한 경탄을 맛보기 위해서라도 계절의 변화는 혼자서 스스로 발견하는 게 수다.

근경의 버드나무까지 푸르게 보이고부터 아파트 단지 내에도 봄기운이 완연하고 행상들도 부쩍 많아졌다. 주로 꽃장수, 딸기 장수들이 와서 내다보고만 있어도 절로 즐겁다. 아코디언을 켜면서 아이들한테 목마를 태워주는 할아버지를 바라보면서 외손자의 방문을 기다리는 봄날은 유연하고, 늙어서도 또한 살맛은 진진하다 싶다. 금붕어 장수가 처음 나온 날이었다.

나는 화창한 봄볕에 끌려 그곳까지 갔다가 작은 어항 속에 어족이라기보다는 기이한 수초처럼 하늘거리는 수십 마리의 금붕어를 구경하다가 다시는 금붕어를 기르지 않겠다는 결심을 깜박 잊고 또 몇 마리를 사고 말았다.

금붕어를 특별히 좋아한 일도, 길러본 경험도 없이 우연히 갖게 된 돌확을 비워놓기가 아까워 작년부터 기르기 시작한 금붕어는 번번이 한 달도 안 돼 몸이 희끗희끗해지는 병이 들면서 죽어갔다.

처음엔 병든 붕어를 샀나보다며 대수롭지 않게 여겼지만 아무리 미물이라도 생명 있었던 것의 까닭 모를 죽음을 치르는 일은 유쾌한 일이 못 됐다. 그다음엔 길러본 사람과 수족관을 경영하는 사람의 자문을 받아 산소의 공급을 더욱 철저히 하고 수돗물의 소독약 성분을 중화하는 약까지 사 넣었지만 결과는 마찬가지였다. 한 마리가 비실비실하면서 몸에 흰 반점이 생기기 시작하면 재빨리 격리를 시켜도 돌확 속의 금붕어는 미구에 전멸을 하고 말았다. 혹시 돌 사이에 못된 균이 있나 싶어 돌을 깨끗이 닦아 몇 날 볕에 말렸다가 다시 물을 붓고 금붕어를 사 넣어도 역시 한 달이 못 갔다.

내가 정성을 들여 마련해준 그 작은 생태계에 무엇이 잘못된 것일까? 나는 죽음이 임박한 돌확 속의 세계를 들여다볼 때마다 막연하면서도 생생하게 두려운 어떤 위기의식에 사로잡히곤 했다. 그 돌확 속의 세계가 그 작은 생명을 부지하지 못하게 하는 건 세균일까? 화학 성분일까? 공해 물질일까? 아니면 생태계의 어떤 불균형일까?

내가 금붕어를 위해 아직까지 못해준 게 있는데 그건 수돗물 아닌 자연수를 못 구해준 일이다. 그러고 보니 금붕어를 괴질에 걸리게 한 건 수돗물일 혐의가 가장 짙다. 수돗물 외엔 우물물 한 바가지 구할 수 없는 환경에서 금붕어를 또 산 건 수돗물이 우리에게 뭔가를 알고 싶어서인지도 모르겠다.

원인 모를 괴질에 걸려 죽어가는 금붕어를 안타깝게 지켜보고 있노라면 백주에도 악몽을 꾸게 된다.

물고기의 생존의 절대적인 조건인 물을 인간 생존의 조건인 공기로 바꿔놓고, 죽어가는 속도를 슬로비디오로 바꾸면 금붕어의 운명은 곧 인간의 운명으로 바뀐다. 내가 두 양동이의 물로 채울 수 있는 돌확을 한눈에 내려다보듯이 우리가 살아 숨쉬는 땅덩이와 공기층을 한눈에 볼 수 있는 거시가 있다면 이 세상이 돌확과 무엇이 다르랴 싶은 생각은 확실히 악몽이다.

오염된 수돗물 때문에 죽어가는 금붕어를 보고, 비로소 오염된 공기 속의 인간의 문명을 두려워하게 됐다면 금붕어도 시인이다.

비가 개인 날
맑은 하늘이 못 속에 내려와서
여름 아침을 이루었으니
녹음이 종이가 되어

금붕어가 시詩를 쓴다

하고 김광섭이 노래한 걸 보아도 금붕어는 벌써부터 시인이
었나보다. 그러나 내가 금붕어를 시인이라고 말하고 싶은 것
은 게오르규가 『25시』에서 "시인이란 앞을 내다보는 육감이
라는 걸 갖고 있는 법이고, 그러므로 모든 시인은 예언자"라
는 말 때문이다.

　어느 화창한 봄날, 딸기 장수와 나란히 딸기 빛깔보다 곱
게 봄맞이를 나왔다가 나를 만난 금붕어야, 이번엔 제발 그런
불길한 예언일랑 하지 말고 나의 돌확 속에서 서정시를 쓰럼.
녹음 대신 돌확 속에 내려앉은 금싸라기 같은 봄의 양광을 종
이 삼아 예쁜 시를 쓰럼.

　분홍색 바바리를 본 날부터 시작된 나의 찬란한 봄이 금붕
어를 또 장사지내는 걸로 막음할까봐 나는 요새 전전긍긍하
고 있다.

귀엽지 않은 어른들

　방학중인 요즈음은 어디 가나 떼 지어 다니는 청소년들이 자주 눈에 띈다. 교복이 없어지고 나서 청소년들은 한층 조숙하고 발랄해진 것 같다. 간편한 옷차림과 앳된 얼굴과 거침없는 태도로 봐서 그저 십대려니 짐작할 수 있을 뿐이지 국민학교 고학년에서 고등학교 졸업반에 걸친 그들의 정확한 소속을 알아맞히기는 매우 어렵다. 내 눈이 무디어서인지 고등학교 2, 3학년쯤인 줄 알고 지낸 이웃의 소녀가 실은 국민학교 5학년인 걸 알고 무안해한 적도 있다.

　일전에 전철 안에서였다. 한낮의 전동차 안은 비교적 한산한 편이었는데 어느 역에선지 한 떼의 십대들이 올라타자 차안은 갑자기 가득차고 시끄럽고 활기 있어졌다. 나는 그들이 떠드는 소리를 더러는 흘려듣기도 하고, 더러는 못 알아듣기도 하고, 더러는 귀담아듣고 미소짓기도 하면서 몇 정거장인가 가서였다. 그들의 화제가 갑자기 '어른들'로 옮겨가는 바람에 나는 나도 모르게 조금은 긴장해서 귀를 곤두세웠지만 그들도 별로 길게 '어른들'을 화제 삼지 않고 곧 딴 이야기로 옮겨갔다. 그러나 잠깐 엿들은 그들의 '어른들'에 대한 생각은 나에겐 몹시 충격적이었다.

그들의 얘기를 요약하면 요새 '어른들' 귀엽지 않은 건 알아줘야 하고 요새 어른들한테 그들이 배울 게 남아 있다면 그건 다만 한 가지, 어떻게 하든 요새 어른들처럼은 되지 말아야 한다는 것밖에 없다는 것이었다.

기껏해야 열다섯 살 전후로 보이는 아이들이 감히 어른들한테 귀엽지 않다는 말을 쓰다니…… 나도 왠지 어떻게 하든 요새 어른 같은 어른은 안 되겠다는 깜찍하고 당돌한 그들의 결의보다도 어른들한테 귀엽지 않다는 표현을 쓴 게 더 지독한 욕 같아서 쾌씸했다. 내가 요새 아이들에게 품고 있는 생각 역시 귀엽지 않다이기 때문에 더 그런지도 몰랐다.

나는 요새 아이들이 우리 자랄 때에 비해 조숙하고 되바라지고 순진치 못한 것을 한마디로 귀엽지 못하다고 여겨왔다. 그렇담 아이들 눈에 비친 어른들의 모습은 어떤 것이기에 귀엾지 못하다는 무엄한 말을 썼을까. 어른들이 허구한 날 저지르는 창피한 짓, 추악한 사건, 낯뜨거운 작태를 아이들은 그 명징한 눈으로 낱낱이 보고 있었음이 아닐까. 나는 아이들이 괘씸하면서도 한편 가슴이 뜨끔했다.

우린 흔히 위에서 아래를 내려다보는 데만 이골이 나서 아래서 위를 올려다볼 수도 있다는 걸 잊고 지내는 수가 많다. 아래서 위를 올려다볼 수만 있는 게 아니라, 보는 데 있어선 아예 아래위턱이 없을 수도 있다는 생각은 하려들지도 않았다. 그래서 어른들은 자신도 아이들에게 보여지고 있다는 걸 까맣게 잊고 아이들을 샅샅이 보고, 감시하고, 간섭하고, 그래도 덜 본 것처럼 불안하면 무자비하게 추적하고 폭로함으로써 보는 권리를 완수하기에만 급급했다. 그러고 나서 좀 너무했다 싶으면 요즈음 아이들을 이해하기 위해선 어쩔 수 없는 일이었다고 자위하려들었다. 어른하고 아이 사이가 아니더라도 사람과 사람 사이에 이해하려는 노력처럼 값진 건 없다. 그러나 이해하는 것하고 벌거벗기는 일은 결코 같은 뜻이 아니다. 실오라기만큼이라도 가릴 걸 남겨놓았을 땐 희망이 있지만 완전히 벗기고 나면 희망도 없어진다. 온갖 것에 다 절망했더라도 아이들에 대한 희망만은 남겨놓아야지 않겠는가. 어른이 아이에게 절망했을 때 아이 역시 어른에게 절망하고 있다는 건 참으로 쓰라린 보복이다.

살살이 보고 있는 것만큼 살살이 보여지고 있다는 걸 잊어서는 안 될 것은 비단 연령적인 어른 아이의 관계에서만은 아닐 것이다. 사회적으로도 일단 높은 지위에 오르거나 권세를 누리게 되면 거느린 아랫사람이나 다스리는 백성을 빤히 내려다보고 일일이 파악하는 데만 눈이 밝아지고, 자신의 처신역시 빤히 보여지고 있다는 데 대해선 맹목이 되는 것 같다. 때로는 높은 지위 자체가 장막이 되어 아랫사람의 시선으로부터 자신을 보호하고 있다고 믿는 것처럼 보이는 처신도 볼수가 있다.

보고 듣는 데 있어서만은 아래에서 위가 더 잘 보일 수도있다고, 아니 아예 아래위턱이 없을 수도 있다고 가정한다면윗사람 노릇은 한결 안락하지 못해질 것이나 이 세상은 좀더희망적인 게 될 수도 있지 않을까. 새해에 돼지꿈 대신 꿔본꿈이다.

어린이들이 믿을 수 있는 나라

미국 대통령 부인 낸시 여사가 우리나라의 두 심장병 어린이를 데리고 귀국길에 오르는 모습은 보기 좋았다. 하도 많이 미국의 신세를 지고 살아와서인지 또 신세를 지게 됐다고 민망해하는 마음보다는 보기 좋다는 생각을 더 많이 했다. 우리에게 보기 좋았던 것 이상으로 자국민에게 더할 나위 없이 좋은 이미지를 심어주게 된 것으로 우리가 진 신세의 어느만큼은 저절로 갚은 것으로 치부하지 않았나 싶기도 하다.

나는 두 어린이가 떠날 때의 모습보다는 백악관 뜰에 도착할 때의 모습을 더 자세히 보았는데 문득 가슴이 찡해서 곰곰 보지 않을 수가 없었다. 두 어린이는 떠날 때와 마찬가지로 명랑해 보였고 어린이들 손을 잡고 헬리콥터에서 내리는 낸시 여사의 모습이 돋보이는 것은 오히려 떠날 때보다 더했다. 대통령을 마중하는 사람들의 표정에서도, 대통령의 표정에서도 낸시 여사를 자랑스러워하는 마음을 역력히 읽을 수가 있었다. 그런데도 가슴이 찡했던 것은 처음으로 문득 어린이의 입장이 돼보았기 때문이다. 두 어린이가 머나먼 여정에 최상의 융숭한 대접을 받았으리란 건 의심할 여지도 없겠다. 환영도 우리 모두가 화면을 통해 보았듯이 따뜻하고 화기애애한 것이었다. 이렇게 보기 좋은 장면에도 불구하고 피부색이 다르고 언어가 다른 사람들 사이에 섞여 있는 어린이가 측은해 보였다. 들리는 모든 말, 심지어는 자신들을 환영하고 어르고 달래는 말까지도 못 알아듣는 먼 이방 땅에 두 어린이가 서 있다는 사실이 비로소 내 자식의 일처럼 가슴에 와닿았던 것이다.

외국어에 능통하고 외국에 오래 산 사람도 몸이나 마음이 아플 때는 우리말로 고통을 호소하게 된다고 한다. 두 어린이가 수술 전의 두려움, 집 떠난 외로움, 수술 후의 아픔과 불편 등을 호소할 수 있는 미묘하고도 풍부한 우리말이 의사나 간호하는 사람에게 한마디도 직접 전달이 안 된다고 생각할 때 실로 막막해진다. 우리의 의술로 불가능한 일이라면 모를까, 그렇지 않다면 역시 우리 땅에서 우리 손으로 치료하는 게 최상의 방법이었지 않나 싶다.

다행히 우리의 의료 기술도 국제 수준에 뒤지지 않는 심장 수술을 할 만큼 발달했고 여태까지 시행한 수술에서의 성공률도 90퍼센트 이상이어서 미국이나 일본에 결코 뒤지지 않는다고 한다. 문제는 선천적으로 그런 어려운 병을 가지고 태어난 어린이가 전국적으로 5만 명 이상이나 되고 한 사람당 수술비가 자그마치 5백만 원에서 1천만 원이나 든다는 데 있겠다. 그러나 환자는 어린이들이고 수술을 못하면 조만간 죽고 수술을 하면 완치시킬 수가 있다.

우리가 잘사는 걸 구가한 지가 벌써 몇 년짼데 단지 돈이 없어 죽어가는 어린이를 보고만 있다는 건 말도 안 된다. 양손에 어린 환자를 데리고 내린 낸시 여사가 보기 좋았다면, 우리가 드러내 보인 잘사는 나라다운 풍족하고 화려한 손님 대접과 돈이 없어 죽어가는 어린이는 부끄러운 모순이었다. 우리가 잘사는 나라답게 부족함이 없는 게 어찌 손님 대접뿐일까. 어른들이 몸보신과 정력 보강을 위해 아낌없이 들이는 돈의 정확한 통계를 낼 수만 있어도 이 땅에서 돈이 없어서 죽어가는 어린이가 있다는 게 더더욱 창피한 일이 될 것이다. 문제는 가난에 있는 게 아니라 돈을 어떻게 무엇에다 먼저 쓰느냐에 있다 하겠다.

우리보다 먼저 외국의 자선단체에서 그런 어린이들에게 구호의 손길을 뻗쳐준 것은 우리로선 너무도 부끄럽고 고마운 일이었고 그 혜택을 받은 당사자에겐 크나큰 복이었다.

그러나 아직도 5만여 명의 어린이가 시한부 인생을 살고 있다. 그런 어린이들과 그 가족들이 행여 인도주의란 바다 건너에서나 불어오는 바람이라고, 또는 어느 날 문득 수직으로 떨어지는 요행이라고 생각하지 않도록 고루 공평하게 혜택이 돌아갈 수 있는 범국민적인 관심과 기금의 설치가 시급하다 하겠다.

어린이들이 이 땅에 태어나길 참 잘했다고 믿을 수 있는 나라야말로 정말 잘사는 나라가 아닐까.

진정한 '뿌리'

'하나만 낳아도 만원'이란 표어는 '둘만 낳아 잘 기르자'보다 훨씬 더 각박하고도 위협적이다. 지구가 앞으로 어느만큼의 인구를 더 먹여 살릴 수 있느냐의 문제를 그렇게 조급하게 걱정 안 해도 된다는 낙관적인 견해도 없지는 않다. 과학이 여지껏 우리에게 새록새록 보여준 기적에 가까운 경이는 인간이 꿈꿀 수 있는 거라면 실현 못할 게 없다는 과학에 대한 신앙 같은 걸 품기에 족한 것이었다. 하긴 과학이 하고자만 한다면 인간의 배설물을 당장 식량으로 바꾸고, 내뿜은 숨을 곧장 신선한 공기로 바꿀 수 있는 작은 기계를 인간의 코에 부착시킬 수 있을지도 모른다. 설 땅이 없으면 층층이 겹쳐서라도 굶주릴 걱정 없이 번식에 번식을 거듭할 수 있다고 가정

해도 미래에 대한 공포가 더하면 더했지 조금도 덜어지지 않는다.

양계장 속에서의 포식과 안일이 초근목피의 기근보다 훨씬 더 공포스럽다. 인구가 이대로 불어난 미래를 생각할 때, 기아에 대한 두려움보다도 새롭게 닥쳐올 최소한의 인간다움도 유지할 수 없는 삶의 모습에 대한 두려움이 더하단 얘기다.

우리의 인구가 4천만을 넘은 건 갑자기 일어난 예기치 않은 사태가 아니라 꾸준히 마련돼온 거련만 그 대책은 마치 돌발적인 천재지변에 대한 것처럼 떠들썩하고 선동적일 뿐, 그 근본 요인을 직시하고 거기에 맞는 대책을 세우는 데는 너무 신중하다못해 어물쩍대고 있는 인상마저 풍긴다.

'둘만 낳아 잘 기르자' 때보다 '하나만 낳아도 만원'에 이르러서 남아에 대한 열망은 진정됐다기보다 오히려 더해진 게 아닌가 싶다. 문이 좁아질수록 경쟁률이 높아지는 것과 같은 이치라고나 할까.

아들한테 노후를 의지해야겠다는 생각이 급속히 줄어가고 있는 것만도 그렇다. 우리 나이또래만 해도 아들을 서너 명씩 둔 친구도 있건만 자식한테 의지하지 않을 노후 대책을 세우느라 각자 부심하고 있다. 그러나 아들에 의해 대를 이어야겠다는 생각만은 시대나 생활의 변천과 상관없이 아직도 시퍼렇게 살아 있고 사뭇 당당하다.

그렇담 대를 잇는다는 건 무엇일까? 자기의 핏줄이 끊어지지 않고 면면히 이어져내리고 번성하길 바라는 건 동물과 식물의 줄기찬 본능이다. 그 종족 보존의 본능에 의해 목숨 있는 모든 것은 다투어 번성하고 지구를 생명 있는 것으로 유지해왔다. 그러나 딸에 의해서도 핏줄은 이어진다. 우리의 목숨은 아버지에게서만 받은 것도 어머니에게서만 받은 것도 아닌 반반씩 받은 것이고 또 다음 대의 반을 이루는 것이기도 하다. 종족 보존에 있어서 사람보다 훨씬 본능적인 짐승에겐 그래서 남아선호라는 게 없다.

요새 TV를 통해 새로 방영되고 있지만 책으로도 널리 읽힌 『뿌리』를 보면 그 점이 매우 흥미롭다. 저자 알렉스 헤일리가 그의 혈통을 거슬러올라가 만난 쿤타 킨테는 결코 그의 부계의 조상이 아니다. 그렇다고 모계의 조상도 아니다. 때로는 부계로 때로는 모계로 거슬러올라간 것이지 모계나 부계를 택해 직선으로 거슬러올라간 게 아니다. 그에겐 백인의 피도 섞여 있다. 쿤타 킨테가 딸 하나밖에 못 낳았을 때 우리 식으로 하면 쿤타 킨테는 대가 끊긴 셈이다. 그러나 헤일리는 쿤타 킨테를 그의 조상이라고 밝히고 주장하고 자랑하고 있다. 그러니까 쿤타 킨테는 헤일리에게 피를 나누어준 여러 조상 중에서 헤일리가 택한 조상이라고 볼 수도 있다. 헤일리는 마음만 먹으면 백인의 조상을 택할 수도 있었다.

쿤타 킨테의 딸은 백인에게 겁탈당해 조지라는 그의 오대조를 낳았으니까, 만약 그 백인의 혈통을 거슬러올라갔더라면 아프리카의 밀림 대신 영국의 고성이나 하다못해 박해받은 청교도 정신이라도 만났을 것이다.

그런데 왜 하필이면 그는 그에게 피를 나누어준 여러 조상 중에서 쿤타 킨테를 그의 뿌리로서 택했을까? 그는 『뿌리』에서 그 까닭을 "그분 덕택에 그의 용기와 자부심과 고국에서 자유인이었던 그의 뿌리에 대한 기억과 의미를 면면히 살아 있게 한 끈질긴 결의 때문에 그의 후손인 우리 모두가 마침내 누구인가를 재발견했기 때문이다. 그렇다. 자기의 가치에 대한 인식은 우리가 누구이며 서로가 어떠한 의미를 지니는가에 대한 자부심을 회복함으로써 다시 소생할 수 있고, 지속될 수 있다"라고 밝히고 있다.

그는 쿤타 킨테를 그의 뿌리로 발견하고 선택했을 뿐 아니라, 살려내서 그의 후손들의 아직도 끝나지 않은 자유를 위한 싸움의 생명력으로 삼고 있는 것이다.

사람은 누구나 자식에 의해 그의 생명이 죽지 않고 이어지길 바란다. 그러나 이 피는 자식이 새로운 이성을 만나 피를 섞고 그다음 생명으로 이어질 때 반감되고 대가 바뀔수록 그의 피는 없어진다. 그건 아들의 경우건 딸의 경우건 공평하고 어떤 노력에 의해서 더해지거나 덜해질 수 있는 게 아니다.

그러나 대를 잇는다는 걸 단순히 생물학적 의미를 떠나 어떤 정신적 가치를 물려준다고 생각할 때, 아들딸 문제를 극복할 수도 있거니와 우리의 현재의 삶의 가치를 높일 수도 있을 것이다. 우리의 먼 후손이 그를 이룬 여러 갈래의 뿌리 중 자부심을 가지고 대할 수 있는 조상이 되는 길이란 어떤 것일까?

산다는 것의 어려움에 대한 자각과 현재의 삶에 대한 투철한 반성 없이는 대답이 궁할밖에 없다. 더구나 우리가 자식은 임의로 선택해서 낳을 수 없지만 그 후손은 조상을 임의로 선택할 수 있고, 대가 바뀔수록 그 선택의 범위도 넓어진다고 생각할 때 더욱 사람 노릇이 두렵고 어렵다.

그러나 대를 잇는다는 의미 중에서 이렇게 남녀가 공평하게 할 수 있는 생물학적 가치와 정신적 가치를 덜어내고 나면 대는 꼭 남자가 이어야 한다는 부담이 많이 줄어들 수 있지 않을까? 물론 성씨와 함께 가계를 잇는다는 막중한 책무가 남아 있긴 하다.

가족법 개정 등으로 여자에게도 가계를 잇게 할 수 있게 해야 한다는 주장이 이제 과히 낯설지 않게 되긴 했지만 그런

법이 제정되고 통과가 된다 해도 우리의 관습이 그걸 받아들이기까지는 요원할 줄 안다. 더군다나 앞으로 외아들 외딸이 늘어날 텐데 자기의 가계를 단절시키고 여자의 가계를 이을 남자가 과연 있을까 의문이다. 앞으로 가계를 잇는다는 의미가 많이 가벼워져야만 그것이 가능할 수도, 설혹 가계가 단절돼도 애통해하거나 섭섭해하지 않을 수도 있을 것이다. 실상 대를 잇는다는 데서 생물학적 가치와 정신적 가치를 빼고 나면 성씨라는 꺼풀만 남는다고 볼 수도 있다.

산업사회의 육아

  아침저녁 신문을 집어들 때마다 묵직한 갈피에서 우수수 광고지가 떨어진다. 보통 너덧 장, 많을 땐 열 장이 넘을 때도 있다. 그렇게 되면 배달하는 소년도 부당하게 가중되는 무게로 수월치가 않을 듯싶다. 대개는 눈여겨볼 겨를도 없이 휴지통에 넣게 되는데 어떤 때는 버리는 일조차 짜증스러울 때도 있다.

  어떤 알뜰 수기에서 보니까 그런 광고지를 버리지 않고 모았다가 묶어 뒷면을 아이들 연습장으로 쓰게 했다는 얘기가 있었다. 그걸 그렇게 쓸 수도 있었구나, 새삼 신기해서 그후 광고지를 유심히 보았더니 우리 동네 광고지는 앞뒤가 다 인쇄되어 있어서 그렇게 쓸 수 있을 것 같지도 않았다. 아마 알뜰 수기가 과장이었거나, 그동안에 광고주가 한층 약아졌다 거나 둘 중의 하나일 것이다.

광고지는 거의가 다 뭘 배우러 오라는 학원이나 교습소의 선전이다. 광고지를 하루만 모아서 훑어보아도 이 세상엔 배울 게 얼마나 많은가 머리가 어지러울 지경이며 자신의 무재주가 은근히 부끄러워지기도 한다. 평생교육이란 말이 나오기가 무섭게 영악한 산업사회의 상혼은 이렇게 평생 배워도 모자랄 강좌와 실습을 마련해놓고 우리를 불러내고 있다.

학원이나 교습소라기보다는 어색한 대로 배움방이라고나 해야 할 이런 조그만 사설 학원은 주로 아파트나 주택가 인근의 상가에 밀집해 있다. 전자오락실 옆에 서예학원이 있고, 다방 옆에 태권도장이 있고, 개소주집 옆에 전통 다도 교실이 있다.

간판을 보면 대강 뭘 가르쳐주겠다는 소린지 짐작할 수 있지만 전혀 그렇지 못한 곳도 있다. 이를테면 눈 건강 체조학원이란 간판을 보고 그 속에서 뭘 가르치는지 상상하긴 쉽지 않다.

언젠가 그런 사설 학원이 많이 모인 상가를 지나려는데 섬뜩하도록 높은 목청이 폭포수처럼 막힘없이 부르짖는 소리가 들렸다. 목소리만 듣고는 쉽게 알 수 있는 연령이나 성별을 전혀 짐작할 수 없는 높은 기성奇聲을 들으며 나는 느닷없이 아득한 1940년대 후반의 혼란기를 떠올렸다. 해방 후와 건국 초엔 이 땅 방방곡곡에 정치가 만발했고 자칭 지사와 애국자들은 사람들 앞에서 그런 목소리로 애국 애족을 부르짖기도 하고 남을 비방하기도 하면서 주먹으로 책상을 내리치기를 좋아했었다.

아직도 그런 고전적인 비분강개 지사가 남아 있을 줄이야. 나는 문득 시제時制의 혼란과 함께 진저리를 치고 싶은 혐오감을 느꼈다. 도대체 뭐하는 곳일까 살펴보니 웅변학원이었다. 그리고 학원 문을 밀고 나오는 사람은 뜻밖에도 귀엽게 생긴 어린아이들이었다.

요새는 대중을 대량으로 선동할 필요가 있는 국회의원 입후보자도 별로 써먹지 않는 그 구식 웅변법을 왜 저렇게 어린아이들에게 가르치려드는 걸까. 나는 그게 적이 궁금했지만 그곳에 다니는 아이들의 예쁘고 활발한 표정 때문에 나의 혐오감이 당치않다는 것만은 곧 알아차릴 수가 있었다.

얼마 후 안면이 있는 이웃 부인한테서 그녀의 아이도 웅변학원에 보낸다는 얘기를 듣게 됐다. 이유는 간단했다. 아이가 숫기가 없어 남의 앞에서 말을 잘 못하기 때문에 숫기를 길러주기 위해서라는 거였다.

그 집 아이뿐 아니라 요즈음 아이들이 말을 잘 못한다는 건 나도 동감이었지만 숫기가 없어서 그런 것 같진 않았다. 어른이 뭘 물어보면 못 들은 체하거나 불손한 말씨로 동문서답을 하는 소리를 들으면 숫기가 없다기보다는 어른을 무시하는 버릇없는 태도에 가까웠다. 또 조금만 긴 말을 하게 되면 함부로 어른을 웃기려든다.

개그맨들이 흔히 쓰는 몸짓이나 유행어를 적당히 섞어서 상대방을 웃겨야만 말을 제대로 한 것처럼 안심하는 어린이를 흔히 보게 된다. 저희끼리 얘기하는 걸 들으면 그런 증세가 한층 심하다. 코미디언 뺨치게 재치 있는 우스갯소리가 탁구공 튕기듯이 경쾌하고 눈부시게 교환된다. 그런 어린이일수록 논리적인 사고를 요하는 말을 시키면 곧 혀가 얼어버리고 말투도 책 읽는 소리로 변해버린다. 별안간 부끄럼까지 타게 된다.

그 부인이 숫기가 없다고 근심하는 것도 그런 증세가 아닌가 싶었다. 그런 증세는 아이의 잘못도, 웅변학원에서 교정될 잘못도 아닌 바로 그 어머니의 잘못인지도 모른다. 아이는 어머니를 통해 사물의 이름을 배우는 것과 동시에 말하는 법을 배우는 게 가장 자연스럽고 초보적인 가정교육일 텐데 어머니들은 그것마저 너무 밖에서 구하려는 것 같다.

현하懸河의 웅변으로 대중을 사로잡는 기술도 그럴 만한 일에 뜻을 둔 사람이라면 배워둬도 나쁠 것도 없겠지만 자기가 생각하는 바를 정확하게 펴 보이는 대화의 기초 없이 익힌 그런 기술이란 얼마나 공소할 것인가. 또 훌륭한 대화가 상대방을 설득하기에 앞서 상대방의 말에 귀를 기울이고 그 말귀를 바로 알아듣는 데서 비롯되는 거라면 자기 목청만 높이는 일방통행의 웅변은 되레 진정한 대화에 장애가 될 수 있을지도 모른다. 누구 눈에나 공통으로 꼴 보기 싫은 사람은 말을 못하는 사람이 아니라 들입다 자기 말만 하고 남의 말을 들을 줄 모르는 사람이 아닐까.

아이가 숫기가 없다고 웅변학원에 보내는 어머니가 있는 것처럼 자기 아이가 나가 놀 때마다 얻어맞고 들어오는 게 속상해서 태권도장에 보낸다는 어머니도 있고, 자기 아이는 셈이 어두워 일주일 용돈 계산도 번번이 틀리는 걸 보고만 있을 수가 없어 주산학원에 보낸다는 어머니도 있고, 크레용이나 볼펜으로 벽지에다 뭘 긋기 좋아하는 어린이로부터 집안의 청결을 지키고자 미술학원에 보내는 어머니도 있다. 마치 골치가 무거우면 무슨 약, 뱃속이 거북하면 무슨 약 하는 식으로 약을 남용하듯이 너무 아무것도 아닌 까닭으로 아이들을 그런 사설 교육기관에 맡기려들고 그래서 그런 배움방은 날로 늘어나는 것 같다.

그래도 그만한 이유라도 있어 보내는 어머니는 그중 나은 편이다. 보다 많은 어머니들은 남들이 다 보내는데 나만 안 보내면 불안하니까 보내고 아이들을 집에서 건사하기가 귀찮아서도 보낸다.

특히 근래에 유아교육에 대한 관심이 높아지고 그 필요성이 고조되면서 자기 아이가 만 세 살만 되어도 어딘가에 맡겨져 교육을 시켜야만 될 것처럼 조바심하는 어머니들이 부쩍 늘어난 것 같다. 예전과 달리 외톨이 아니면 둘이서만 자라 우애를 배우고 익힐 기회가 거의 없는 아이들을 한데 모아 놀고 사귀고 싸우고 화해하는 걸 배워줄 유아교육의 필요성은 아닌 게 아니라 절실하다. 그러나 그런 교육기관이 실제로 어디 있느냐 말이다.

없는데도 그걸 원하는 마음에 유아교육을 핑계로 아이들을 건사하는 일로부터 놓여나고 싶은 어머니들의 갈망까지 합쳐서 생겨난 게 그런 유사 교육기관이 아닌가 싶다. 미술이나 피아노 등 예능을 가르치는 사설 학원은 대부분 연령에 제한이 없이 어린이들을 받는다. 나이가 모자란다고 유치원에서도 접수되지 않는 어린이도 얼마든지 들어갈 수 있는 사실상의 유아교육 기관이다. 말이 음악·미술 학원이지 일정 시간 동안 놀아만 주면 되고, 온종일 맡겨놓고 싶어하는 어머니의 요구에 따라선 온종일 맡기도 하는 모양이다. 문제는 그 서너 살짜리 아이를 누가 맡아 가르치느냐에 있고 무엇을 가르치느냐에 있다.

아무리 일류대학을 우수한 성적으로 나와도 학교 선생님을 다 할 수 있는 게 아니다. 사범대학을 나오든지 일반대학이라면 반드시 교직 과목을 이수해야만 자격이 생긴다. 그렇게 제도적으로 엄격한 제한이 있는 건 교육이 그만큼 중요하기 때문이다. 그런데 그 교육의 기초가 되는 유아교육에 있어서는 그런 자격 제한조차 없이 쉽게 개업을 한다. 심지어는 아이들을 온종일 힘 안 들이고 붙들어두기 위해 비디오를 틀어놓는 비교육적인 배움방도 있다고 한다.

이런 교육의 '교' 자도 모르는 사람들이 함부로 행하는 상행위를 비난하기 전에 자기 자식을 그런 저급한 상행위에 내맡기는 어머니들이 먼저 비난받아야 할 줄 안다.

유아교육을 너무 어렵게 남이 해줘야 할 큰일로만 생각하지 말고, 우리 어머니나 할머니들이 그랬던 것처럼 아이가 여든까지 지닐 버릇과 말을 가르치는 일쯤으로 여길 수만 있다면 그런 장삿속에 속는 일은 없을 것이다.

삶의 뿌리, 가정

며칠 전 친구들끼리 모인 자리에서 6·25 때 얘기들을 한 일이 있었다. 젊은 사람들이 들으면 재미있는 얘기도 하고많은 세상에 하필 그 지겨운 전쟁 얘기는 뭣하러 할까 할지 모르지만 우리 나이또래는 그때 얘기들을 잘한다.

그날의 화제는 그때 뭐가 가장 고통스러웠나 하는 얘기였는데, 뭐니 뭐니 해도 굶주림이 제일 견디기 힘들었다는 친구도 있었고, 언제 공습을 당할지 언제 반동으로 몰릴지 몰라 전전긍긍한 불안이 제일 싫었다는 친구도 있었고, 식구들이 납치나 살상을 당하는 걸 목격하는 공포가 가장 견딜 수 없더라는 친구도 있었다.

공감할 수 있는 얘기고 본인의 경험에서 우러난 얘기였다.

맨 나중까지 듣고만 있던 친구는 이렇게 말했다.

"나도 그때 배도 고파보고, 아버지가 납치당해 가시는 것도 보고 동생이 파편 맞아 죽는 것도 봤지만 그런 몹쓸 고생보다 더 견딜 수 없는 건 그 세상에선 가정생활을 할 수 없는 겁디다. 엄마는 여맹, 오빠는 민청, 동생은 소년단…… 이렇게 제각기 속한 단체가 있어서 온종일 밤늦게까지 붙잡아두는 통에 가정에서 식구들끼리 모여서 오붓한 시간을 가질 새가 없으니까 도대체 살맛이 없더라구요."

곰곰 생각해보니 정말 그런 것 같았다. 공산 치하의 3개월 동안 가장 견디기 어려웠던 것은 배고픔도, 파괴와 살육도 아닌 가정의 부재였다는 나중 친구의 말은 그 자리의 우리 모두의 깊은 공감을 얻었다.

그러고 보니 가정의 단란까지를 무시하고 제아무리 이념이 투철한 당을 키우고 명령 하나로 일사불란하게 움직이는 각종 단체를 만들고 강력한 군대를 육성했다고 해서 그 나라를 강한 나라라고 할 수 있을까 하는 생각이 든다.

정말 강한 나라는 가정의 행복이 자유스러운 나라가 아닐까 싶다. 나라라는 것은 실은 수많은 가정이 모여서 된 거고, 가정의 행복을 지키려는 마음이 곧 나라를 지키려는 마음일 뿐 애국심이란 게 결코 따로 있는 게 아닐 것이다.

평범하고 소심한 사내도 국난을 당하면 영웅으로 변하는 수가 있다. 내 가정의 행복을 지키려는 자와 내 가정의 행복을 파괴하려는 부당한 힘에 대한 미움이 자기도 믿을 수 없는 용기가 되고 신념이 되어 그런 기적을 일으킨다.

반대로 힘깨나 쓰고 세상에 무서운 게 없을 것 같은 겁나는 남자가 정말 해야 할 옳은 일에 당해선 비겁해지는 걸 종종 보게 되는데 가정이 없거나 있어도 행복하지 않은 경우가 많다. 당장은 가정이 없더라도, 앞으로 행복한 가정을 가지고자 하는 꿈이라도 있어야 사람은 뭔가 보람 있는 일을 할 수가 있다.

우리는 손쉽게 가정이 없는 사람은 남보다 용기가 더 있다고 생각하는 수가 있다. 그러나 실제로 경험해보면 사람에게 가정이 없으면 자포자기는 있을지언정 용기는 없다. 용기는 명예롭기를 원하는 떳떳한 힘인데 지킬 가정이 없으면 불명예를 두려워하는 마음 또한 없게 된다.

이런 일은 누구나 일상적으로 겪는 경험이지 결코 특별한 일이 아니다. 밖에서 칭찬받았을 때 기쁜 건 집에 가서 엄마에게 알리고 싶기 때문이고, 야단맞았거나 잘못했을 때 두려운 건 집에 계신 엄마가 아실까봐였던 것은 누구나의 어릴 적 기억이다.

어른 되고도 죄의 유혹에 빠지려다 아차 고비에 면할 수 있는 것은 문득 떠오른 어머니의 슬픈 얼굴 때문이고, 작은 성공이나 명예에도 큰 즐거움을 느끼는 건 내 가정에다 돈으로 살 수 없는 선물을 할 수 있다는 생각 때문이다.

슈퍼마켓에서 소년이 껌을 한 통 훔치다 들켰는데 소년이 파랗게 질려서 울면서 엄마한테만 알리지 말아달라고 싹싹 빌었다. 소년이 자신의 실수가 엄마에게 알려지는 걸 그렇게 두려워하는 한 아마 다시는 그런 실수를 저지르지 않을 것이다.

그러나 가정이 없는 떠돌이 소년이 뭣을 훔치다가 들켰을 때는 양상이 사뭇 달라진다. 붙잡은 주인을 되레 협박하기도 하고 마음대로 해보슈, 하는 투로 뻔뻔스럽게 굴기도 한다. 붙잡은 사람도 소년을 선도하려는 생각보다는 벌주려는 생각부터 하게 된다.

이렇게 가정이란 단순히 혈연끼리 또는 사랑하는 남녀끼리 모여 사는 곳만이 아닌, 알게 모르게 우리의 의식과 행동을 지배하는 도덕이다. 가족에게 근심을 끼치지 않으려고 우리는 악의 유혹을 물리칠 수가 있고, 가족에게 기쁨을 주기 위해 우리는 떳떳한 방법으로 돈을 벌고 뜻있는 일을 하고 학문과 예술을 성취한다.

가정은 또 사랑을 배우는 곳이다. 사랑을 충분히 받은 사람만이 남을 아낌없이 사랑할 수가 있다. 형제간에 우애가 없는 사람이 이웃을 사랑할 수가 없다. 부모를 공경할 줄 모르는 자식이 밖에서 윗사람의 신임을 받을 수가 없다. 만일 그럴 수 있다고 해도 그건 일시적인 속임수에 지나지 않는다.

사랑은 더 큰 사랑을 부르지만 아첨은 곧 싫증을 부른다. 집에서 사랑받지 못하는 자식이 밖에서 남의 사랑을 받기를 바라는 것처럼 큰 허욕은 없다.

자식을 기르는 부모의 욕심은 가지각색이다. 판사가 되길, 의사가 되길, 예술가가 되길, 운동선수가 되길, 가수가 되길 바란다. 더러는 욕심대로 되기도 하고 더 많이는 못 되고 만다.

이런 헛된 욕심보다는 언제 어디서나 정말 필요한 사람을 만들려는 소망을 가져봄직하지 않은가. 이런 소망은 마음만 그렇게 먹으면 결코 배반당할 염려가 없는 소망이다. 언제 어디서나 필요한 사람이란 언제 어디서나 사랑받을 수 있는 사람이고 그런 사람이 되려면 먼저 많은 사랑을 받아야 한다. 사랑처럼 아무리 많이 주어도 넘치지 않는 것도 없다. 받는 사람이 사랑을 무게로 느끼고 부담스럽게 생각하면 그건 이미 사랑이 아니다.

가정은 도덕과 사랑의 뿌리일 뿐 아니라 학문이나 예술적 업적을 비롯해서 단순한 육체노동에 이르기까지 모든 고된 일을 할 수 있는 힘의 원천이고 앞을 비추는 희망이다. 저녁에 집에 돌아가 식구들과 단란한 식사를 할 수 있는 희망이 있는 한 노동자는 아무리 힘든 일도 힘든 줄 모른다. 그런 희망이 있고 없고에 따라 일하는 태도뿐 아니라 실제로 거두는 능률까지 달라진다.

위대한 업적을 남긴 예술가의 아내는 말한다.

"저는 그분을 위해 해드린 게 아무것도 없어요."

그러나 우리는 알고 있다. 그녀는 그 예술가에게 꼭 필요한 것, 휴식을 주었음을.

엄청난 고통을 수반하는 작업일수록 다음 고통과 싸우기 위한 휴식이 절실하다. 숙면의 밤이 없이 근면한 하루가 있을 수 없듯이, 모든 생산적인 일은 가장 비생산적인 휴식에 뿌리 박고 있다. 그와 마찬가지로 모든 가치 있는 일은 가정 밖에서 이루어지고 있는 것 같지만 그 힘의 원천은 가정이다.

이 풍요한 시대의 보릿고개

어젯밤은 늦도록 텔레비전으로 〈이산가족을 찾습니다〉를 보느라 잠을 설쳤다. 나의 가족은 다 생사가 분명해서 애틋한 기대감을 가지고 보지 않았건만도 문득문득 가슴속과 눈시울이 젖어왔었다.

아침에도 눈을 뜨자마자 오랫동안 헤어졌던 그리운 사람과 만났던 것 같은 이상한 착각에 사로잡혔다.

이런저런 일상적인 아침 일을 하면서 비로소 간밤에 자신이 왜 울먹였고 누구를 만났던가를 알 것 같았다. 간밤에 만난 건 오랫동안 잊고 지냈던 원형적인 한국인의 얼굴이었고 그 얼굴이 슬퍼서, 그리고 반가워서 그렇게 눈시울을 적셨음

이 아닌지. 그 얼굴에 극명하게 새겨진 기다림과 참을성과 고
난의 흔적 때문이었고 우리끼리만 알 수 있는 그 얼굴의 아름
다움 때문이었다.

내가 알고 지내고 가끔 만나는 사람도 그렇고, 오며가며
무심히 스치는 사람도 그렇고, 텔레비전 화면을 통해 볼 수
있는 유명인이나 인기인 아닌 보통 시민도 그렇고 다 밝고 명
랑하고, 거침없이 말마디나 하고, 표정이나 복장이 세련되고
근심 없어 보여 나는 우리나라 사람들이 모다 그 정도는 서구
화된 줄 알았다. 중공 사람들이 우리나라 여자들을 보고 서양
여자인 줄 알았다는 소리를 듣고도, 칭찬을 들었다고도 흉을
잡혔다고도 생각하지 않고 그저 예사롭게 받아들일 만큼 우
린 우리의 경제성장과 함께 서구화를 스스로 인정하고 있었
다. 그러는 사이에 잊고 지냈던 원형적인 한국인의 얼굴을 어
젯밤 화면을 통해 무수히 보았던 것이다. 그들은 제각기 혈연
을 찾고 있을 뿐, 그들끼리 혈연은 아니었건만 그들의 공통적
인 역경과 고난과 외로움과 기다림으로 하여 하나같이 닮아
보였고 그들이 잃지 않은 희망과 사랑으로 하여 아름다워 보
였다.

그러나 그들을 아름답게 보고, 손만 잡으면 말없이도 위로
하는 마음이 통할 것처럼 정겨웠던 것은 나만의 일이고, 아이

들에게 그들이 어떻게 비췄는지는 모를 일이다. '이산가족 찾기'를 다만 하나의 구경으로 보고 그 재미를 운동경기나 쇼와 비교했을지도 모른다. 나는 그들을 원형적인 한국인의 얼굴이라고까지 말했지만 그것도 어쩌면 내 세대의 편견일 뿐 아이들이 간직하고 있는 한국인상은 전혀 다른 것일 수도 있고 또 달라야 마땅한 건지도 모른다.

세대 차라는 것은 단순한 나이 차이가 아니라 각자의 몸을 빌려 지나갔을 성격을 형성할 중요한 시기의 기억의 차이가 아닐까.

요즈음에 와서 부쩍 그런 의미에서 세대 차를 느끼는 일이 잦아진다. 스스로 독하다고 말할 수 있을 만큼 감동에 인색한 성격이건만 지나간 유행가 가락에도 가슴이 젖어오고, '이산가족 찾기' 아니라도 텔레비전극을 보다가도 곧잘 눈물을 짠다. 내가 거의 거르지 않고 보고, 또 좋아하는 텔레비전극으로 〈전원일기〉라는 게 있는데 일전엔 그걸 보다가도 훌쩍거렸다. '시골 돈'이라는 제목이었던 것 같다. 읍내에 새로 생긴 도시풍의 맥줏집에서 마을 청년이 맥주 몇 병 마시고 기분 좀 낸 게 시골의 돈 관념으로 얼마나 큰 액수가 되어 영농비를 압박하고, 늙은 부모를 노엽게 하고, 온종일 들로 산으로 헤매며 뜯은 나물로 단돈 몇 푼이라도 저축하려는 착한 아내를 좌절케 하고 젊은 당사자를 우울과 분노와 회의에 빠뜨렸나 하는 얘기가 그다지도 마음 아팠던 것은 무슨 까닭일까? 그때 나는 아이들 앞에서 눈물을 보인 것만 창피해서 엄마가 늙어서 주책이 없어졌다는 정도로 얼버무렸었다. 요새 사람들은 모두 똑똑하고 영악하기 때문에 눈물이 헤픈 것도 변변치 못한 것 같아 될 수 있는 대로 감추고 싶어진다.

며칠 전에 있었던 하곡수매상가를 작년 수준으로 동결한다는 발표에 접하면서 그때 마음 아프게 본 '시골 돈' 생각이 또 났고 그게 왜 그렇게 눈물겨웠던가도 알 것 같았다. 늙어서 눈이 여려져서만은 아니었다. '시골 돈'이 슬퍼서였고, 좀더 정확하게 말하면 '시골 돈'과 '서울 돈'의 격차가 슬퍼서였다.

하곡이란 보리고, 시골이 잘살게 됐단 얘기들을 할 때마다 흔히 요즈음 시골엔 보릿고개가 없어졌단 말을 한다. 너도나도 보릿고개가 없어진 걸 농촌의 빈곤의 퇴치와 동일시하고 쉽게 안심하려든다.

그러나 나는 매년 하곡수매 얘기가 나올 때마다 반사적으로 보릿고개를 느껴왔고, 더군다나 올해처럼 한 푼도 올리지 않게 되자 더욱 고되고 가팔라진 보릿고개를 예감할 수밖에 없다.

1970년대 이후 우리는 급속히 잘살게 됐고, 잘사는 양상도 몰라보게 달라졌다. 집에 텔레비전 냉장고만 있어도 자랑스럽고 부자 소리 듣던 게 엊그저께 일이건만 우리의 건망증과, 위만 볼 줄 아는 욕망은 먼 옛날 일처럼 언제 그랬더냐 싶다. 지금 잘사는 사람과 10년 전의 잘사는 사람과는 사는 모습의 차이가 엄청나다. 잘사는 양상이 이렇게 달라지는데 어찌 빈곤의 양상인들 달라지지 않고 1950년대, 아니 일제 말기를 지키길 바라겠는가. 보릿고개도 농촌의 빈곤의 한 양상이라면 그것도 얼마든지 달라질 수가 있지 않을까.

　일제 말기와 1950년대의 보릿고개가 나무껍질이나 산나물이라도 뜯어다가 끼니를 때우려고 주린 배를 허리띠로 졸라매고 들로 산으로 헤맬 때의 하늘이 가물가물 노래지는 허기증이라면, 이 풍요한 시대의 보릿고개는 단 몇 달 사이에 고층 아파트도 공중에다 붕 띄울 수 있는 물가라는 괴력을 보리 섬을 추機 삼아 끌어내려 소위 안정을 꾀해야 하는 일방적인 고달픔이 아닐까? 보리 섬을 팔아서라도 작년 다르고 올 다르게 새록새록 다양해지는 소비욕—맥주, 무슨무슨 콘 무슨무슨 바, 콜라, 사이다—을 쫓아야 하고 교육비가 아무리 보릿값과는 얼토당토않아도 자식에 대한 희망을 버릴 수 없는 비애가 아닐까.

하곡수매가를 동결한 명분을 보니 다 수긍이 갔다. 냉정하게 판단하건대 올려줄 요인이 하나도 없다는 데 이의가 있을 수가 없겠다. 원컨대 그렇게 똘똘하고 영악하게 물가를 보는 안목이, 똑같은 물건이 외제 상표만 하나 따다 붙이면 서너 배를 받을 수가 있고, 툭하면 40~50퍼센트 바겐세일로 정가제와 소비자를 우롱하면서 평상시의 폭리를 스스로 과시하는 큰 기업의 터무니없는 원가계산법에도 좀 미쳤으면 싶다. 큰 기업이 돈을 잘 버는 게 배가 아파서가 결코 아니다. 물가 안정이란 중책을 보리 섬에다만 실리기가 너무도 안쓰러워서이다. 아파트도 공중으로 가볍게 띄우는 도시의 광기와 소비성향을 보리 섬으로 잡을 수 있다는 게 좀처럼 믿기지 않아서이기도 하다. 백지장도 맞들면 낫다지 않는가. 이건 정말 보리 섬에다만 무겁고 힘겨운 책임을 맡길 일이 아니다.

지금 창밖에선 비가 내리고 있다. 자욱한 하늘과 가늘지도 굵지도 않은 빗줄기가 장맛비인 것 같다. 하곡수매가를 동결한다는 게 농민들에게 좋은 소식이 아니라면 오랜 가뭄 끝에 장마는 희소식일 수도 있으리라. 그러나 장맛비라도 고루 모자라지도 넘치지도 않게 내리려나 모르겠다. 방정맞은 예측인지는 몰라도 장마철이 끝나면 으레 홍수의 피해 아니면 장맛비도 넉넉히 못 맞은 가뭄의 소식이 들리고 도시인의 흥겨운 휴가철이 시작되리라.

이렇게 하늘의 하는 일도 고르지 못하긴 인간사 못지않은 것 같다. 그러나 고르지 못한 게 하늘의 본래 뜻은 아닐 것이다. 인간의 의지나 사랑이 아니면 못할 '사람 노릇'을 인간으로 하여금 하게 하려는 더 큰 하늘의 뜻이 거기 있을 수도 있겠다.

시집살이 · 처가살이

흔히 체력은 국력이라고도 하고 인력이 곧 국력이라고도 한다. 심신이 건강한 인적 자원이 풍부한 나라가 만만치 않아 보이는 건, 여러 자식을 두었으되 다 출중하게 둔 집안이 당장은 좀 곤궁해도 남이 얕잡지 못할뿐더러 부러움까지 사는 것과 같은 이치리라.

우리처럼 풍부한 건 다만 인적 자원밖에 없는 처지에선 적이 위안이 되는 말이기도 하다.

그러나 인력이 곧 국력이라고 백번을 외도 위안이 안 될 적도 있다. 지하도나 지하철 계단에서 너무 많은 사람과 부대 낄 때도 그렇고, 숨이 탁탁 막히게 공기가 탁하고 혼잡스러운 백화점의 매장을 배회하는 인파의 태반이 올데갈데없는 어린

이와 청소년인 것을 볼 때도 그렇고, 다방마다 음식점마다 구
박에 가까운 불친절과 비위생을 감수하며 들어찬 사람들을
볼 때도 그렇고, 강변은 거의 다 고층 아파트가 차지하고 도
시 속에 산재한 옛날의 그 예쁜 언덕들은 모조리 헌데 자국처
럼 볼썽사나운 판자촌으로 변했건만 날로 드높아지는 집 없
는 아우성을 들을 때도 그렇다.

　도시를 벗어나도 마찬가지다. 도시를 벗어나고 싶은 건 곧
사람을 벗어나고 싶은 갈망과도 통하는데 산에 가면 산을 사
랑하는 사람이 너무 많고, 물에 가면 강태공이 너무 많고, 명
승고적을 가면 관광객이 너무 많다. 겨우 사람을 좀 벗어났다
고 해도 인적을 벗어날 수 있는 건 아니다. 웬만한 산은 매끄
럽게 포장한 아스팔트길이 동아줄처럼 칭칭 감고 올라가 산
의 숨통을 죄고 있다. 정말 산을 사랑하는 이가 귀기울이면
산이 앓는 소리를 들을 수 있을 것도 같다.

　들도 마찬가지다. 겨울의 들이라고 해서 결코 쓸쓸하지 않
다. 아무리 깊은 두메의 들도 비닐하우스가 들어차 있다. 많
은 식구를 먹여 살리기 위해 우리의 땅은 겨울에도 쉬지 못하
고 이렇게 고달프다. 사람도 일한 뒤의 휴식이 감미롭듯이 겨
울 동안 쓸쓸히 비어 있는 들도 보기 좋았건만 이제 우리의
땅은 다산의 어머니처럼 최소한의 휴식도 취할 겨를이 없다.

이러다간 어느 날 문득 우리의 땅, 다산多産의 모체가 자식들을 위해 최후의 진액까지 아낌없이 짜내고 임종을 맞는 게 아닐까 하는 무섬증에 사로잡힐 적이 있다. 이럴 땐 인력이 국력이라는 위안보다는 인구 폭발이라는 경고가 훨씬 생생하게 피부에 와닿는다.

과학의 발달로 식량의 증산이 아무리 인구의 증가를 앞지를 수 있다고 하더라도 인간다운 삶과 자연과 인간의 화해로운 삶을 위해선 더이상 인구가 늘어나선 안 되리라는 건 비단 우리나라만의 문제가 아니라 지구적인 과제인 것 같다.

그동안의 꾸준한 계몽과 또 살아가면서 얻은 체험으로 제 먹을 것은 가지고 태어난다는 식으로 다산을 낙관하는 풍조는 거의 없어진 것 같다. 벽촌의 부부도 대개는 1남 1녀를 원하고 하나라도 좋다는 부부도 늘어나는 추세인 것 같다.

그러나 10년 전만 해도 2남 1녀를 이상으로 삼던 게 1남 1녀가 됐다고 해서 남녀의 선호도가 1대 1이 된 거라고 보긴 어렵다. 하나만 낳겠다는 부부에게 물어보면 첫아들 낳으면 그것으로 단산하겠다는 게지 아들딸 가리지 않고 하나만 낳겠다는 소리가 결코 아님을 알 수가 있다.

1남 1녀를 이상으로 삼는 부부도 2남이 되었을 때는 기꺼이 이상을 포기하지만, 2녀가 되었을 때는 심각한 고민을 하게 된다. 요즈음도 아들을 얻기 위해 딸을 수없이 낳는 부부를 얼마든지 볼 수 있고 설사 딸 둘로 만족한 것처럼 사는 부부도, 아들 둘로 만족한 부부처럼 마음으로부터 만족하고 사는 건 아니다.

당국의 인구정책 중 둘만 낳아 잘 기르자는 것은 누구나 승복하는 바이지만 둘 중에 아들은 꼭 있어야 하되 딸은 있어도 그만 없어도 그만이라는 데서 중대한 차질이 생겨나고 있다는 건 누구나 다 아는 사실이다. 그래서 아들딸 가리지 말고 둘만 낳자고 외치지만 모든 분야에서 남녀의 차별 대우가 똑떨어지는 게 분명한데 어떻게 가리지를 말란 말인가?

워낙 인구문제가 당장 발등에 떨어진 불이 되고 보니 이런 고질적인 차별을 조금씩 없애려는 노력이 지엽적으로나마 안 보이는 것은 아니다.

여자가 의료보험의 피보험자인 경우 그 피부양자의 범위가 많이 확대된 거라든지 장인 장모를 모시는 직장인의 경우 장인 장모에게도 가족수당을 지급한다는 걸 보면 인구 억제책에서 무엇이 문제인가를 바로 보고 그 나름으로 노력하는 흔적이 엿보이지 않는 것 아니다.

그렇다면 왜 피부양자의 범위를 피보험자의 성별에 상관없이 동일하게 하지 않았을까? 이왕 생색내는 김에 그런 데서부터 성의 차별을 없앨 수도 있었을 텐데 아직도 여자 피보험자에게 불리한 조건을 많이 남겨놓은 것은 이해할 수가 없다.

아들은 농사짓고, 딸은 공장에 보낸 노부모가 그 딸 덕에 의료보험 혜택을 받을 수 있다면 농촌에서 그 딸의 지위는 저절로 올라갈 수가 있으련만 그럴 수 없도록 제도적으로 못박아놓은 것은 무슨 까닭일까? 꼭 이렇게 아들딸을 가려서 차별해야만 비로소 직성이 풀리는 게 우리의 법과 제도인데 어떻게 무얼 믿고 아들딸을 가리지 말란 말인가.

장인 장모를 모시는 경우 가족수당을 지급한다는 것도 아들을 딸보다 훨씬 확실하고 든든한 노후보험으로 여기는 데서 비롯된 아들 선호 성향을 억제해보려는 노력으로 보여 잘한 일이다 싶으면서도 괜히 웃음이 난다. 이건 법이나 제도 이전의 관습의 문제이지만 처가살이란 말이 생각났기 때문이다.

여자가 시부모를 모시는 걸 '시집살이'라고 하고, 남자가 처가 부모를 모시는 걸 '처가살이'라고 하지만 그 두 가지가 의미하는 건 사뭇 다르다.

시집살이의 어려움은 예로부터 많은 사람의 입에 오르내렸고 요새는 그걸 기피하는 성향이 농후하지만 아직도 그것을 완수한다는 건 여자의 으뜸가는 의무요, 미덕으로 안다. 속으로 그게 싫어도 감히 입 밖에 내서 싫다고 하면 혹독한 비난을 면치 못한다. 처가살이는 그 반대다. 그걸 하면 지지리 못난 남자 아니면 엉뚱한 흑심을 품고 있는 걸로 단정지어지기 십상이다. 그래서 처가살이는 곧잘 코미디의 소재가 되어 야유를 받고 폭소를 뿌린다.

시집살이는 잘 참을수록 칭송받고 효부 노릇을 할 수 있지만, 처가살이의 해피엔딩은 어느 날 그걸 박차고 나오는 데 있다. 자연히 효부 소리는 있어도 효서孝壻란 소리는 없다. 있다고 해도 아마 경멸과 조소를 위해 만들어낸 말이 될 것이다. 친구가 장인 장모하고 같이 산다는 소리를 듣고 당장 "네가 그런 시러베아들놈인 줄 몰랐다"고 맞대놓고 욕하는 남자를 본 적이 있다.

그 남자는 처가살이를 그렇게 일언지하에 비웃음으로써 매우 남자답게 행동했다고 생각하는 것 같았고 그게 대부분의 남자들의 사고방식이 아닌가 싶다.

시집살이와 처가살이를 이렇게 분명하게 차별하는데 어떻게 아들딸을 안 가리고 둘만 낳느냐 말이다.

호주제도나 동성동본 간 금혼제 폐지가 논의될 때마다 합리적이고 이성적인 사고보다는 '금수만도 못한 짓'이라는 인습적인 감정의 폭발이 판을 치는 풍토에서 감히 시집살이와 처가살이를 같은 차원에 놓고 비교하려는 것부터가 욕먹을 짓인지도 모르겠다.

그러나 처가살이가 못할 노릇이라면 시집살이에도 그만한 어려움이 따르고, 시집살이가 거룩한 의무라면 처가살이 역시 '시러베아들'이나 할 짓이 아니라는 것 정도는 이제 서로 받아들여야 하지 않을까.

그걸 받아들임으로써 비로소 노인 문제가 어느 한쪽이 일방적으로 떠맡을 문제가 아니라 같이 의논하고 나누어져야 할 문제가 될 줄 안다.

중요한 건 늙은이나 젊은이나, 여자나 남자나, 동등하게 행복을 추구할 권리가 있다는 데 있고, 보다 중요한 건 우리가 사는 시대가 걸머진 막중한 의무, 지구를 보존하는 의무에서 우리는 잠시도 벗어날 수 없다는 걸 명심하는 일이 아닐까 싶다.

중년의 경이

　가끔 독자라는 분들로부터 신세한탄 비슷한 하소연을 들을 때가 있다. 대개는 구체적으로 도움을 줄 수 있는 일이 아닌, 왜 사는지 모르겠다든지, 나이가 먹어갈수록 무용지물이 돼가는 것 같아 두렵다든지 하는 하소연을 듣게 되는데 끝까지 들어주는 게 고작일 뿐 한 번도 어떤 도움을 준 적이 없으니 죄송스러울 뿐이다.

　그분들이 원하는 도움이란 친절하고 따뜻한 도움말 정도련만 막상 당해보면 그게 그렇게 궁색할 수가 없다. 그런 하소연들을 요약하면 삶의 보람을 못 느낀다든지, 미래에 대한 불안 등이 되겠는데, 대개는 먹고살기엔 아무 걱정 없고 시간도 남아도는 중년 여성들의 이런 하소연을 한낱 감정의 사치로 돌려버리기엔 너무도 절절할 때가 있다.

때로는 중년 여성들의 이런 공허감이 저지른 사건들이 사회문제가 되어 혹독한 매도를 받기도 하고 또 정신의학적인 측면에서 흥미 있는 논의거리가 되는 걸 보면 보통 문제는 아닌 것 같다. 나 같은 사람까지 종종 본의 아니게 그런 절박한 의논 상대로 택해져 쩔쩔매게 되는 건, 남달리 뒤늦게 글줄이라도 쓰게 된 게 뒤늦게 남다른 보람을 찾은 일로 비춰졌기 때문이 아닌가도 싶지만 나 역시 문득문득 왜 사는지 모르겠고, 게다가 또 왜 쓰는지까지 모르겠어서 절망한 적이 어디 한두 번인가.

그래도 그 문제에 어떤 해답이 있을 수 있다면 마땅한 일을 가져보라는 것밖에 없겠는데 나는 그 말이나마 한 번도 속 시원히 한 적이 없다. 쑥스러워서 말이 잘 안 나온다. 정말인지 헛소문인지 모르지만 해방 후 건국 초에 이런 말이 돈 적이 있다. 우리나라가 몹시 궁색하고 식량난이 극심할 적이었는데 흉년까지 든 해, 쌀을 달라는 국민들의 아우성을 전해 들은 당시의 노老대통령께선 "미련한 백성들, 왜 하필 쌀만 먹으려고 하남. 쌀 대신 고기나 과일로 배를 불리면 되는 것을……" 이렇게 한탄했다는 얘기였다.

설마 그랬을까만 국민들의 사는 실정에 어두운 노대통령

을 비꼬는 소리로는 매우 적절했던 것 같다. 지금 방황하는 중년 여성들에게 보람을 느낄 수 있는 일을 가지라고 권하긴 쉽지만 그런 일을 어디서 어떻게 구할 수 있는지를 가르쳐주기는 쉽지 않다. 한마디로 일이라고 하지만, 중년 여성들이 아무 일도 안 하고 빈둥빈둥 노는 데 문제가 있는 것은 결코 아니다. 중년 여성처럼 바쁜 연령층도 없다. 육아의 어려운 고비도 넘겼겠다, 남편의 직업도 안정되고 수입도 웬만큼 보장됐겠다, 이런 여성들의 남는 시간을 심심하지 않게 할 만한 소일거리들은 거의 산업화됐다고 할 만큼 도처에 수두룩하다.

또 친척 사이가 소원해진 대신 친구나 동창끼리의 모임이 활발하고 관혼상제 때 서로 돕고 축하해주는 일도 친척 못지않다. 그러다보면 나가 다닐 일 천지다. 오전 열시 이후에 전화를 걸어 집에 있는 친구면 십중팔구 독감에 걸려 있대도 과언이 아니다.

이렇게 허구한 날 바쁘게 뛰면서도 자기가 무용지물이 돼간다는 열등감에서 벗어나지 못하는 것은 그들을 바쁘게 하는 일들이 하나같이 생산적인 일이 아니라 소비적인 일이기 때문일 것이다.

일을 통해 보람을 느끼려면 그 일로 인해 사람을 만나고 몸이 고달픈 것 말고도 자기 아니면 안 될 창조적인 일이든지 남에게 도움을 주고 인정을 받고 일한 만큼 보답이나 보수가 돌아오는 생산적인 일이어야 할 것 같다. 겉모양만 볼 때 남편 잘 만나 유복하게 사는 요새 여자들은 참으로 팔자 좋아 보인다. 옛날 여자보다 활달하고 거침이 없고 아름답고 늙지도 않는다. 사는 보람을 애타게 찾는다고 한마디해봤댔자 포식한 끝에 디저트 찾는 소리처럼 사치스럽게 들리기가 십상이다.

팔자 좋은 여자 아니더라도 우리 할머니들이 예전에 어떻게 살았다는 이야기를 들으면 사람이 어떻게 그러고 살 수 있었나 끔찍하게 여겨지면서 그때 여자로 안 태어나길 천만다행이다 싶을 만큼 불과 반세기 전만 해도 우리의 도덕이나 풍습은 여자에게 너무 잔혹했던 것 같다. 그러나 사는 보람을 느낄 수 있다는 걸로는 예전 여자들이 현대 여성보다 훨씬 복받은 게 아니었을까.

예전 여자들의 하루의 노동량과 굴종해야 할 법도는 엄청났지만 그 수고는 아무도 대신할 수 없는 그들만의 것이었고 그 수고로 당장 가족들이 배부르고 등 따습고 화목할 수 있는 보람찬 것이었다. 또한 그들을 굴종시킨 엄한 법도는 미구에 그들에게 아무도 넘볼 수 없는 권좌를 보장해주는 것이기도 했다.

예전 여자들이 참으로 부러운 것은 그 보장된 권좌, 시어머니의 자리인지도 모르겠다. 현대 여성들이 불확실한 미래 때문에 불안해하는 데 비해 예전 여성들은 아들만 낳아놓으면 시어머니란 권좌는 떼어놓은 당상이었다. 그 빛나는 권좌를 꿈꾸지 않고 어찌 그 고된 시집살이를 감당할 수가 있었을까. 시집살이가 고되고 굴욕적일수록 더욱 위세당당한 권좌에 의해 보상받기를 꿈꾼 것은 의심할 여지도 없으리라.

더군다나 아들을 많이 낳고 가산家産을 일으킨 종부쯤 되면 그녀에게 보장된 시어머니 자리의 위력은 요즈음 야심만만한 남자들이 도달하기를 꿈꾸는 최고의 정치권력이나 재벌의 총수쯤에 해당하는 막강한 것이 아니었을까.

그러나 현대 여성은 그 전설적이고도 비인간적인 시집살이에서 해방된 대신 그 보장된 권좌 또한 잃고 말았다.

미래는 불확실하고 아이들은 조숙해서 엄마의 손길을 일찌감치 떠나려들고, 엄마의 음식 솜씨보다는 유명 메이커의 인스턴트 음식맛을 더욱 좋아하고, 조금만 더 크면 엄마가 옷을 지어주기는커녕 골라주는 것도 달가워하지 않고 직접 제 손으로 사려든다. 밥해주는 기계, 빨래해주는 기계, 심심하지 않게 해주는 기계 등이 엄마보다 훨씬 많은 일을 하고 요긴하게 쓰인다. 엄마가 하루이틀 외출해서 안 돌아오는 것보다 냉장고가 몇 시간 고장나는 걸 식구들은 더욱 두려워한다. 부모, 자식 간에 대화가 부족하다고 매스컴에서 떠들기에 겁이 더럭 나서 아이들을 붙들고 얘기를 시켰더니 아이들이 한다는 소리가 "엄마 나 잔소리 취미 없는 거 알지?" 하더란다.

집밖에서 시간 보낼 수 있는 일은 맨 돈 드는 일 아니면, 약간만 신나는 일에 휘말렸다 하면 점잖지 못한 퇴폐풍조에 앞장선 혐의까지 면치 못한다. 이렇게 되면, 왜 사는지 모르겠다는 절규가 나오는 게 차라리 당연하다. 글쓰는 일도 왜 쓰는지 모르겠단 생각을 하기 시작하면 도저히 그 고된 일을 할 수가 없다. 글이 도무지 안 써질 때 내가 가장 잘 써먹는 방법은, 열 명쯤의 독자를 가상하는 일이다. 내가 쓴 글의 말귀를 속속들이 알아듣고 좋은 글을 썼을 때 감동해주고 되지 못한 글을 썼을 때 마음 아파할 독자가 전국을 통틀어 열 명만 있다고 가상해도 글쓰는 일은 참으로 할 만한 일이 된다. 아니 그런 독자가 어디에 한 명만 있어도 글을 안 쓰지는 차마 못할 것 같다.

사는 일도 그런 게 아닐까?

자기를 필요로 하는 사람이 이 세상에 한 사람만 있어도 이 세상은 살 만한 고장이 아닐는지. 여자 얘기만 했지만 가족을 부양할 수 있는 일을 가진 남자들도 그 일이 자기 아니면 안 되는 일이 아니라 필요에 의해 얼마든지 딴사람으로 바꿔치기할 수 있는 일이라는 데서 오는 소외감과 불확실한 미래에 대한 불안감은 여자보다 더하면 더할 것이다.

그런 남자들이 시름을 잊고자 마셔대는 술로 유흥가는 불경기도 없다고 한다.

왜 이렇게 피차 외로운 신세끼리 따로따로 노는 걸까.

아내는 남편이, 남편은 아내가 필요하다는 걸 서로 자주 알리면서 사는 것도 이 삭막한 세상을 조금이라도 살맛나게 하는 한 방법이 아닐까. 정 술 생각이 간절하면 아내를 불러내어 대작한들 어떠랴. 싱크대 앞에서 바라보던 아내와 전혀 딴 여자를 발견하는 것도 권태로운 일상에 작은 경이가 되리라. 일상의 권태를 깜짝 놀라도록 아름답게 비쳐주는 마술 램프 같은 작은 경이와 자기를 필요로 하는 한 사람만으로도 이 세상은 살 만하지 않을까.

제복 이후

요새는 길에서 교복이 자율화된 청소년들의 복장을 바라보는 것도 여간 즐겁지가 않다. 어른들이 지레 겁을 먹고 걱정한 눈에 거슬리는 옷차림은 거의 볼 수 없고 다 그런대로 검소하고 활동적인 복장을 하고 있다. 색상도 그렇게 점잖고 세련됐을 수가 없다.

10여 년 전 처음 대학에 간 딸을 위해 기껏 멋부려준다는 게 빨간 구두에 빨간 재킷을 사주었던 생각이 다 나면서 뒤늦게 나의 촌스러운 안목이 창피스러워지기까지 했다.

나는 벌써부터 교복을 없애야 된다고 생각해온 사람인데도 교복 시대에 딸을 다 기른 게 퍽 다행스럽게 여겨질 때도 있다. 남의 눈에 띄지 않는 복장을 해서 아들딸을 내놓는다는 게 실로 얼마나 어려운 일인지 어느만큼 알 것 같아서이다. 교복이 없어지는 첫 신학기를 앞두고 유명 백화점이나 시장은 청소년들과 어머니들로 대혼잡을 이루었다.

"도매시장에서 사 입히려고 했더니 시장을 몇 바퀴 돌고 나서 슬그머니 백화점으로 소매를 잡아끌지 뭐예요. 멋부리고 싶어서가 아니라 오래 입고, 입어서 편하려면 유명 메이커 옷을 사는 게 경제적이라니 어쩌겠어요?"

그 혼잡 속에서 만난 어떤 어머니는 이러면서 딸의 뒤꽁무니를 놓칠세라 허둥지둥 인파 속으로 사라졌다.

별로 물의를 빚지 않고 조용히 교복의 자율화가 실현된 것도 학부모들의 이런 숨은 노고 때문일 것이다.

그러나 한결같이 눈에 거슬리지 않고 대체로 보기 좋다는 게 문득 섭섭할 적도 있다.

이건 순전히 나의 개인적인 바람이지만 남의 눈에 띄는 괴짜도 간혹 있길 바랐다. 눈에 띄게 야하거나 사치스러운 복장을 바란 게 아니라 파는 백 말고 손수 만든 못생긴 자루나 구럭 같은 걸 들고 다닌다거나, 교복을 변형시켜 입는다거나, 이렇게 남이 못하는 짓을 하면서도 기가 죽지 않는 당당한 괴짜가 있다면 얼마나 귀여울까 하고 열심히 찾아보건만 아직은 못 만났다.

일전엔 전철에 한 떼의 여학생이 탔는데 들고 있는 책가방을 유심히 살펴보다가 그게 다 두 개의 상표로 나누어지고 예외가 어쩌면 단 하나도 없는 걸 발견하고 놀란 적이 있다.

영문으로 된 상표는 책가방에 너무 크게 박혀 있어서 어떤 승객은 그 두 개의 상표 이름을 크게 읽으면서 "요새 살판난건 ××와 ○○밖에 없단 말야"라고 씹어뱉듯이 말했다. 그 여학생들이 어떤 역에서 한꺼번에 우르르 내리는데 청바지 꽁무니와 운동화 뒤꿈치에 붙은 상표가 또 선명하게 보였다. 책가방은 두 개의 상표로 나눌 수 있었는데 비해 청바지와 운동화는 각각 같은 상표였다.

나 같은 사람도 이름을 알 만한, 상당히 고가의 바지와 운동화를 그 여러 여학생이 똑같이 입고 신고 있었던 것이다.

앞뒤로 영어 표기의 상표를 단 여학생들이 샌드위치맨처럼 슬퍼 보였다. 교복을 벗기고 대신 상표를 입힌 게 아닌가하는 생각도 들었다. 산업사회에 살고 있다는 게 두렵고도 우스꽝스럽게 여겨졌다. 돈을 받기는커녕 바쳐가며 특정 상표의 샌드위치맨 노릇을 한 게 어찌 그 여학생들뿐일까.

더욱 ××의 백이 아닌 나의 백을, ○○의 옷이 아닌 나의 옷을 연출할 줄 아는 제멋에 사는 괴짜가 그리워졌다. 우리 사회가 이미 괴짜가 숨쉴 수 있는 사회가 아니란 걸 알고 있으면서도 그런 부질없는 생각을 문득문득 하는 건 내가 그만큼 구닥다리 인간이기 때문일 것이다.

교복이 자율화된 걸 잘됐다고 생각하거나 아무렇지도 않게 생각하는 건 대개 유복한 가정이다. 유복한 가정에선 교복이 있을 때도 평상복쯤 몇 벌씩 가지고 있었기 때문에 자율화된 이후에도 특별히 신경을 쓸 필요가 없다. 그러나 대부분의 서민층 가정에선 교복으로 통학복뿐 아니라 최고의 외출복과 예복까지를 겸하고 그 밖의 허드레옷은 부모나 언니가 입던 옷을 입혀가며 길렀다.

그런 가정에서 자율화 후 처음 사주는 옷은 다소 무리를 해서라도 유복한 집 자녀가 즐겨 입는 특정 메이커 제품에다 맞춤으로써 아이들이 상표라는 새로운 제복을 입는 게 된 것 같다.

제복만 벗었다 뿐 의식은 제복 시대의 획일주의에서 못 벗어난 데서 오는 일시적인 기현상이다 싶으면서도 민망한 적이 더러 있다.

"기가 죽을까봐요. 뭐니 뭐니 해도 아이들 기를 죽일 건 없잖아요." 정평난 상표로만 일습을 빼입히고 난 부모들은 이렇게 뱁새가 황새 쫓는 식의 자신의 무리를 변명한다.

그 부모가 말하는 '기'란 과연 뭘까. 유복한 사람이 수월하고 없는 사람이 어렵긴 교복을 입힐 때도 마찬가지였다. 교복은 한번 맞춰놓으면 휘뚜루 3년을 내리 입을 수 있고 그것 하나로 기죽을 일이 없다는 장점이 있어서 그렇지, 처음 맞출 땐 자유복보다 돈이 더 들면 더 든다. 지금부터 10년도 넘은 일이지만, 나는 졸업한 딸들의 교복을 세탁하고 손질해서 장속에 걸어놓고 임자를 만나길 기다린 일이 있었다. 마침 집에 단골로 드나들던 광주리장수가 딸이 중학교에 들어갔는데 입학금은 근근이 마련했지만 교복 해 입힐 게 큰 걱정이라고 한탄하는 소리를 듣게 됐다.

나는 옳다구나 의기양양해서 그 교복을 내주었다. 치수가 안 맞을 것 같으면 손봐주겠다는 말까지 덧붙였다. 그러나 그 행상 아줌마는 안색이 변하더니 이렇게 항의하는 것이었다.

"없을수록 애를 기죽여서 기를 순 없구먼요. 빚을 내서라도 새것 맞춰 입혀야지, 아이 기죽게 어떻게 헌옷을 얻어다 입힌대요?"

나는 심히 무안해서 쩔쩔맸지만 그 아줌마가 말하는 기가 뭔지는 아직도 이해하지 못하고 있다. 참고로 기라고 부를 수 있는 거란 헌옷을 얻어 입었다고 해서 꺾이기는커녕 더욱 빛나는 예쁘고 싱싱한 그 무엇이어야 할 것 같고, 그 아줌마가 자식을 위해 꺾지 않아야 될 것도 바로 그런 '기'여야 할 것 같았다.

그보다 더 옛날 동란 후의 곤궁한 시기였는데 우리 동네엔 명문 고등학교에 다니는 괴짜 학생이 하나 살고 있었다. 신체 건강하고 용모 준수하고 예절도 바른 편이었는데 괴짜 소리를 들었던 것은 그의 모자 때문이었다. 그의 모자는 만신창이로 해진 걸 이리저리 박고 누빈 위에 고약을 한 꺼풀 입힌 것처럼 찐득하고 새까만 때가 덮여 있었다. 바로 그 모자가 동네 아이들의 우상이었다.

중학교만 들어갔다 하면 새로 산 모자를 그 모양으로 만들지 못해 안달이 난 아이들이 모자를 찢고 고약을 사다 바르고 해서 어른들한테 혼이 나는 일이 집집마다 벌어졌다. 그러나 그 관록 붙은 궁상이 하루아침에 이루어질 리가 없었다. 마침내 그 괴짜가 명문대학에 합격을 하고 고등학교를 졸업할 때 그 모자를 물려받으려는 후배들이 줄을 서 번호를 매기어야 할 지경이라는 소문이 돌았다. 동네 조무래기들은 군침과 한숨이나 삼키는 게 고작이었다.

그 괴짜는 공부만 잘한 게 아니라 체육 예능 등 만능의 재주꾼이었고 통이 큰 보스 기질도 있어서 친구와 후배가 많이 따랐다고 했다. 서로 기를 쓰고 그의 모자를 물려받기를 소원한 것도 그 모자가 특별히 멋있거나 값나가서가 아니라 그 모자를 통해 그의 기를 바라서가 아니었을까.

　그런 기라면 좀 알 수 있을 것 같다. 기개, 기상, 그런 게 아니었을까.

　그렇다면 지금 엄마들이 행여나 죽일까봐 전전긍긍 살려주고 북돋워주려고 애쓰는 기란 무엇일까? 상업주의에 춤추지 않는 의연한 기를 찾기 위해선 백주에 등불이라도 켜들고 나서야 할 것 같다.

말의 신축성

　얼마 전 포목점에서였다. 이것저것 옷감을 고르던 중년 부인이 마침내 마음을 굳힌 듯이 말했다.

　"아까 본 그 땡땡이 미즈다마가라 우와시따 히또소로이 한 벌에 얼마나 먹히겠수?"

　여기선 편의상 떼어 썼지만 그 부인은 물 흐르듯이 유창하게 붙여서 말했다. 나는 한글보다 일본 글을 먼저 익혀야 했던 불행한 세대건만도 그 말의 뜻은커녕 어느 나라 말인지도 분간을 못했다. 그 기상천외의 외래 반복어를 알아듣고 이렇게 떼어 쓸 수 있었던 것은 내 실력이 아니라 포목장수 청년 덕이었다.

　그 청년은 그 괴상한 반복어를 어떻게 그렇게 쉽게 알아들었는지 즉각 흩어진 여러 옷감 중에서 물방울무늬를 찾아내서 몸에 걸쳐 보이면서 "나가소데로 할 거냐, 한소데로 할 거냐"를 물었다.

말이란 서로 뜻이 통하면 그만이라고 생각할 때 앞서의 말엔 아무 잘못도 없다. 그러나 작가의 입장에선 이렇게 빼앗기고 만신창이가 된 말에 접할 때마다 속이 여간 상하는 게 아니다. 말의 주체성과 아름다움에 대한 애정도 글을 쓰는 중요한 이유 중의 하나이기 때문이다.

이렇게 곧장 또는 변형되어 쓰이는 일본어 중엔 일본어를 아는 세대가 사라지면 그 어원이 일본어라는 것조차 모를 만큼 우리말을 완전히 밀어내고 우리말 행세를 하는 것도 꽤 있다. 파출부가 일본어의 '다라이'를 줄여서 '다라', 접시를 '사라'라고 하는 걸 듣고 그게 일본말이라고 가르쳐줘도 거의 믿지를 않았고 고치려고도 안 했다.

그럴 때 말이란 어차피 그렇게 해서 생겨나고 사라지고 하는 것이라 그걸 무슨 수로 막나 하고 체념할 수밖에 없다. 그래도 사라져가는 말에 대한 의리가 있어서 나만은 안 쓰고자 하지만 소설의 경우는 그것도 쉽지 않다.

지문에선 신경을 써서 그런 돼먹지 않은 말을 안 쓰지만 대화에선 그럴 수가 없다. 생동감 있게 한 인물의 성격을 살리려면 그 인물의 연령이나 교양 정도가 속한 계층에서 쓰는 말을 살리는 게 인물도 살고 소설도 산다. 그래서 써먹고 나면 명색이 소설가가 우리말을 망가뜨리는 데 한몫을 하지 않았나 하는 의구심이 생기게 된다.

또 지문에서도 우리가 별로 안 쓰지만 작가가 아름답다고 여겨서 애착을 가진 말이라고 해서 다 써도 되는 걸까도 망설여진다. 작가가 자주 씀으로써 살아나는 말도 있을 수 있겠지만 읽는 사람이 못 알아듣는 말은 사전에 남아 있다고 해도 이미 죽은 말이나 다름없다. 남에게 뜻이 통하지 않는데 자기만 알고 있는 말은 그건 말의 표본일 뿐 살아 있는 말은 아니다.

표본이 되어 있는 나비가 아무리 보기에 아름답다고 해도 날려보려는 건 부질없는 노력이다. 그러나 어떤 게 살려낼 수 있는 빈사의 말인지 아주 죽은 말인지 그것을 판단하기도 쉬운 노릇은 아니다. 내 집에선 일상적으로 통용되는데 사전에도 없고 남이 알아듣지도 못하는 말도 더러 있다.

특히 한자 숙어에 완전히 밀려난 순수한 우리말을 대할 때면 반갑기도 하고, 그것이 처음 밀려날 땐 지금의 양동이나 접시 같았으려니 싶어 어떻게든 살려보고 싶어진다.

언젠가 독자로부터 이런 편지를 받은 일이 있다. 내 소설

중에 나오는 '무리꾸럭'이란 말은 아무리 생각해도 모르겠으니 그 말뜻과 어느 나라 말인지 어원도 좀 가르쳐달라는 거였다. 무리꾸럭이란 말은 빚을 판상한다는 뜻의 순수한 우리말로 알고, 내가 판상 대신 즐겨 쓰는 말이었다. 그러나 그런 편지를 받고 보니 무리꾸럭이 현재 살아 있는 말이란 자신이 없어졌다. 예전에 죽어서 사전에도 안 남아 있는 말을 내가 쓸 게 아닌가 싶어 서둘러 사전을 찾아보았더니 있었다.

이렇게 되면 아무리 그 독자의 편지가 간곡해도 답장을 안 하기로 작정을 하게 된다. 소설을 읽다가 거기 나온 말뜻을 몰라 작가에게 편지를 쓸 정도의 독자라면 대단히 열성적인 독자다. 그런 성의로 편지 대신 사전을 찾았으면 좀 좋았을까? 우리말은 사전을 찾을 필요가 없다는 생각 때문에 더욱 쉽게 천격스러운 국적 불명의 말이 판을 치고, 길이 아끼고 싶은 우리말은 쉽게 없어져가는 것 같아 그 독자의 성의도 별로 고맙지가 않았다. 사전은 말뜻과 함께 죽여서는 안 될 말도 가르쳐주지만 죽일 수밖에 없는 말도 가르쳐준다. 나는 사람들이 많이 모여 있는 걸 보면 "사람들이 백절치듯 모였다"고 속으로 생각한다. 가끔 "아유, 사람이 백절치듯 들끓네"라는 말로 표현하기도 하지만 아무도 못 알아듣는다. 어려서 어른들한테 자주 듣던 말이라 아직도 입에 올라 정확한 어원도 모르고 쓰다가 문득 글에도 한번 써먹고 싶어졌다. 그래서 사전을 찾아 보았더니 "백百차일 치듯이"의 준말로 돼 있었다. 흰옷 입은 사람들이 장터나 금판에 모여드는 걸 멀리서 바라보니 마치 흰 차일을 친 것처럼 보였으리라는 게 환히 떠올랐다.

우리의 풍속까지 선연한 고운 말이지만 죽을 수밖에 없는 말이었다. 이제 우린 흰옷을 거의 입지 않고, 어디에고 사람 들이 한번 모였다 하면 차일을 친 정도가 아니다.

죽은 말이 아닌 번번이 쓰는 쉬운 말인데도 그 이해하는 각도가 달라 애를 먹을 때도 있다. 한번은 택시를 타고 급한 볼일을 보러 가는데 신호 위반으로 교통경찰한테 걸렸다. 딱 지를 떼려는 경찰한테 운전기사는 좀 봐달라고 굽신거렸다. 경찰은 "이 사람이, 봐주다니?" 하면서 무서운 얼굴을 했다. 그랬더니 기사는 "제가 언제 봐달랬습니까? 제발 봐주십쇼" 라고 말이 안 되는 소리를 했다. 경찰은 "봐달라니?" 하고 재 차 무서운 얼굴을 했다. "아이 제가 언제 봐달랬습니까? 좀 봐주십쇼." 참 기묘한 어법이었다.

기사는 봐달라는 말을 두 가지 뜻으로 쓰는 것 같은데 그 게 경찰한테 안 통하는지 경찰은 점점 더 무서운 얼굴을 하다 가 나중엔 지쳤는지 웃으면서도 두 사람의 승강이는 끝날 줄 을 몰랐다. 나는 경찰한테 승객 입장도 좀 생각해서 오래 걸릴 것 같으면 딴 차를 잡게 해달라고 부탁했다. 경찰은 잠깐이면 되니 기다리라고 했다. 그러나 잠깐에 대한 시간관념이 경찰하고 나하곤 판이했다. 몇 번을 재촉해도 잠깐이면 된다고 말하곤 마냥 끌었다. '잠깐'과 각각 속셈이 다른 세 가닥의 '봐달라' 때문에 골탕을 먹는 건 승객뿐이었다. 이럴 땐 우리말의 무한한 신축성에 일찌거니 절망하고 낮잠이나 청하는 게 속 편하다.

내가 하고 싶은 말의 말귀를 어떡하면 독자가 잘 알아듣도록 표현할 수 있을까를 주야로 고심하는 작가건만 남의 쉬운 말귀를 못 알아들어 쩔쩔맬 때도 있다. 해박한 지식이나 남다른 상상력 없이도 알아들어야 마땅한 신문 사회면 기사를 재삼 통독하고도 내가 꼭 알고 싶은 걸 못 알아내고 말았다.

조세형을 꼭 쏠 수밖에 없었을까? 나는 대도 사건의 종결부에서 그게 제일 궁금했다. 그러나 몇 가지 신문을 통독해도 그 조처는 아리송하기만 했다.

총은 쏘라고 있는 거라는 고사를 들추어낸다면 말할 거리도 없지만 총격은 어디까지나 불가피했을 때의 마지막 수단이라고 믿고 싶기 때문에, 그때의 상황이 총격이란 마지막 수단이 불가피했다는 상황 설명이 충분해야 할 것 같다. 내가 말귀가 어두워서인지 그게 도무지 충분히 와닿지가 않았다.

웬만한 일 같으면 말귀 못 알아듣는 대로 넘겨버리고 잊어버릴 수도 있지만 이건 목숨이 달린 문제다. 우리는 각각 쫓기는 범인이 안 될 자신은 있다고 해도 어떤 운명의 장난에 의해 인질이 되지 말란 법은 없다. 어디까지가 총격으로부터 보호받을 수 있는 한계인지 분명히 짚고 넘어가야 할 것 같다.

인색한 마음

10여 년 전 집에 드나들던 보험 아줌마를 요새 우연히 길에서 만난 일이 있다. 보험 불입금을 수금하러 다니다가 계약 기간이 만료되고 나서 또하나 들어달라는 걸 못 들어줬기 때문에 자연히 볼 일 없는 사이가 된 아줌마였지만 유별난 버릇이 있는 아줌마여서 종종 생각이 났었다.

그 여자는 보험 가입을 권유하는 것보다 가입자 가정에 혼기의 자녀만 있다 하면 어떻게든 중매를 들려고 성화하는 버릇이 있었다.

이 집 저 집 무관하게 드나들다보니 속 아는 집도 많았을 테고 더러 그런 부탁도 받았겠지만 자기의 중매가 성사되어 부부 된 쌍이 얼마나 잘사나를 얘기할 때 너무도 자랑스럽고 행복해하는 걸로 봐서 중매가 그 여자의 취미인 것 같았다.

근래에 직업적인 중매쟁이가 많이 생겨 비난을 받기도 하고 엄청난 호황도 누리는 걸 보면서 그 여자도 이젠 보험 일을 아예 그만두고 중매쟁이로 나섰으려니 상상하고 있었다. 그래서 나는 만나자마자 그것부터 물어보았다. 그러나 그 여자는 풀죽은 얼굴로 그 짓 그만둔 지 오래라고 말하는 게 아닌가. 그 여자가 자신이 그렇게 좋아하던 중매 일을 그 짓이라고 매우 혐오스럽게 말하면서 들려주는 그만둔 까닭은 대개 이러했다.

그 여자가 중매를 좋아했던 것은 넉넉지 못한 집의 아리땁고 마음씨 고운 처녀만 보면 부잣집의 준수한 청년과 짝지어주고 싶고, 개천에서 용 난 것처럼 어려운 환경에서 좋은 학교 나오고 좋은 직장 가진 건강한 청년을 보면 넉넉하고 가문 좋은 집안에서 구김살이 없이 자란 처녀와 맺어주고 싶어 안달이 나는 아무도 못 말릴 버릇 때문이었는데, 요샌 그게 전혀 안 통한다는 거였다.

어여쁜 얼굴이나 마음, 혹은 뛰어난 두뇌나 실력이 부나 귀와 대등하게 맺어질 수 있었던 건 이미 옛날얘기고 요샌 어떻게 된 게 돈이 많은 집일수록 더 돈 많은 집에서 배필을 구한다고 했다. 10년 전만 해도 간혹 어려운 집의 예쁜 아가씨한테 반한 부잣집 신랑이 부모 몰래 중매쟁이를 통해 결혼 비용을 신부집으로 보내는 일도 있어 그럴 때 중매쟁이는 신바람이 절로 났었는데 요샌 어림도 없다는 거였다.

요샌 부모는 물론 당사자도 그저 돈 돈, 상대방의 재산만 밝히다보니 있는 집끼리 또는 없는 집끼리만 혼사가 이뤄질 수밖에 없겠다. 있는 집끼리 다 된 혼사도 패물이나 돈 때문에 잡음이 그치지 않고, 심하면 다 된 혼사가 어긋나는 수도 있어 중매쟁이가 그런 돈 자랑까지 서로 넘고 처지지 않을 만큼 부추겨야 하니, 어디 더러워서 그 짓 해먹겠느냐고 그 여자는 안 하던 막말까지 하면서 개탄을 했다.

때는 바야흐로 신록이 꽃보다 아름답고 라일락 향기가 숨막히게 감미로운 호시절이건만 착하고 아리따운 자태와 심성이 곧 부와 귀의 짝이 될 수도 있었던 신데렐라의 꿈이 없는 세상은 참으로 삭막해 나도 그 여자와 함께 한동안 살맛이 없어지고 말았다.

예전부터 인류대사로 꼽는 결혼만이라도 인물 본위를 원칙으로 한다면 다소나마 소득의 분배에도 도움이 되련만 가진 사람들은 그것마저 마다하고 자기네들 끼리끼리만 더욱 높은 울타리를 쌓고 부의 편재를 한층 가중시키고 있다.

이렇게 부를 잘 지키기만 하는 게 아니라 부에다 더욱 부를 더하고자 하는 건 부자들만의 속성일까? 부자들이 부익부를 숭상하는 건 당연한 욕심이고 정말로 가관인 것은 우리네 보통으로 사는 사람들이 무의식중에 열심히 부익부에 가담하고 있는 꼴이 아닐는지.

이를테면 요새 같은 결혼 철엔 집집마다 한 달에도 몇 번씩이나 결혼식에 갈 일이 생긴다. 5천 원씩으로 통일해서 준비하던 축의금을 만 원으로 올렸다고 말하는 댁이 늘어난 것으로 미루어 최저 축의금이 어느새 배로 인상된 것 같다. 이렇게 자기 처지에 맞춰 일률적으로 지급하던 축의금도 특별히 소문난 부잣집이나 권세 있는 잔치에 갈 땐 슬그머니 달라지고 만다.

그런 부잣집에서 그까짓 돈 만 원이 눈에 찰라구…… 이런 열등감 때문에 여지껏 지키던 분수를 그만 넘게 된다. 그렇다고 자기 딴엔 무리를 해서 곱절로 늘린 축의금이 그 부잣집 눈에 찼으리라고 생각하는 것도 아니다. 부자들은 혼사도 기업처럼 수지를 맞추는 걸 보면 쓸쓸한 열등감에 젖기가 십상이다. 결과적으로 부익부에 미력이나마 보탰다는 걸 깨닫고 더욱 뒷맛이 고약해지지만 우린 일상 속에서 의식적이든 무의식적이든 그런 못난 짓을 되풀이하면서 산다.

결혼식뿐 아니라 초대를 받았다든지 초대를 했을 때에도

상대가 자기보다 못산다든지 자기와 비슷할 때 신경이나 경비를 덜 들이게 되고, 만약 잘사는 상대일 적엔 무리를 해서라도 고가의 선물을 사려들고 푸짐하게 먹이려든다.

물이 아래로 흐르듯이 자기보다 못사는 사람에게 마음 씀씀이나 물질이 더 넉넉히 흘려야 하련만 요즈음 우리의 세대는 그렇지가 못하다. 이래선 안 되는 건데, 하고 부익부를 개탄하면서도 행동은 그것을 더욱 부추기는 쪽으로 하고 있을 때가 많다.

근래에는 인간관계 중 가장 이기와 타산에 오염되지 않은 원초적인 사람의 관계인 부모 자식 사이도 부익부의 흐름을 타기 시작한 것 같다. 여러 자식 두면 그중엔 못사는 자식이 있고 잘사는 자식도 있게 마련이다. 예전 같으면 부모가 못사는 자식에게 더 많이 마음을 쓰고 딴 자식이 알게 모르게 못사는 자식을 보태주고 자기가 가진 게 없으면 눈치봐가며 잘사는 자식의 것을 뜯어다가라도 못사는 자식을 도와주고 싶어했다.

그래서 여러 자식 둔 부모는 한시도 마음 편할 날이 없다고 했거늘 이런 천륜조차 물질지상의 풍조에 의해 많이 달라졌다. 못사는 딸네 생일엔 고기 한 근을 사가면 되지만 잘사는 딸네 생일잔치엔 갈비 한 짝을 들고 가고 싶을 만큼 가장

숭고하다는 부모의 사랑조차 천박해지고 있다.

이렇게 물질에 의하여 지배당하는 건 비단 부모의 마음뿐 아니라 자식의 마음이 더하다. 돈 없고 힘없는 부모는 자식들로부터 구박받고 소외되지만 끝까지 경제권을 쥐고 있는 부모는 자식의 효도는 물론 물질적인 보살핌도 더욱 넉넉하게 받을 수가 있고 당당한 발언권도 갖게 된다. 이런 경우 자식의 효도가 부모에 대한 공경이 아니라 물질에 대한 아부라 할지라도 돈만 있으면 노후의 가장 큰 공포인 자식의 불효조차 일단 면할 수 있다는 얘기가 된다. 그야말로 물질만능이다.

세상인심이 이러니까 오로지 돈만을 추구하게 되었는지, 가난에서 벗어나기 위해 돈을 열심히 추구하다보니 세상인심이 이렇게 됐는지는 모르지만 가진 자에게만 유리하게 돌아가는 세태가 잘못됐다는 건 아무도 부정 못할 것이다.

그게 옳지 않은 까닭은 경제적으로도 정치적으로도 윤리적으로도 규명할 필요가 있겠지만 우선 가장 가까운 자신의 마음을 살펴볼 필요가 있겠다. 가진 자에게 더욱 보태주면서 아첨할 때 우리의 마음은 비굴하고 타산적이 된다. 이런 일을 습관적으로 되풀이하면 인간성이 고갈되고 성격이 황폐해지리라는 건 쉽게 짐작할 수 있다. 반대로 약하고 못 가진 사람에게 자기가 가진 것과 정을 나누어줄 때 마음이 따뜻하고 넉넉해진다. 그리고 문득 순화되고 자유로워진 자신을 발견하게 된다.

마음의 황폐가 무서운 것은 그게 한 개인의 인간적인 불행에 그치지 않고 황폐한 마음을 부르는 그 전염성에 있는 게 아닐까. 이 황폐한 세태가 낳은 독버섯 같은 작금의 사건을 보면서 극도의 혐오감으로 감히 가까이 가지 못하고 멀찌가니 변죽이나 울리고 지나가고자 한다.

자꾸만 이사 가고 싶은 집

얼마 전 지금 사는 우리집(아파트)을 팔려고 내놓았던 적
이 있다. 서재로 쓸 만한 방이 따로 없어서 안방 앞 베란다에
창을 해달고 간을 막아 서고 비슷한 걸 만들어 썼더니 온종일
햇볕이 너무 들어 책들이 온통 바래고 변색해서 볼품이 없어
졌다. 그래서 조금 더 변두리로 나가더라도 평수가 몇 평 더
한 데로 옮겨볼 속셈이었다. 내놓은 날로 사자는 사람이 몇
사람씩이나 나서기에 괜히 겁이 나서 내가 사려고 점찍어놓
았던 아파트를 보러 갔더니 값이 엄청나게 올라 있었고 팔려
고 내놓은 집조차 없었다.

하루가 다르게 오르는 시세란 소리를 듣고 하마터면 큰일
날 뻔했다고 내놓은 내 집을 다시 거둬들이고 말았다.

몇 년 전 들은 세정에 어두운 어떤 문인 생각이 났다. 그는 6백만 원을 주고 처음으로 작은 내 집을 장만했다가 3년 후 그 집값이 2천만 원이 나간다는 소리를 듣고 생전 처음 큰 횡재를 한 줄 알고 팔았다. 그러나 소위 부동산 경기가 좋았을 때여서 그 돈 가지고는 도저히 매일 오르는 집값을 따라잡을 수가 없어 다시 집 없는 신세가 되고 말았다는 얘기였다. 나도 까딱 잘못하단 그렇게 될 것 같아서 시세가 안정될 때를 기다리기로 했다. 대개는 자기 집값이 올랐다면 좋아하고 가만히 앉아서 큰 이익을 취한 것처럼 생각하지만 집 팔아 집 사려는 대부분의 보통 사람에겐 오른 값이 별 의미가 없다. 그 돈에서 조금 떼어 쓰려면 모를까 그만한 집을 살 때라든지 조금 늘려서 사려고 할 때는 호경기 때가 침체기보다 엄청나게 많은 돈을 보탤 위험성이 있다. 늘리려다가 줄여먹기가 십상이다.

그런 소심한 생각으로 내놓았던 집을 하루 만에 거둬들이고 안정될 때를 기다리고 있는 판에 이번 투기 규제 조치가 발표됐기 때문에 각별히 관심이 갔다. 열심히 신문도 읽어보고 텔레비전도 봤지만 실수요자가 바라는 값으로 아파트를 살 수 있기는 틀린 것 같다. 실수요자가 바라는 값이라고 해서 덮어놓고 싸게 사겠다는 게 아니라 땅값과 건축비에다 건

설업자의 적정 이윤과 세금과 그동안의 물가 상승률까지도 얹어서 주고 사길 바란다면, 실수요자의 바람은 나무랄 데 없이 정당한 게 아닐까.

거기서 빠진 건 프리미엄이라는 것밖에 없고 실수요자를 울리고 억울하게 하고 눈뜨고 도둑맞게 하는 게 바로 그 프리미엄이라는 거다. 원가와 이윤을 다 계산해도 평당 130여만 원이면 되는 아파트값이 어떻게 해서 정말 그 집에 들 사람에게 돌아올 땐 그 배 가까운 값이 되는지, 5백만 원짜리 통장에 어떻게 5천만 원 가까운 웃돈이 붙을 수 있는지 그새 중간에서 돈과 제도를 자유자재로 악용해서 농간을 부리는 지능적인 수법에 대해 원고를 장수로 에누리 없이 계산해서 원고료를 받는 재주가 고작인 나 같은 사람이 뭘 안다 할 수 있으랴.

다만 그게 근절돼야 할 사회악이라는 걸 알고 있을 뿐이다. 엄청난 불로소득으로 수고해서 돈 버는 사람을 모욕하고 맥빠지게 하기 때문에도 그렇고 다른 물가에 미치는 영향과 건전한 시민 정신을 해치는 한탕주의의 만연 때문에도 그렇다. 그러나 이번 정부의 규제 조치를 보면 그 프리미엄을 없애는 데만 너무 중점을 둔 것 같다. 프리미엄은 없어지되 아파트값은 오른 대로 굳어질 전망이니 그 차액은 어디로 가는 걸까?

너도나도 프리미엄이란 뜬구름에 허욕 부리게 하느니 차라리 그걸 한꺼번에 정부가 먹겠다는 소리로, 이번 규제 조치를 볼 수도 있다는 걸 행정당국은 감안했으면 싶다.

프리미엄이 나쁜 거라면 정부가 먹어도 나쁘긴 마찬가지다. 정부가 먹는다고 터무니없이 비싼 집값이 경제 질서에 끼치는 악영향이 덜어지는 건 아니다. 어쩌면 정부를 의심하는 듯한 말은 감정에 치우친 온당치 못한 표현인지도 모르겠다.

차액은 채권을 사게 해서 정부는 그것을 서민주택에 투자한다고 했으니까. 그러나 20년 상환이면 우리가 체험한 물가 추세로는 거의 거저먹는 것과 같고 정당하지 않은 수입도 쏨쏨이에 그럴듯한 명분만 붙이면 정당하게 된다는 발상도 점잖지 못하다.

또 최고가로 낙찰된 값에 또 프리미엄이 붙는 사태도 예상해야 된다. 이렇게 되면 과열을 진정시키려는 조치가 되레 부채질이 돼 걷잡을 수 없는 사태가 될지도 모른다. 프리미엄으로 큰돈을 먹는 건 투기꾼일지라도 그 돈을 부담하는 건 마지막의 실수요자일 수밖에 없고, 그 마지막 실수요자가 한사코 몰리는 지역과 건설 업체는 대개 정해져 있다.

그걸 역으로 하면 마지막 실수요자가 몰리기 때문에 중간에서 투기가 가능하단 얘기도 되겠지만 이 지역에서 투기꾼만 완전히 제거된다면 과열 현상도 사라지리라는 생각은 큰 오산이다.

실수요자끼리도 얼마든지 과열 현상을 빚을 수가 있다. 지금도 과열 지구가 있는가 하면 미분양 아파트도 얼마든지 있고 프리미엄도 아파트 한 채 값에 맞먹는 차이가 난다.

그걸 이해하기 위해선 현재 아파트에 살거나 앞으로 살려는 사람의 생리를 이해해야 된다. 아파트 주민의 가장 큰 고민은, 우리나라 아파트는 지은 지 3년만 넘으면 못 쓰게 된다는 정확한 진단에 의거한 건지 단순한 추측인지 모를 소문 때문이다. 당장은 편리하고 견고해 뵈는 건물이지만 그 시멘트 벽 속을 통과하고 있는 무수한 관이 여기저기서 삭아터지고 얼어터져서 오물이 범람하고 또는 녹으로 막히고 사고로 막혀 불통이 될 때의 혼란을 상상하면 모골이 송연해진다.

자기가 몸담고 사는 집에 대한 이런 불신은 후조의 생리를 낳아 새로운 아파트로만 눈독을 들이게 된다. 새로운 아파트 중에서도 이름 있는 건설업체가 지은 것을 무명의 업체가 지은 것보다 낫게 치는 것도 어쩔 수가 없다.

지금 우리가 분양가와는 상관없이 거래하는 아파트값의 랭킹은 처음 이렇게 해서 생겨났다. 처음에 부실로 소문난 아파트는 나중까지도 수요자의 외면을 당했고 그건 수요자가 의당 행사할 수 있는 권리라고 생각한다.

그러나 한번 이름이 나 하늘 높은 줄 모르게 프리미엄이 치솟는 업체의 공사는 과연 믿을 만한가도 생각해볼 일이다. 실수요자가 눈으로 볼 수 있는 건 구조와 외장일 뿐이지 골조는 아니다. 처음에 부실로 소문난 업체가 그 오명을 씻기 위해 착실한 공사를 해도 수요자가 별로 안 알아준다면 그건 그 업체의 불행이지만 소문난 업체가 소문만 믿고 엉터리 공사를 하고 있다면 가증한 속임수요, 수요자가 입는 피해 또한 막대하다.

나쁘게 난 소문이건 좋게 난 소문이건 한번 난 소문은 잘 거둬지지를 않고, 소문을 만드는 건 실속보다는 외장이라는 대중의 심리를 잘 아는 건설업체들은 외장을 화려하게 하는 데 지나친 경쟁을 하기 시작했다. 그런 소문의 조작에 성공해서 크게 웃돈이 붙은 아파트에 입주한 주민 역시 저절로 그런 소문의 조작과 옹호에 한몫을 단단히 하게 된다.

요즈음의 이름난 고가의 아파트 주민들은 절대로 아파트의 하자나 불편한 점을 발설하지 않고 쉬쉬 은밀히 처리한다는 건 공공연한 비밀이다. 이렇게 건설업자와 입주자의 무언의 공모로 세칭 일류 아파트, 고급 아파트가 생겨나면 일류와 고급을 덮어놓고 추종하는 우리의 오랜 병폐가 한몫 거들어

마침내 어떤 아파트에 산다는 게 신분의 상징으로까지 굳어
지고 말았다. 이렇게만 되면 그 아파트의 높은 값은 요지부동
이다.

소문이 일부 아파트값을 터무니없이 밀어올린 거라면 소
문이야말로 투기꾼보다 더 악랄한지도 모르겠다. 그러나 지
금 현재로는 소문으로밖에 아파트의 질을 판단할 수 없는 게
수요자의 형편이다.

작은 집을 하나 지으려 해도 감리를 잘 두어야 그 집이
제대로 된다고 한다. 정부가 믿을 만한 감리가 되어 적어도
50년 이상은 끄떡없는 아파트를 짓게 하고 보증까지 해주고
학군 교통편 등을 고르게 개발해주는 것도 일부의 과열을 해
소해주는 한 방안이 아닐까 싶다.

10년 이상은 불안해서 못 사는 아파트를 마냥 짓는대서야
세계로 뻗는 공업기술 국가 한국의 이름이 어찌 부끄럽지 않
으랴.

열린 마음

민진양 보셔요.

다녀간 후 자주 눈에 밟혀 이렇게 펜을 들었습니다. 시골에 묻혀 아이들 가르치기 5년 동안에 한 번도 서울 나들이를 안 했다는 민진양이 예쁘고 대견하면서도 한편 걱정스러웠습니다. 민진양이 시골 아이들을 얼마나 아끼고 사랑한다는 것은 알고 있습니다. 민진양 같은 선생님이 그 아이들에게 얼마나 필요하다는 것도요. 그렇지만 민진양이 말끝마다 서울 아이들의 조숙함, 돈만 아는 것, 버릇없는 것, 사치스러움 등을 비난하는 것을 들으면서 다 옳은 소리인데도 듣기에 약간은 괴로웠습니다.

우리 아이들이 다 서울 아이이기 때문만은 아닙니다. 적어도 민진양만한 선생님이라면 도시적인 것은 다 악이고 시골의 것은 다 선이라는 도식적인 사고방식에서 벗어나 있기를 바라는 마음 때문입니다. 민진양이 5년 동안 서울을 한 번도 안 다녀갔다는 것도 그동안 너무 바빠서나 시골이 그냥 좋아서가 아니라 어쩌면 그런 편견을 더욱 굳히게 하기 위해서였지 않나 걱정스러웠던 겁니다.

민진양은 산골까지 좋아진 교통수단과 텔레비전의 보급으로 시골다움을 잃어가는 걸 오염이라고까지 말했죠? 결국 도시는 악, 시골은 선일 뿐 아니라 도시는 추하고 더럽고, 시골은 아름답고 깨끗하다는 얘기도 되겠는데, 그렇다면 아직 남아 있는 선한 것과 아름답고 깨끗한 것이나마 보호하기 위해 도시와 시골 사이에 단절의 벽이라도 쌓아야 하지 않겠어요.

벽을 쌓는다는 건 좀 과장한 이야기지만 시골의 소박한 게 급속도로 사라져가고 있는 걸 안타깝게 생각하지 않는 사람이 어디 있겠어요. 그렇다고 바야흐로 전국적으로 도시화돼가는 추세를 막을 도리는 없는 거 아니겠어요. 아마 민진양이 지금 그토록 사랑하는 시골 아이들의 태반이 10년이나 15년 후면 도시인이 돼 있으리라고 장담한대도 크게 틀리진 않겠죠. 또 그중 어느만큼은 민진양이 그토록 혐오하는 도시의 악을 맹목적으로 추종하고 있을지도 모르고요.

민진양, 바야흐로 세계가 일일생활권화해가는 추세 속에서 이 좁은 나라에서 도시와 시골의 교류와 만남을 누가 무슨 수로 막을 수가 있겠어요. 막을 생각보다는 그 만남이 대등하고 행복스러운 만남일 수 있도록 도와주는 게 옳은 일이 아닐는지요.

민진양이 시골 아이들을 사랑하고 역성드는 마음속엔 미구에 그 아이들이 자라면 도시로부터 피해를 입게 돼 있다는 피해의식이 깔려 있는 것 같았어요.

이런 피해의식은 바로 시골이 도시보다 문화적으로 뒤지고, 경제적으로 가난하다는 열등감의 소산이 아닐까요. 만남에 있어서 대등하지 못한 만남, 즉 한쪽이 뿌리깊은 열등감으로 임하는 만남처럼 나쁜 건 없다고 생각해요.

나는 민진양이야말로 그런 나쁜 만남을 예비하는 선생님이 아니길 마음으로 바라고 있어요. 민진양의 도시 아이들에 대한 반감이 그런 열등감의 표현이 아니길 바라는 건 말할 것도 없구요.

민진양이 가서 있는 시골은 그렇게까지 벽지는 아니지만, 가끔 낙도나 산골 어린이가 수학여행 온 이야기가 도시에서 화제가 될 적이 있지요. 생전 처음 기차를 타보았다는 어린이가 도시의 번화가에서 보는 족족 신기하고 놀라워서 환성을 지르고 눈을 빛내는 모습을 텔레비전을 통해 볼 때마다 그들이 여행 오길 참 잘했다 싶어 저절로 미소짓게 되지요. 어린 시절의 경이처럼 마음속에 오래 남아 두고두고 빛나는 것도 없잖아요? 그런 경이 없이 자란 어린이란 가난뱅이나 다름없죠. 그러나 한편 그들의 경이가 혹시 상처로 남으면 어쩌나 걱정이 되기도 하거든요.

도시에서 사는 방법이 놀랍기만 할 뿐 아니라 더 낫고 더 잘나 보이는 나머지 자기들이 못난이처럼 살고 있다고 생각한다면 심각한 상처가 아니겠어요. 또 도시 아이들이 시골 아이를 못난이 취급하게 되는 것도 문제죠. 도시와 시골의 만남에 있어서 서로 사는 방법이 다른 것을 발견하고 인정하되 어느 한쪽이 못난 거나 잘난 건 아니란 걸 알게 하는 건 매우 어렵고도 소중한 일이다 싶어요.

왜 수세식 변기의 사용법을 모르는 것만 못난이가 되고 도시 아이가 토끼풀과 괭이밥도 구별 못하는 건 못난이가 안 되나요? 어째서 어려서부터 문명의 이기를 길들이기에 익숙한 것만 잘난 거고, 자연의 이치에 통달한 건 잘난 게 못 되나요? 어째서 어려서부터 문명의 이기를 길들이기에 익숙한 것만 잘난 거고, 자연의 이치에 통달한 건 잘난 게 못 되나요? 시골 아이들이 도시에 와서 문명의 홍수에 어리둥절하고 눈을 빛내는 게 소중한 경험이라면, 도시 아이들 역시 시골에 가서 있는 그대로의 자연의 모습에 탄성을 지르고 눈을 빛내는 소중한 경험을 가져야 하지 않을까요? 시골 아이들이 도시적인 것에 주눅이 들고 문명의 이기에 대해 익숙하지 못한 것에 열등감을 느끼는 반면, 도시 아이들이 토끼풀과 괭이밥과, 밤나무와 떡갈나무와 물푸레나무와 가시나무와 은사시나무와 잣나무와 삼나무와 가문비나무에 대해 아무것도 모르는 것엔 도리어 우월감마저 갖는다는 건 뭐가 잘못돼도 단단히 잘못된 게 아닐까요? 서로 사는 방법이 다르고, 길들이고 익숙해지고 아는 게 다를 뿐 어느 쪽이 잘나거나 못난 것은 아니란 것을 가르쳐주기 위해선 먼저 제각기의 특색에 대한 자존심을 심어줘야 할 것 같아요.

민진양이 도시 전체를 악이라고 적대시하면서까지 지키고자 하는 시골다움도 그렇고, 우리 모두가 사라져가는 걸 아쉬워하는 시골다움도 그렇고, 그것의 본질은 결국 소박함이 아니겠어요. 우리 모두가 소박함의 소중함을 알고 아끼건만 소박함은 쉽게 상처받고 소멸되어가는 건 무슨 까닭일까요? 그건 소박한 것의 주체가 소박한 것에 대한 자존심을 잃었기 때문이라고 나는 생각합니다. 자존심 있는 소박함이라면 좀더 떳떳하고 굳셀 수 있어야 합니다.

맥아더 장군의 자녀를 위한 기도문 중에 이런 구절이 있습니다.

"제 아들에게 유머를 알게 하시고 생을 엄숙하게 살아감과 동시에 생을 즐길 줄 알게 하옵소서. 자기 자신에 지나치게 집착 말게 하시고, 겸허한 마음을 갖게 하시어 참된 위대성은 소박함에 있음을 알게 하시고 참된 지혜는 열린 마음에 있으며, 참된 힘은 온유함에 있음을 명심하게 하옵소서."

이 기도문을 알고부터 그를 장군 이상으로 여기게 되었습니다. 난중일기 때문에 이순신 장군이 우리 모두에게 장군 이상으로 살아남아 있듯이 말입니다.

민진양, 내가 너무 깊게 잔소리를 한 거나 아닌지 모르겠습니다. 그러나 민진양, 아직도 서론이에요. 내가 정작 하고 싶던 얘긴 이제부터니까요. 민진양이 나에게 털어놓고 싶어한 얘기가 시골 선생님으로서의 고민이 전부가 아니라 정작 하고 싶어한 얘기는 따로 있었듯이 말입니다.

민진양, 축하합니다. 민진양에게 사랑하는 사람이 생긴 것을 마음으로부터 축하합니다. 민진양에게 한눈에 반한 청년이라면 얼마나 멋쟁이 청년일까, 아직 본 적이 없건만 눈앞에 선합니다. 몸이 건강하고 성품이 활달하고 사람됨이 자유스럽고, 마음이 열리고 용모가 준수한 청년을 떠올린다는 건 이

나이에도 가슴이 울렁거리는 일입니다. 슬그머니 샘까지 난다면 나도 참 주책이죠.

게다가 학벌 좋고, 직장 좋고, 집안도 좋다면서요? 그만한 청년이라면 도시에서도 일등 신랑감이네요. 부모님이나 친척들을 통해 귀찮게 중매가 들어오는 거 다 마다하고 학생 시절 방학 때 친구 집에 놀러왔다, 첫눈에 반한 시골 학교 선생님한테 외곬으로 3년째 순정을 쏟고 있다니 보통 청년이 아니네요. 산천이 수려하기로 소문난 그 고장의 밤새 눈 내린 어느 겨울 아침은 황홀했을 테고, 아이들과 힘을 합해 눈 묻힌 동네 어귀에 길을 내던 빨간 파카에 빨간 장갑 낀 민진양이 얼마나 싱싱하고 아름다웠으리라는 건 상상하고도 남아요. 그 청년 아니더라도 한눈에 반할 만했을 거예요. 그 청년이 그때 그 자리에 있었다는 건 그 청년에게도 민진양에게도 크나큰 축복이었다 싶어요. 그런 시간과 공간과의 오묘한 만남, 참으로 만나야 할 남녀의 운명적인 만남이 있음으로써 인생은 아름답고, 태어날 만한 가치가 있는 거 아니겠어요?

그렇게 만난 사랑이 장장 3년 동안이나 계속되는 동안 그 청년을 줄창 시골로 오게만 하고 민진양이 도시 나들이한 적이 한 번도 없었다니 하여튼 민진양 콧대 높은 건 알아줘야겠어요. 물론 그 청년의 한결같은 순정도 알아줘야겠지만.

나에겐 콧대보다는 순정이 한결 귀하게 여겨진다고 해도 민진양 화내지 않겠죠. 그렇게 한결같이 차갑고 콧대 높은 민진양을 이번에 도시로 불러낼 수 있었던 것은 청년의 부모님이 며느릿감을 보고 싶어해서였고, 민진양이 청년의 그런 청에 응한 걸로 봐서나, 민진양을 본 그쪽 부모님들이 크게 만족하셨다는 뒷소식으로 미루어 짐작건대 곧 좋은 인연이 맺어질 걸 기대해도 좋을 성싶더군요.

그런데 뭐라구요? 그 청년이 순수한 도시 사람이라는 게 별안간 정이 떨어져 좀더 고려해봐야겠다구요? 민진양, 설마 그 소리를 청년한테도 한 건 아니겠죠? 아무리 사랑하는 사이에도 그런 소리는 하는 게 아녜요. 연인끼리일수록 그야말로 '선하면 아니 올세라' 삼가야 할 말이 있는 거예요. 만약 청년이 민진양을 시골뜨기이기 때문에 싫다고 했다면 민진양의 자존심이 얼마나 상했을까 생각해보세요. 청년이 민진양을 사랑하는데 시골 사람 도시 사람이 조금도 상관이 없었는데 민진양은 왜 청년이 도시 사람이라는 걸 문제 삼죠? 그거야말로 자존심이 아니라 열등감이에요.

민진양, 이제야 슬슬 본론으로 들어가는군요. 이제부터가 정말 내가 하고 싶은 말이에요. 민진양의 열등감이 어디서부터 비롯한 건지 나도 알아요. 청년은 부모님이 다 생존해 계시고 형제와 친척이 번족한데 민진양은 그 훌륭하신 부모님을 한꺼번에 잃고 시골 삼촌댁에서 외롭게 지냈다는 환경의 차이가 얼마나 민진양을 서럽게 했나 왜 모르겠어요? 그러나 무엇보다도 가진 것의 차이가 더욱 민진양의 열등감을 불러일으켰으리란 것도 알고 있어요.

나는 민진양이 그 어렵게 공부한 능력과, 그 고운 인품으로 선택한, 그만큼 보람 있는 일에 5년 동안이나 성심성의껏 종사한 끝에 저축한 돈이 겨우 3백만 원 남짓하다는 데는 충격 같은 걸 받았어요. 민진양이 얼마나 근검절약하는 성품이라는 걸 알기에, 그렇지만 결코 인색하거나, 무모할 만큼 돈만 알지도 않는다는 것도 알기에 더욱 가슴이 아팠던 거죠.

그만한 액수면 시골서도 넉넉한 혼수 비용은 아니지만 그럭저럭 못 치를 것도 없다면서요? 도시에서도 하기 나름이죠.

여성단체 같은 데서 뽑아놓은 표준 결혼 비용에 비해도 오히려 넘치는 액수구요. 앉아서 예산 짜는 것하고 실제로 돈 들고 나가 써보는 것하고는 으레 차이가 나게 마련이지만, 결혼 비용처럼 어떻게 해야 한다는 소위 양식의 소리와 어떠어떠하게 하는 사람도 있다더라, 하는 떠도는 소문과, 자신의 일에 당해서 실제로 쓰는 액수와의 갭이 큰 것도 없다 싶어요.

나는 민진양이 그 3백만 원으로 혼자서 주먹구구식으로 예산을 짜다못해 실제로 시장조사까지 나갔었다는 걸 알고 있어요. 민진양은 아마 전 재산인 예금통장의 액수를 천금처럼 소중히 받들고 주단가게를, 귀금속상을, 가구점을, 양장점을, 가전제품가게를 골고루 들렀겠죠. 그런 상점들을 순례하는 사이에 천금 같던 3백만 원이 깃털처럼 가벼워지면서, 마음인들 또 얼마나 비참해졌겠어요? 그래서 도시 사람은 모두 돈을 그렇게 마구 쓰면서 시집을 가는 것 같아서 밉고, 그만 사랑하는 청년까지 그 미운 사람들 속에 싸잡아넣고 만 거죠?

도대체 언제부터 결혼 풍습이 이렇게 된 거죠? 어떤 사람들이 이렇게 만든 거죠? 민진양이 눈물이 그렁한 눈으로 이렇게 항의하고 한탄하던 소리가 아직도 귀에 쟁쟁합니다.

오래간만에 도시에 와서 그런 일을 직접 확인했으니 아닌 게 아니라 놀라기도 했을 거예요. 그런 현장에서 줄창 사는 사람도 정말 왜들 저러는 걸까? 하고 놀라고 스스로 반성한 적이 자주 있었으니까요. 얼마 전까지만 해도 결혼에 있어서 그런 물량공세를 주도하는 것은 일부 벼락부자들이거니 생각했었죠. 벼락부자들이 정신적인 열등감을 물량으로 허둥지둥 메우려다보니 그런 천격스러운 일이 벌어질 수밖에 없지 않나 하고요.

그러나 이제 경제성장으로 어느 정도 자리가 잡혀 새로운 벼락부자가 생겨나기보다도 이미 부자된 사람이 품위를 갖추어야 할 때가 됐는데도 국적 불명의 물량공세가 서민들 사이에까지 성하는 건 무슨 까닭일까요?

나도 근래에 조카들과 친구의 자녀들이 결혼하는 일이 잦아 혼수 장만하는 일에 견학 삼아 따라다녀보고 하다 새롭게 발견한 게 있었죠. 근래의 결혼 풍습을 주도하는 건 결코 일부의 부유층이 아니라 장사꾼들이로구나 하고요. 사돈이 되는 양가는 처음에 여간 어려운 사이가 아니란 건 예나 지금이나 다름이 없잖아요. 무엇을 어느 정도 장만해야 새 사돈댁에 흉을 안 잡히나 서로 눈치만 보는 사이에 장사꾼이 중간에서 긴요한 역할을 하는 거예요. 최소한도 반지는 얼마짜리, 시계는 얼마짜리, 예단은 얼마짜리 정도라야 창피나 면할 만하고, 웬만큼 사는 댁에선 다들 그 정도는 하고 있다는 정보를 다름 아닌 주단가게, 귀금속가게, 가구점을 경영하는 장사꾼들이 제공한다고 생각해보세요. 될 수 있는 대로 많이 팔아먹기 위해 최소한의 가짓수를 야금야금 늘리고, 높은 이익을 위해 그 질을 터무니없이 올려잡을 수밖에요.

산업사회의 거센 바람이 마구 휩쓸어버린 것들 중에서 가풍이란 것만은 지금이라도 일으켜세워 복원할 수는 없는 것일까 하는 생각을 종종 하게 되는 것도 결혼의 예절까지 장사꾼한테 맡겨서야 쓰겠는가 하는 우려 때문이에요. 핏줄에 의해 가계가 이어져 내려오는 것처럼 가풍에 의해 그 집안의 법도와 품격이 이어져 내려오고 각자의 가풍에 긍지가 대단했던 게 나 어렸을 때까지의 보통 집안이 아니었던가 싶어요. 그런 가풍이 가장 잘 나타나는 적이 관혼상제 때고, 웃어른이 우리 집안은 이러이러하게 하느니라, 한마디하면 됐지 남의 눈치를 본다든가, 더군다나 장사꾼한테까지 신성한 의식의 절차를 묻는다는 건 상상도 할 수 없는 일이었죠. 자기 집안의 법도에 대한 권위의식이 대단했던 것만큼 남의 집안의 법도도 존중했던 것으로 기억하고 있어요. 같은 양반끼리도 노론 소론 간엔 그 의식 절차에 많은 차이가 있었지만 노론과 소론이 통혼을 할 때, 어느 한쪽의 법도를 따르도록 강요는 안 했다고 하거든요. 시집가는 쪽에선 시집간 후엔 시집 풍습을 따르게 되지만 혼사를 치를 때까진 각자의 집안의 법도대로 해 보내는 게 조금도 예의에 어긋나지 않았고, 그것 때문에 곤욕을 치르는 일도 있을 수가 없었죠.

이제 장사꾼에 의해 양반의 법도도 중인이나 상인의 풍습도 없이 모조리 평준화된 것까지는 좋은데, 상인의 척도인 금액으로 얼마짜리 결혼부터의 얼마짜리 결혼까지란 정가에다 에누리까지 붙어서야 되겠어요.

그렇지만 민진양, 도시의 결혼 풍습이 다 그렇다고는 생각하지 말아요. 모든 것이 다 비뚤어지고 뒤죽박죽이 된 것 같아도 모든 것을, 비뚤어진 것까지를 받쳐주고 있는 건 역시 건전한 양식이 살아 있으니까 비뚤어진 게 비뚤어진 걸로, 잘못된 게 잘못된 걸로 알아볼 수가 있는 거예요.

그 청년이 민진양을 발견한 게 그 청년의 큰 복이라면 그런 청년한테 발견당한 건 민진양의 큰 복이에요. 그걸 알아야 돼요. 그 청년이 민진양을 발견한 건 그 청년이 요사이의 그릇된 결혼 풍습을 아랑곳하지 않는다는 증거예요. 요새 결혼 풍습대로 결혼하는 사람들은 배우자를 고를 때부터 이미 그 척도가 다르거든요. 그 청년은 민진양을 금전이란 척도로 재지 않고 민진양의 보석 같은 사람됨에 매료된 거예요. 그러니까 민진양도 자신의 아름다운 인품에 자신을 가지세요.

제발 3백만 원이 이 도시에서 깃털만한 가치밖에 안 된다고 해서 스스로 경멸하거나 비관하지 말아요. 민진양을 아름답고 귀하게 본 청년과 청년의 가족을 믿고 당당하게 구세요.

자존심을 가지라고 해서 콧대 높이 굴란 소리가 아녜요. 콧대는 비굴의 다른 얼굴이고, 자존심은 겸허의 다른 얼굴이라고 생각해요. 청년을 매료시킨 민진양의 아름다움 속엔 어떤 어려운 환경에서도 자존심을 잃지 않은 고귀한 인품도 포함돼 있으리라 생각해요. 3백만 원 때문에 그걸 잃는다면 아마 청년은 실망하고 배신감마저 느낄지도 몰라요.

민진양의 부모님이 안 계시다는 걸로 느끼는 열등감도 꽤 심각한 모양인데 지금 계시냐 안 계시냐보다 어떤 부모님이었나가 더 문제라고 생각해요. 나도 민진양의 부모님을 뵌 적은 없지만 깊이 경애하는 마음이 있는데, 그건 민진양의 행실에서 점잖고 뼈대 있는 가풍을 느낄 수 있기 때문이에요. 그런 품성을 물려준 부모님께 감사하세요. 그러면 계신 거나 진배없어요.

우리 식구들하고 같이 시내 나갔던 날, 민진양이 자꾸만 "저 촌스럽지 않아요?" 하고 신경쓰던 일도 마음에 걸리네요. 안 촌스러웠어요. 도시의 허다한 멋쟁이들도 민진양에다 대니까 조화처럼 시들해 보이던걸요. 민진양의 아름다움은 싱싱하고 건강한 생화였어요. 그런 게 촌스러운 거라면, 그 촌스러움을 부디 아끼고, 오래오래 간직하세요.

올 구시월쯤 이 세상에서 가장 아름다운 한 쌍의 탄생을 보기를 기다리면서 이만 줄입니다.

청복清福

아침에 식구들을 다 내보내고 나서 혼자서 마시는 커피맛처럼 좋은 게 없다. 쓸쓸하면서도 감미롭고 텅 빈 것 같으면서도 충일한 것 같은 느낌을 맛보게 된다.

그 시간을 천천히 그러나 지루하지 않게 누리기 위해 아침 일은 될 수 있는 대로 서둘러 하게 된다. 할 일을 조금이라도 남겨놓거나 대강대강 하면 마음이 꺼림칙해서 차맛이 뚝 떨어진다. 둘레에 지저분한 거나 비뚤어진 게 눈에 띄어도 차맛은 없어진다. 물론 몸이 거북하거나 아침밥을 너무 많이 먹거나 안 먹어도 차맛이 덜하다.

그러다보니 한 잔의 커피맛을 위해서 자꾸만 까다롭게 되고 창밖의 풍경, 햇빛에까지 신경이 써지고 결국 만족할 만한 차맛에 도달하기는 점점 더 어렵게 되고 말았다. 심지어는 아침에 방문객이 있어 같이 차를 마시게 돼도 차맛이 감소되어 아침 커피는 어떻게든 혼자서 마시려는 괴벽까지 부리게 됐다.

어떤 즐거움이든지 너무 탐닉하게 되면 사람이 치사해지는 건 한잔의 차라고 해서 결코 예외는 아니었다. 그렇다고 그 재미마저 놓치고 싶지는 않은 게 실상 나는 너무 괴벽이 없는 편이라 그 정도의 괴벽쯤 크게 흉될 건 없을 것 같았고, 남의 눈에 띄거나 남에게 해될 게 없는 건 괴벽이랄 것도 없다는 생각도 들었다.

아침 식후뿐 아니라 커피는 하루에 서너 잔 이상 마시는 편이었다. 밖에 나가 사람을 만나면 으레 커피를 마셨고, 집에 있을 땐 대개 온종일 원고지와 씨름을 하는데 막힐 때마다 애꿎은 커피를 마셔댔다. 커피를 마신다고 막힌 게 뚫리는 것도 아니고 아침 식후처럼 감칠맛이 있는 것도 아닌데 그냥 버릇이었다. 뭔 일이 잘 안 될 때 담배를 퍽퍽 피워대는 사람도 이해할 것 같았고, 그게 커피 마셔대는 것보다 훨씬 멋있는 것도 같아 나도 커피 대신 담배를 피워볼까 시도 안 해본 것도 아니지만 그게 잘 안 됐다. 쓰나 다나 커피였고 남들은 커피를 많이 마시면 잠이 잘 안 온다든가 소화가 잘 안 된다든가 하는 부작용이 있는 모양이지만 나는 신경도 위장도 남달리 튼튼해 밥 잘 먹고 잠 잘 왔다.

이렇게 무딜 정도로 튼튼한 신경도 견디어내지 못할 만큼 커피를 마신 적이 있는데 몇 년 전 조선호텔 커피숍에서였다. 근래엔 거기 간 적이 없어 요새도 그런지 모르지만 그때는 오래 앉아서 얘기하고 있으면 웨이터가 빈 잔에다 얼마든지 커피를 더 따라주었다. 찻잔도 보통 다방의 세 배는 되게 큰데다 가득가득 채워주는 대로 나는 마셔댔다. 그땐 무슨 일이었는지 친구와 나는 거기서 다섯 시간쯤 얘기를 했던 것 같다.

그동안 몇 잔의 커피를 마셔댔는지 정확한 숫자는 생각나지 않지만 그날 시장에 들러 뭘 사려는데 기분이 이상했다. 손끝이 떨리고 정신을 집중할 수가 없어 간단한 돈 계산도 할 수가 없었다. 내가 나 같지가 않고 붕 떠서 제멋대로 부유하고 있는 게 허깨비처럼 눈앞에 어른대기도 했다. 내가 내 말을 듣지 않고 나로부터 분리돼나간 것 같은 느낌은 두렵고도 고약했다. 나는 그날 무진 애만 쓰다가 결국 볼일을 하나도 못 보고 가까스로 집으로 돌아왔다.

그 일이 있은 후 비로소 사람들이 말하는 커피의 과음의 해독에 대해 수긍하는 마음이 생겼으나 원고 쓰는 동안은 뭔가를 마셔대야 할 것 같은 강박관념은 여전했다. 남들이 좋다는 잎차, 결명차, 구기차 같은 걸 구해서 커피 대신 마셔보려고 노력도 해보았지만 기호품을 바꾸는 건 쉽지 않았다. 기호품은 어디까지나 기호품일 뿐이지 거기서까지 영양가니 해독이니 따진다는 게 치사하게도 여겨졌다. 술 담배가 지나치면 몸에 해롭다는 건 세상이 다 아는 사실이지만 그것 없이 삶이 무의미한 사람에게 그걸 끊으라는 건 식물인간 노릇을 하라는 것과 같을지도 모른다. 삶의 질과 양이 상극할 때 질 쪽을 택하는 게 좀더 멋있어 보이는 게 이 나이까지 남아 있는 나의 치기이다.

이렇게 일편단심 좋아하던 커피맛이 별안간 싫어진 일이 있는데 작년 말부터 금년 초에 걸쳐 한 달이나 넘게 독감을 앓을 때였다. 참으로 지독한 감기였다. 고열과 가래와 코와 두통이 함께 또는 번갈아 떠나지 않는데 앓기가 진력이 나고 힘들어 죽고 싶단 생각을 할 정도였다.

그래도 약 먹고 밤에 요행 잠을 좀 자면 아침엔 기분이 한결 나아져서 식후의 그 고독하고 감미로운 커피맛을 즐기려면 웬걸, 쓰기가 소태였다. 당장만 쓴 게 아니라 온종일 쓴맛이 입속에 눌어붙어 가뜩이나 감퇴된 입맛을 엉망으로 잡쳐놓았다.

담배 피우는 사람이 흔히 건강이 안 좋을 때 담배맛 먼저 없어진다고들 하는데 그 말뜻을 그제야 알아들을 것 같았다. 나는 마치 내 길고 긴 감기에 도전하듯이, 아니 아부하듯이, 매일 아침 한 잔의 커피를 맛보았지만 감기는 완강하게 도사리고 악랄하게 고개를 저었다. 나는 지루했고 두려웠다. 감기가 지루하고 두려운 것도 같았고, 커피맛 없는 하루하루가 그런 것도 같았다. 생활의 리듬이 엉망이 된 것도 독감 때문이라기보다 식후의 커피맛을 잃었기 때문인 것 같았다.

커피맛은 잃었는데도 때때로 뭔가를 마시고 싶은 욕구는 여전했다. 욕구라기보다는 버릇이어서 마셔야 할 때가 되면 어쩔 줄을 몰랐다.

그래서 마시기 시작한 게 잎차였다. 커피를 너무 마시는 게 몸에 안 좋다는 걸 막연히 느끼고부터 잎차도 더러 마셔봤지만 그 맹물 같은 밍밍한 맛은 좀처럼 당기지 않았었다. 또 손님에게 권하려 해도 그 까다로운 의식이 귀찮은 생각부터 들었다. 차의 으뜸가는 맛은 편한 휴식감인데 마시는 법이 그렇게 까다로워 부담이 된다는 데는 저항감마저 느꼈다.

그런데 독감을 앓으면서 혼자서 내 편한 대로 찻잔에 잎차 몇 잎을 덜어내서 더운물을 붓고 잎차가 가라앉은 다음 천천히 마시니 그 밍밍한 맛이 그렇게 좋을 수가 없었다. 밍밍한 맛이 오랜 감기로 균열이 생긴 것처럼 아픈 목을 순하게 어루만지고 입안 가득 은은한 향기를 남겼다. 커피의 그 짙은 향기도 못 맡게 코가 꽉 막힌 지 오랜데 보통때는 향기가 있을락 말락 하게 희미하던 잎차 향기를 맡을 수 있을 줄이야.

나는 한 번 우려낸 잎차에다 다시 더운물을 부었다. 두번째 맛은 밍밍한 게 더욱 밍밍해졌지만 향기는 한층 깊어진 것 같았다. 그거야말로 향기였다. 거기 대면 커피는 냄새에 지나지 않았다. 잎차의 맛은 향기의 맛이었다. 코가 막혀도 향기가 직접 물에 녹아 혀에 와닿았다. 잎차의 첫잔도 좋지만 두 번 세 번 우려낸 잔도 좋다. 마치 천천히 사라져가는 향기를 쫓듯이, 끊긴 음률의 여운을 쫓듯이 마시는 네번째 잔도 좋다.

잎차의 맛을 독감과 함께 알게 됐다는 걸로 지난 독감은 나에게 의미심장했다. 체력의 한계에 대해 생각했고, 늙음을 좀더 친근하게 느꼈고 생로병사의 굴레에 순명하는 게 아름답단 생각도 하게 되었다.

어느 날인가 두번째 우려낸 잎차를 마시다보니 찻잔 한가운데 작은 꽃이 활짝 핀 게 보였다. 꽃의 크기는 라일락 꽃송이를 이룬 작은 통꽃 한 개만 한데 꽃잎이 하나도 이지러지지 않고 온전했고 정결한 미색이었다. 그뿐인가, 한가운데는 꽃술이 주황색으로 선연했고 꽃받침은 갓 돋아난 새싹처럼 연연한 녹두색이었다.

나는 비로소 내가 마시고 있는 게 얼마나 신비하고 아름다운 것의 정기인가를 알고 숙연했고 황홀했다. 그리고 차를 마시는 법이 까다로운 까닭도 이해할 수 있을 것 같았다. 신비하고 아름다운 것의 정기를 마시는 은총에 대해 저절로 우러나는 경건한 몸가짐이 그런 예절을 만든 게 아닐는지.

요샌 독감도 다 나았건만 거의 커피를 안 마시고 잎차를 마신다. 정식으로 배우진 않았지만 내 나름으로 예절도 갖추고 마신다.

잔도 커피잔으로 마시던 걸 잎찻잔으로 바꾸었다. 도예를 하는 막내딸이 빚어 구운 잎찻잔은 모양도 좋지만 빛깔이 따습고 너그러운 유백색이어서 정겹다. 요즈음 많이 나와 있는 백자가 대개 차가운 청백색인데 비해 그게 유백색인 게 난 그렇게 좋을 수가 없다. 딸아이의 예쁘고 가냘픈 손이 그걸 빚고, 정과 사랑이 풍부한 마음이 그런 빛깔을 내었거니 싶어서다. 그 유백색 잔 한가운데서 차 꽃이라도 피어나는 날이면 나는 내가 지나친 사치를 하고 있는 게 아닌가 과람하기조차 한다. 내 아직 딴 사치한 게 없으니 부디 과람하지 않은 청복이길 빈다.

오래 청복을 누리고 싶다.

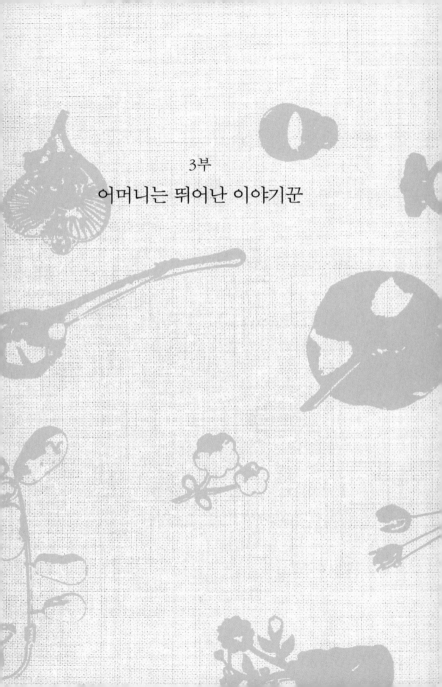

3부
어머니는 뛰어난 이야기꾼

또마야, 너는 세상의 아름다움이며 기쁨이란다

또마야.

나의 첫손자 또마야. 나는 지금 햇살이 따가운 베란다에 앉아 네가 뛰어노는 모습을 지켜보고 있다. 네가 뜀박질할 때마다 훈풍에 휘날리는 너의 머리칼은 보기 좋기도 하여라. 너의 팔다리는 씩씩하기도 하여라. 너의 볼은 꽃 같기도 하여라. 너의 눈은 초롱초롱하기도 하여라. 너의 살갗은 향기롭기도 하여라. 너의 기상은 늠름하기도 하여라. 너는 비할 데 없이 아름답구나.

때는 지금 무르익는 봄이다. 목련이 뚝뚝 떨어지는 옆에서 벚꽃이 한창이고, 같은 벚꽃이건만 이미 지고 잎이 돋는 벚나무도 있다. 개나리는 벌써 지고 꽃보다 고운 잎이 돋고 버드나무가 살랑이는 건 공중에 걸린 주렴이다. 나무들이 계절 중 가장 아름다운 때다. 그러나 어찌 인ㅅ화초보다 아름다우랴. 너의 웃음소리, 너의 입김이 꽃과 잎을 피게 했음을 나는 안다. 아무리 아름다운 봄 들에도 아이들이 뛰놀지 않는다면 빈 들과 무엇이 다르랴.

바람에 벚꽃이 분분히 휘날리는 걸 보면서 너는 말했었지.

"할머니, 눈이 오는 것 같아."

나는 너의 그 말을 얼마나 많은 사람에게 자랑을 했는지.

"글쎄요, 우리 또마가요, 벚꽃이 떨어지는 걸 보고요, 눈과 같다지 뭐예요. 이제 세 돌이 막 지난 또마가 말예요. 또마는 시인이 되려나봐요" 하고 말이다.

또마야, 할머니는 참 바보 같지? 나의 이런 손자 자랑을 듣고 있던 사람은 "그래요?" 하고 놀라는 시늉을 했고, 어떤 사람은 그까짓 걸 가지고 뭘 그렇게 자랑을 해쌌나, 바보 같은 할머니, 하는 듯이 쳐다만 보더구나. 하긴 그럴 수밖에. 벚 꽃이 지는 게 눈이 휘날리는 것 같다는 비유는 여지껏 수도 없이 있어왔으니까 듣는 사람에 따라서 진부한 표현으로 들릴 수도 있겠다.

그러나 또마야, 이 할머니는 안다. 너의 그 경탄이 얼마나 새롭고 순수한 경탄이라는 걸. 첫번째 봄엔 너는 너무 어렸고, 두번째 봄엔 너는 말을 잘 못했고, 세번째 봄에 비로소 너는 발달한 정서로 아리따운 걸 느끼고 표현할 줄 안 것이다. 남들이 다 한 번씩 해본 말을 흉내내서 벚꽃이 눈과 같다고 생각한 게 아니라 너의 기억 속에 가장 아름다운 날을 네가 최초로 맺어준 것이다. 나는 너의 총명한 눈을 보고 너의 순결한 마음속에서 일어난 이런 연상 작용이 너의 독창적인 거고, 따라서 얼마나 황홀한 충격이었다는 걸 알기 때문에 이 봄이 더욱 화사하구나.

쉰 번을 넘어 겪어 이제 시들해질 대로 시들해진 봄이 너의 느낌을 빌려 새롭게 되살아나는 감격을 나는 마치 회춘의 기적처럼 축복스럽게 받아들이런다.

네가 너의 엄마 뱃속에 있을 때, 사람들은 나에게 물었었지. 곧 할머니 소리를 듣게 될 기분이 어떠냐고.

또마야, 그때 나는 어리석게도 내가 어렸을 때 나의 할머니나 그 밖의 노인들을 보면서 저렇게 늙은이들은 무슨 재미로 살까? 의아하게 여기던 생각만 하고 내가 어느새 할머니 소리를 듣게 된 게 그저 서글프고 한심하게만 여겨졌다.

사람이 늙어서 할머니, 할아버지가 될 수 있다는 게 얼마나 큰 축복인가를 미처 몰랐었다.

또마야, 네가 너의 엄마 뱃속에 있을 때 나는 할머니 소리를 처음 들을 걱정 말고도 참으로 많은 걱정을 했단다.

네가 예쁘고 건강하고 착하고 총명할 것에 대해선 왠지 의심도 안 했지. 나는 그때 이미 네가 너의 엄마 아빠의 가장 좋은 점과, 엄마 아빠의 또 엄마 아빠, 그 엄마 아빠의 또 엄마 아빠…… 너를 있게 한 수없는 조상님들의 좋은 점, 정기가 모여 생겨났다는 걸 알고 있었으니까.

그러나 이렇게 순수하고 빼어난 아이를 맞이하기엔 이 세상이 너무 만족스럽지가 못했고, 그래서 걱정이 많았단다.

너를 맞이하기 위해 우선 몸단장을 했지. 네가 이 세상에서 최초로 보게 될 방이 아늑하고 아름답도록 창틀과 방문도 고치고 벽지를 고르느라 얼마나 여러 군데의 지물포를 돌아다녔는 줄 아니? 네가 벨 베개와 덮을 이불을 만드는 데 얼마나 정성을 기울였는지 아니? 네가 있을 방에서 내다볼 수 있는 곳엔 화초도 가꾸었지. 그리고 네가 최초로 볼 수 있는 날짐승이 예쁜 새나 나비이기를 바랐지.

이렇게 만반의 준비를 해놓고도 귀하고 귀한 손님을 맞이하기엔 부족한 것 같아 근심스러웠단다.

나를 더욱 근심스럽게 한 건 나의 손길이 미칠 수 없는 것과 내가 마음대로 할 수 없는 것들 중에 너를 맞이하기엔 너무 누추한 것들이 많기 때문이었다.

이를테면 네가 장차 숨쉬게 될 공기가 너무 오염돼 있는 게 그랬고, 네가 마시고 목욕하게 될 물에도 불순물이 너무 많이 섞여 있는 게 그랬단다.

어찌 물과 공기뿐이겠니. 장차 네가 갖고 놀 장난감, 네가 먹게 될 음식, 네가 다닐 학교, 네가 지켜야 할 제도 등도 너를 맞이하기 위해 좀더 믿을 만하고 훌륭한 걸로 준비해놓았어야 하는 건데 하는 후회와 가책이 앞섰단다.

또마야, 어른들이란 참 어리석지. 아이들에게 해로운 건 어른들한테도 해로울 텐데도 아무 생각 없이 살다가 이렇게 때늦은 후회를 하니 말이다.

마치 청소도 안 하고, 씻지도 않고, 예절이나 버릇도 없이 아무렇게나 살던 어리석고 게으른 사람이 갑자기 귀한 손님을 맞이하게 되어 비로소 자기 사는 꼴을 객관적으로 비춰보고 그 한심한 몰골을 어디서부터 뜯어고쳐야 할지 몰라 쩔쩔매는 꼴과 무엇이 다르겠니.

그러나 너는 너를 맞을 준비가 됐건 말건 어김없이 이 세상에 왔다. 그리고 벌써 3년이 됐다. 네가 화창한 봄날, 밝은 햇빛 속에서 뛰어노는 걸 보고 있으려니 이 세상은 내가 근심

했던 것보다는 훨씬 더 아름답고 살 만한 곳이다 싶구나. 근심하고 절망해야 할 것보다는 찬탄하고 희망을 가질 만한 것이 훨씬 더 많다 싶다. 봄볕 속에서 네가 달음박질치면서 깔깔거리는 소리는 곧 생의 찬가요, 희망의 노래다.

네가 이 세상에 태어나길 참 잘했다고 믿는 한 이 세상은 살 만한 곳이고, 너에게 새록새록 보여줄 경이를 간직하고 있는 한 자연은 아직 오염되지 않은 신비에 가득차 있다.

또마야, 일전에 할머니하고 장난감가게에 갔던 생각나니? 너는 장난감가게에만 가면 눈이 빛났었다. 어떤 때는 마구 떼를 쓰기도 했지. 너는 한결같이 빵빵만 그렇게 좋아했었지. 너의 장난감 통엔 아마 빵빵만 수십 종이 있을 거다.

너는 삼촌, 고모, 이모, 사촌들이 많아, 그분들이 너를 보러 올 때마다 네 마음에 들려고 네가 좋아하는 빵빵을 꼭 하나씩 사고 싶어해서, 네가 욕심이 많거나 한 가지에 집착이 심한 아이가 될까봐 속으로 은근히 걱정을 했었는데 그날은 장난감가게 앞에서도 할머니를 조르지 않아서 참 이상했었다. 이제 빵빵엔 어지간히 싫증이 났나보다 싶어 요새 한창 유행인 ET를 사주려고 했었다. 너는 남 다 있는 ET 인형이 없지 않니?

그러나 너는 얼굴을 찡그리고 물러서면서 ET를 받으려고 하지 않았다. 가게 아저씨가 "요새 아기답지 않군요" 하면서

ET를 팔 것을 단념했지만 나는 그런 네가 여간 예쁘고 자랑스럽지 않았단다.

또마야, 네 생각이 옳았어. ET는 징그럽게 생긴 인형이야. 귀염성이라곤 없어. 누구든지 갖고 싶지 않은 게 당연해. 형아들이 그걸 좋아하는 건 ET 영화를 보았거나 만화나 책으로 ET를 알아서 그게 보기보다는 착하고 지혜롭고 아름다운 마음을 갖고 있다는 걸 알기 때문이란다. ET를 통해서 외계의 신비에 눈뜨게 되고 또 사람도 외양만 가지고 판단할 게 아니라 그 안에 지니고 있는 보석 같은 속마음에 의해 판단해야 한다는 걸 알게 된다는 건 아주 중요한 일이지.

그렇지만 아무것도 모르는 채 남들이 좋아하니까, 외국에서 그게 유명하니까 덩달아서 좋아 날뛰는 추종심리는 참 싫더라. 그런 어른이 많은 것도 민망한데 가장 정직하고 자유로워야 할 어린이 세계에 그런 낌새가 보이는 건 슬픈 일이다.

네가 조금만 더 크면 할머니가 해주려고 벼르고 있는 얘기 중에 '벌거숭이 임금님'이라는 게 있는데, 허영 덩어리 임금님이 실상은 벌거숭이라는 걸 본 대로 말할 수 있었던 것도 어린이였단다.

그날 넌 그 가게에서 아무것도 사려고 하지 않았다. 작은 기계장치나 약으로 굴러가고 불이 켜지고 소리도 나는 장난감에 이제 그만 싫증이 났나보지. 사실 그런 건 원리만 터득하고 보면 그렇게 신기한 게 못 되지. 그 대신 너는 길가 잔디에서 나는 온갖 풀과 나무의 이름을 묻더구나. 아직 잔디는 푸릇푸릇한 채지만 토끼풀은 파랗게 돋았고 민들레, 자운영도 잎이 시퍼렇게 자랐더구나.

그 밖에도 할머니도 이름을 모를 풀들이 많아 너에게 부끄러웠다. 또 할머니는 너에게 많은 나무의 이름을 가르쳐줬지. 1년내 푸르른 측백나무, 회양목, 소나무와 봄에 제일 먼저 잎이 돋는 버드나무, 그리고 잎보다 먼저 꽃이 핀 개나리, 진달래, 목련, 벚나무 등의 이름을 가르쳐주었지. 너는 새로운 빵빵을 사주었을 때보다 더 눈을 빛내면서 듣더구나. 나는 또 떨어진 꽃송이를 주워서 너에게 꽃잎을 세어보라고 했지. 너는 겨우 다섯밖에 못 세지만 꽃잎을 세려면 다섯이면 충분하더구나. 그때 우리가 세어본 꽃 중에서 개나리만이 꽃잎이 네 개였던 걸 너는 기억하니?

또마야, 자연엔 신기한 게 무궁무진하단다. 배워도 배워도 끝이 없고, 놀라고 또 놀라도 끝이 없단다. 굴러가는 자동차의 이치보다 몇백 배, 몇천 배 복잡하고 오묘한 이치가 작은 새싹 속에, 한 송이의 꽃 속에 숨어 있단다.

너와 함께 그 모든 것들을 관찰하고 감탄할 생각을 하면, 이 봄이 나 자신의 어렸을 적 봄처럼 새롭고, 앞으로 바뀔 계절도 그 어린 날의 미지의 계절처럼 기다려지는구나.

또마야, 네가 할먼네 올 때마다 물을 주기로 하는 베란다의 작은 화분들 알지? 그중엔 겨우내 푸른 잎이 무성한 화분도 있고, 또 아프리칸 바이올렛처럼 겨울에도 꽃이 피는 화분도 있지만 흙만 있는 화분도 있지 않디? 내가 너에게 물을 주라고 하면 너는 "꽃이 물 먹고 싶대?" 이러면서 꽃이나 잎이 있는 화분에만 주려고 하더구나. 그럴 때마다 할머니가 왜 흙만 있는 화분에까지 물을 주게 했는지 너도 곧 알게 될 거야. 머지않아 그 흙속에서 예쁜 싹이 나올 테니까.

또마야, 우리 올렁이는 가슴으로 작은 씨앗이 푸른 떡잎으로 움트고, 거기서 다시 줄기가 자라고 잎이 돋고 점점 자라서 꽃을 피우는 걸 바라보자꾸나. 그 꽃이 다시 열매를 맺는 걸 거두자꾸나.

또마야, 나의 사랑하는 또마야, 이 세상의 온갖 놀랍고 아름답고 신기한 걸 너에게 주고 싶구나.

그 잔인한 여름에 핀 칸나

10여 년 전 일이다. 대구 교외에 있는 ××부대에서 군복무중인 조카를 면회 가려고 경부선 열차를 탔다. 새마을호는 없었지만 당시로선 제일 빠른 특급을 탔었는데 열차가 어느 작은 시골역에 스르르 정차를 했다. 한참 만에 뭐라고 그 까닭을 알리는 차내 방송이 있었지만 그 내용까진 생각이 안 난다. 낮잠을 즐기다가 부스스 눈을 뜨고 밖을 내다본 내 눈에 낡은 적산가옥만한 조그만 역사와 역사를 울타리처럼 에워싼 빨간 칸나가 보였다. 보통 칸나는 꽃은 붉더라도 잎은 파초 잎처럼 널따라니 푸르러서 보기 좋은 법인데 거기 칸나는 그렇지가 않았다. 잎과 줄기까지 검붉었다. 자주색 같기도 하고 암갈색 같기도 한 잎은 흡사 불에 그을린 것처럼 메말라 보였다. 대궁이 위에 달린 꽃도 빨간 꽃이었지만 잎의 암갈색 때문에 선연함을 잃고 죽어 보였다.

한여름의 불볕 속에 무성한 이 칸나의 숲을 보면서 나는 너무 싫어서 진저리를 쳤다. 꽃을 싫어하는 사람이 어디 있을까마는 유난히 꽃을 좋아하는 내가 진저리를 치게 싫어하는 꽃이 있을 줄은 몰랐다. 왜 그 꽃이 그렇게 싫은지 생각날 듯하면서 나지 않았다. 열차 속은 비교적 시원한 편이었는데도 그 칸나를 보고부터는 바깥의 더위까지 지겹게 느껴졌다. 열차는 얼마 안 있어 정상적으로 움직이더니 별로 연착을 안 하고 대구역에 도착했다.

그날 대구의 더위는 대단했다. 피난길에 가보고 그때가 처음이었는데 펄펄 뛰게 더운 도시였다. 그늘이라곤 한 뼘도 없는 역광장의 뙤약볕 속에서 갈팡질팡하면서 나는 나 자신을 산 채로 뜨겁게 달군 프라이팬에 던져진 메뚜기처럼 느꼈다. 갈팡질팡하는 것도 시간문제였고, 곧 꼼짝없이 파삭파삭한 숯덩이가 될 것 같았다.

겨우 택시 정류장을 찾아 줄을 서고 택시에 타자마자 또 한번 그 안의 살인적인 더위에 으악 비명을 질렀다. 택시가 질주하자 창문으로 들어오는 바람으로 훨씬 더위가 견디기 쉬워졌다. 조카가 있는 부대는 역과는 정반대 쪽 교외라 택시는 불볕 속의 대구 시내를 가로지르지 않으면 안 되었다. 그동안 나는 곰곰이 시골역에서 본 칸나 생각을 했다. 회상 속의 칸나는 조금도 혐오감이 엷어지지 않고 생생했다. 왤까? 명색이 꽃인데 그렇게 싫은 까닭이 뭘까? 또다시 그 까닭이 생각날 듯 의식을 갉죽거리다가 마침내 떠오르고야 말았다.

6·25 나던 해, 나는 대학에 입학했다. 그해에 무슨 까닭인지 학기초가 유월이었으니 한 달도 다녀보지 못하고 6·25를 맞은 셈이다. 서울이 그들의 점령하에 들자 동숭동의 문리대도 인민군 부대가 되고 대학 본부는 그 건너 연건동에 있는 당시의 수의과 대학으로 옮겨갔다. 그때 우리집은 학교에서 가까운 삼선교에 살고 있었는데 이웃에 하숙하고 있던 사학과 3학년, 국문과 4학년의 두 선배가 학교에 나가서 민청 일을 보면서 나한테도 등교를 강력히 권장했다. 신입생다운 학교에 대한 애착과 그 선배들에 대한 두려움 등으로 등교하기 시작해서 수의과 대학에서 민청생활을 한 지 한 달 남짓해서였다. 등교 공작이라고 해서 가가호호를 방문해서 회유도 하고 위협도 해서 최대한으로 많은 학생을 등교시켜놓고 궐기대회를 열더니 거의가 다 의용군으로 지원을 하고 말았다. 어떻게 그런 일이 일어날 수 있었는지 그 자리에서 지켜보았는데도 얼떨떨하니 도무지 알 수가 없었다. 몇 안 되는 여학생

과 민청 간부들과, 굉장히 비겁했는지 굉장히 용감했는지 아무튼 지원을 안 할 수 있었던 극소수만 남게 되었다. 바로 이웃에 살면서 나에게 두려운 중압감을 주었던 두 선배도 없어졌다. 홀가분한 것 같으면서도 앞으로의 일이 두렵고, 막연하던 회의가 구체적인 질문이 되어 나를 괴롭혔다. 나는 궐기대회의 광기가 썰물처럼 빠지고 오직 한낮의 뙤약볕만이 가득한 교정을 황급히 도망쳤다. 그렇다고 밖으로 나온 건 아니고 당장 몸을 숨길 그늘을 찾아 허술한 목조건물이 있는 뒤로 돌았다. 조용하고 침착하게 생각할 수 있는 혼자만의 그늘진 장소가 목이 탈 때의 샘물처럼 간절히 그리웠다.

그러나 목조건물 뒤에도 그늘은 없었다. 한낮의 햇볕은 사람이고 건물이고 나무고 가리지 않고, 오로지 정수리에 수직으로 꽂히고 있었다. 목조건물에 핏빛 글씨로 '원쑤의 가슴팍에 탱크를 굴리라'라고 쓴 포스터가 붙어 있었다. 어디에도 구원의 가능성은 엿보이지 않았다. 더위와 절망으로 질식 직전에 이르다시피 한 나는 헛되이 헐떡거렸다.

눈앞엔 풀 한 포기 없이 메마른 너른 마당이 잔혹한 열기를 내뿜고 있고, 너른 마당이 끝나는 곳엔 또다른 회색빛 건물의 유리창이 감시의 눈초리처럼 음흉하게 번들거리고 있었다. 그리고 그 창가엔 이파리까지 그을린 것처럼 새빨간 칸나가 빨간 꽃을 피우고 있었다. 그때 내 눈에 그 칸나는 식물 같지가 않고, 땅속의 지글지글한 지열이 지각의 균열을 뚫고 화염이 되어 치뻗치고 있는 것처럼 보였다.

내 심상에 비친 그때의 칸나는 그렇게 끔찍했었다.

그날 내가 면회 가고 있던 조카도 6·25 때 아버지를 여의고 그후 어머니까지 아버지의 뒤를 따라, 내가 부모 노릇을 대신하고 있었기 때문에 칸나와 6·25를 연관지어 이런저런 감회가 새로웠다.

그후에도 계속해서 나의 뇌리에선 동란중의 살벌과 무자비가 이파리까지 검붉은 칸나와 불가분의 관계를 맺고 있었다. 그 관계를 형상화해서 단편을 하나 쓸 수 있을 것 같은 예감과 꼭 써야 할 것 같은 의무감에 문득문득 시달리면서도 아직 쓰진 못했다.

다만 장편『목마른 계절』에서 몇 번 그 여름의 칸나를 써먹었을 뿐이다. 그중 한 대목을 인용한다.

서쪽 창 바로 밑엔 몇 포기 안 되는 칸나가 창 높이만큼 자라 진홍빛 꽃을 유리창에 맞대고 있었다. 그것뿐 인민군의 웅성대는 본관까지 제법 아득한 광경이 나무 한 그루 풀 한 포기 없이 작열하는 태양 밑에 희게 마치 백지처럼 희고 무의미하게 펼쳐져 있었다.

그것은 아주 혹독한 가뭄의 풍경처럼 공포로웠다. 잎새조차 푸르지 못하고 붉은빛이 도는 핏빛 칸나도 마치 오랜한발 끝에 지심에서 내뿜는 뜨거운 화염처럼 처절한 저주를 주위에 발산하고 있었다.

붉은 건 칸나뿐이 아니었다. 정면 벽 중앙에 늘어진 붉은 깃발, 그 깃발을 중심으로 빽빽이 붙여진 벽보의 핏빛 글씨들―혁명, 원쑤, 투쟁, 타도, 당, 인민, 수령, 영광, 애국……

그러고 보니 『목마른 계절』 외에도 나의 장편이나 중·단편엔 6·25를 소재로 한 게 꽤 많다. 1950년 그 잔인한 여름에 얻은 소재를 나는 과연 다 풀어먹은 것일까? 아직도 남아 있다면 난 얼마나 지겨운 보물단지를 갖고 있는 것일까?

요강과 냉장고

며칠 전 교문리 쪽으로 나갈 일이 생겨서 옆구리에 한강 줄기와 강촌을 낀 아름다운 길을 달리다가 아차산 기슭 마을 앞에서 문득 차를 멈추었다. 들판에 누렇게 고개 숙인 벼이삭을 다시 한번 확인하고 싶어서였다. 분명히 누렇게 팬 벼이삭이 무겁게 고개를 숙이고 있건만 왠지 믿을 수가 없었다. 올가을이 시작될 무렵의 그 무서운 홍수 끝에도 같은 길을 지난 적이 있는데 그때 그 벌판은 완전히 흙탕물에 잠겨 있었다. 보는 사람마다 혀를 차며 아까운 농사를 다 망친 걸 안타까워했었다. 그땐 아무도 그 논에서 낟알을 거둘 수 있으리라곤 생각하지 못했었다. 허나 지금 그 논은 언제 홍수가 있었냐는 듯이 가을바람에 유연하게 물결치고 있었다.

물론 저절로 그렇게 된 건 아닐 것이다. 쓰러진 벼 포기를 일으켜세우고, 벼이삭에 묻은 진흙을 씻겨주어가며 애를 태운 농부의 수고가 없었던들 어찌 벼 포기가 그렇게 대견하게 살아날 수 있었으랴. 그러나 또한 자연이 지닌 놀랍고도 자비로운 희생 능력이 없이 다만 인력만 가지고는 어림도 없는 일일 것이다. 농촌보다 훨씬 피해가 적었던 도시의 수해지구는 아직도 상처를 못 아물리고 악취가 풍기는 물 나간 자리를 생생하게 드러내놓고 있을 무렵이어서, 언제 물이 들었었더냐 싶게 풍요로운 들판이 더욱 신기하게 여겨졌다.

노인네들은 홍수 하면 흔히 을축년 홍수를 말씀하신다. 노인네들의 기억에 의하지 않더라도 관상대가 생기고 한강 수위를 계측하게 된 후 지금까지 있었던 홍수 중 가장 기록적인 홍수가 아마 1925년乙丑의 홍수가 아닌가 싶다. 20세기가 다 간 건 아니니까 입찬소리 할 건 없지만, 금년의 물난리도 을축년 홍수엔 못 미친 걸 보면 을축년 홍수가 우리에겐 20세기 최대의 홍수가 되지 않나 싶다.

을축년이면 나는 아직 태어나기도 전인데도 노인네들이 그때의 물난리를 말씀하실 때마다 나도 그 일을 겪은 것처럼 느끼면서 그럴싸하게 말참견까지 할 때가 있다. 내가 열 살쯤 되던 해, 처음 큰 물난리를 겪은 일이 있는데, 서울 와서 처음 본 도시의 홍수의 기억이 하도 강렬해서 그게 마치 그 유명한 을축년 홍수와 동일한 것으로 스스로 착각하고 있는 것 같다.

그때 우린 시골서 무작정 상경한 가난뱅이여서 인왕산 마루턱 산동네에 제비집처럼 매달린 오두막에서 살고 있었다. 며칠째 시름시름 내리던 장맛비가 밤사이에 폭우로 변했다. 억수로 퍼붓는 빗소리를 들으면서 허술한 집이 어디 한 귀퉁이 무너질까봐 겁을 내면 냈지 집이 물에 잠길 걱정은 조금도 안 했다. 서울 장안이 발아래로 내려다보이는 산동네니까 그 점은 안심이었다.

새벽녘이었다. 요 바닥이 축축해지는 느낌에 눈을 떠보니 어머니가 허둥지둥 전깃불을 키셨다. 방안이 환해지는 것과 동시에 방 뒷문이 안으로 떨어져 들어오면서 흙탕물이 방으로 들이닥쳤다. 방 뒷문 밖은 뒷집의 높은 축대 밑 골목이었는데 거기 차 있던 물이 터진 봇물처럼 힘차게 방안으로 용솟음쳐 내리고 있었다. 물은 이내 문지방을 넘어 마루로 흘러내리면서 여러 가지가 떠내려갔다. 그중에도 내 기억에 아직도 선명하게 남아 있는 건 요강이다. 어머니가 자주 기왓장 가루로 닦아서 은빛으로 빛나던 놋요강이 둥실 떠내려가는 걸 보면서 나는 겁에 질려 울음을 터뜨렸다. 세상이 다 끝장나는 것 같았다. 장롱 하나 변변한 게 없이 궤짝에다 옷가지

를 넣고 사는 초라한 살림에 반짝이는 놋요강은 유일한 보물
단지였다. 어머니는 시골집에 놓고 온 장롱의 백통 장식을 닦
을 때처럼 공들여서 그것을 닦으셨고, 그것은 장롱처럼 늘 일
정한 자리에 확고부동하게 자리잡고 있었다. 그 당시에 우리
가 간직하고 있던 놋그릇은 요강 말고 제기가 있을 뿐이었다.
그래 그런지 내 눈엔 요강일망정 놋으로 된 건 어딘지 신성해
보였다. 그게 떠내려가다니 믿을 수 없는 일이었다. 모든 게
다 떠내려가도 그것만은 방구석에 뿌리를 내리고 있어야 할
것 같았다.

물난리가 지나고 방을 고치고 도배를 새로 하고 그전 같은
일상생활을 하기까지도 달포 가까이나 걸렸다. 놋요강도 다
시 그 자리에 놓이게 됐다. 방에 있던 건 모조리 못 쓰게 됐건
만 놋요강만이 여전했다. 떠내려가던 게 환상이었던 양 다시
제자리에 놓였다는 걸로 쉽사리 안정을 되찾았었다.

올 물난리에 집이 침수됐던 친구가 말했다. 냉장고가 물에
뜨겠니, 가라앉겠니? 좀 별난 질문이라 웃음부터 났지만 결
코 쉬운 질문은 아니었다. 세상에 누가 냉장고를 물에 띄워
보았어야 말이지 새로 나오는 제품일수록 점점 무게가 가벼
워지는 추세지만 아무튼 부엌세간 중에서 가장 옮기기 어려
운 게 냉장고다. 보나 마나 물에선 돌처럼 곧장 가라앉을 게

분명하다. 그러나 친구가 분명한 걸 물어볼 리가 없으니 혹시 뜨는 게 아닐까?

친구가 식구들과 함께 물을 피했다가 물이 빠진 후에 집에 들어가보니 집안이 엉망이 된 건 말할 것도 없지만 그래도 세 간들이 대강 있던 자리에 그냥 놓여 있는데 마루에 있던 냉장고가 보이지 않더라는 것이다. 식구가 많아 냉장고도 대형인데 글쎄 그 큰 냉장고가 마루의 유리문을 왕창 깨뜨리고 마당에 나와 있더라는 것이었다.

홍수가 그렇게 무서운 건 줄 몰랐어. 생각해봐. 냉장고가 둥실 떠내려가는 광경을. 보통때 옮기려면 서너 명이 덤벼서 용을 써야 했단 말야.

친구는 이렇게 말하면서 새삼 몸서리를 쳐보였다.

설마 냉장고가 뜰라구. 어쩌다 센 물살을 만나 휩쓸렸겠지. 나는 이렇게 말하면서 속으론 내 기억속의 놋요강을 생각하고 있었다. 놋그릇은 물에 뜨는 걸까? 가라앉는 걸까? 내 기억 속의 보물단지, 그 반짝이는 놋요강은 둥둥 떠내려간 걸까? 거센 물살에 휩쓸려 나간 걸까?

40여 년 전 홍수엔 요강이 떠내려갔고 오늘날의 홍수엔 냉장고가 떠내려갔다. 그만큼 우리의 생활의 모습이 달라졌다. 이재민이 가지고 나온 필수품 중에서 텔레비전을 빼놓을 수 없는 것도 그간의 우리 생활의 눈부신 변모를 말해준다.

우린 확실히 잘살게 됐다. 특히 1970년대 이후의 생활의 향상은 그전의 몇십 년 걸려서 이룩한 것의 몇 배가 될 만큼 빨랐다. 그렇다고 우리가 그만큼 똑똑하고 강해진 건 아닌 것 같다. 40년 전 요강이 떠내려가던 홍수에 오늘날엔 냉장고가 떠내려가고 있을 뿐이다. 자연의 갑작스러운 횡포 앞에 인간이 무력하고 왜소하고 인간이 이룩해놓은 문명의 유약함은 예나 지금이나 별로 달라진 게 없는 것 같다. 오히려 지금보다 훨씬 못살아 그만큼 자연과 더 많이 부딪치고 자연의 눈치를 더 많이 봐야 했던 시절보다 우리는 더 허약해지고 더 어리석어진 게 아닌가 싶을 적도 있다.

우선 예전에 비해 우리 모두가 한결같이 입이 싸고 교만해진 것도 허약하고 어리석어진 증거가 아닐까. 지금보다 자연을 두려워하고 자연의 눈치를 많이 보고 살 때엔 곡식을 거둬들여 타작할 때까지는 풍년이란 소리를 함부로 입에 올리지 않았다. 입이 싸면 하늘의 노여움이 있다는 믿음은 곡식을 기르는 데 있어서뿐 아니라 아이를 기르는 데까지 미쳐서 자식이 똑똑하다거나 무병한 것조차 속으론 은근히 기뻐하고 감사하는 걸로 족했지 입 밖에 내기를 두려워했었다. 심지어 남이 댁의 아드님 참 튼튼해 보인다고 칭찬해주는 것도 사위스러워할 지경으로 조심성이 많았었다. 그러던 게 신식 엄마들에 의해 아이들 체중의 경중으로 아이를 잘 기르고 못 기른 척도를 삼게 되고 차츰 학교 성적이나 다니는 대학의 일류 이류로 자식 교육의 성패를 결정짓게 되었다.

농사도 예전 같으면 타작마당에서나 부르던 풍년가를 벼가 누렇게 고개 숙이기 시작할 때 미리 부르더니, 올핸 어떻게 된 게 벼가 패기도 전에 풍년가를 너도나도 부르기 시작했다. 사람 기르기도 끝이 없지만 해마다 짓는 농사도 고비가 많아 벼 패고 나서가 더 어렵거늘 때 이른 풍년 소식은 ㄱ자 놓고 낫도 모르는 도시 사람들 입으로부터 먼저 퍼지기 시작했다.

시골 사람보다 변화의 속도나 교통의 속도에 더 익숙한 도시 사람이니 입이 싼 것도 어쩔 수 없는 일이다 싶으면서도 나이 지긋한 구닥다리들은 사위스럽단 생각을 금할 수 없었다. 사위스럽단 생각은 인간의 얕은꾀나 교만이 심해졌을 때 문득 느끼는 특이한 감지 능력이 아닐까? 그런 예감은 들어맞을 적도 있고 안 들어맞을 적도 있다.

불행히도 올핸 그게 들어맞아 다 지어놓은 농사를 골고루 큰 홍수가 휩쓸고 지나갔다. 입이 싼 도시 사람들은 그럴 땐 행동도 잽싸져 사재기가 도처에서 성행했다. 남이야 어찌 됐건 우리 식구는 굶기지 말아야겠다는 극진한 가족애는 무자비한 사재기로까지 나타났다. 오늘 엘리베이터에서 들은 소린데 어떤 젊은 엄마가 그때 사놓은 라면이 1년을 먹어도 남을 만하니 큰일났다고 했다. 라면을 그렇게 많이 사재기할 때는 아마 전국의 농사가 다 망치면 그거라도 먹고 살아야겠다는 배짱이었을 것이다.

그러나 자연은 우리의 싼 입을 무섭게 배반했지만 애정 깊고 근면한 손길은 결코 배반하지 않았다. 기적 같은 생명력으로 다시 살아나 들판을 아름답고 풍요롭게 물결치고 있었다. 쌀도 잡곡도 배추도 고추도, 물론 홍수가 안 난 것만은 못하겠지만, 우리가 모두 자기 몫은 아끼고 남에게 나누는 데 후할 수만 있다면 1년 계량을 할 수 있을 만큼 소생해서 여물어가고 있다. 얼마나 고마운 일인가? 이 가을이 다 가기 전에 겸손한 마음으로 누런 벼이삭보다 더 깊고 무겁게 고개 숙이고 자연의 노여움에 승복하고 자연의 자비로움에 감사할 일이다.

지난 물난리는 가혹했지만 돌이켜보면 어진 어버이의 매처럼 우리의 경박한 입과 교만한 마음을 다스리기 위한 자연의 한바탕의 엄포가 아니었을까.

도시생활에 지치고 찌들은 우리들이 가장 자주 하는 생각은 아마 자연으로 돌아가고 싶다는 생각일 것이다. 그래서 말년에 농사를 짓기를 꿈꾸기도 하고 일요일마다 교외로 나가 삼림욕을 하기도 하고 높은 산들을 차례차례 오르면서 자연을 정복했다고 큰소리치기도 한다. 또는 주말농장을 꾸며놓고 일요일마다 온 가족이 농사꾼의 흉내를 내기도 한다. 이런 일들이 다 필요한 일이지만 돈과 시간이 많이 들어 누구에게나 허락되는 건 아니다. 또 모처럼 그런 기회를 누리고 돌아왔다고 해서 자연과 가까워졌다는 싱싱함이나 충족감을 얻는 것도 아니다. 때로는 자신이 도심의 오염 물질의 일부가 되어 자연을 크게 더럽히고 돌아왔을 뿐이란 회한만이 남을 때도 있다. 실제로 목숨걸고 농사짓는 농사꾼 옆에 주말농장을 차려놓고 때때로 내려가 농사 소꿉장난을 한다는 것은 자연에게뿐 아니라 농사꾼에게도 크나큰 모욕이 될지도 모른다.

몸으로 자연에게 다가가는 것도 좋지만 마음으로 자연의 가르침에 귀기울이고 순종하는 것도 자연으로 돌아가는 한 방법이 아닐까. "우선 자연에 복종하라. 그리고 나서 자연을 정복하라"는 말이 있다. 그러나 복종하기 위해선 그 뜻이 뭔가를 먼저 알아야 한다. 자연은 오묘해서 그 뜻을 좀처럼 겉으로 드러내지 않는다. 깊은 뜻은 시련을 통해서 체험하게 하지 쉽게 내보이려들지 않는다.

그러나 우리는 자연의 깊은 뜻은 고사하고 가장 쉬운 가르침조차 못 알아듣는 열등생일 때가 많다. 자연의 가장 크고 쉬운 가르침은 정직이 아닐까. 자연은 콩 심은 데 콩 나고 팥 심은 데 팥 나는 정직을 한 번도 어겨본 일이 없다. 자연이 인간에게 적어도 좋다고 약속한 식물이나 물에 단 한 번도 먹어서 해로운 독을 탄 적이 없다. 물론 먹으면 안 된다고 경계한 독초에다 단 한 번이라도 실수로 영양분을 탄 적도 없다. 자연과 인간과의 관계가 생긴 이래 수십만 년 동안 어쩌면 단 한 번도 그런 실수가 없었다. 자연의 정직과 약속은 그렇게 완벽했다. 자연의 그런 완벽한 정직이 인간이 자연을 의지하고 살 수 있는 기본이 되었거늘 인간은 감히 그런 약속조차 교란시키려들고 있다. 강물과 곡식과 채소에서 검출되는 유해물질은 다 인간이 탄 것이지 자연이 한 짓이 아니다. 자연의 크나큰 힘은 인간이 오염시킨 걸 끊임없이 정화시키겠지만 어느 날 크게 분노할지도 모른다. 두려운 일이다. 더 두려운 일은 자연이 인간과의 싸움에서 져서 죽어버리는 일이다. 그때 인간 역시 자연의 일부라는 걸 깨달아봐야 이미 때는 늦어 인간의 운명 역시 끝장나고 말 수밖에 없을 것이다.

　어느 나라 속담엔지 "자연은 자기를 사랑하는 사람을 절대로 기만하지 않는다"는 말이 있다. 자연으로 돌아가기 전에 자연에 대한 올바른 사랑법을 배우는 게 더 시급한 일이 아닐까.

언제 홍수가 있었더냐 싶게 소생한 위대한 들판에서 해본 생각을 두서없이 적었다.

아름다운 얼굴과 목소리

　얼마 전에 집에 새로 도배를 했다. 남들은 1년에 한두 번씩 한다는 도배를 나는 거의 3년 만에 했다. 도배하는 데 그렇게 큰돈이 드는 것도 아니고 깨끗한 게 좋은 줄도 모르지 않건만, 도배 한번 하기를 남달리 망설였던 것은 도배하는 동안의 혼잡이 겁이 나서였다. 특히 구석구석 쌓인 책들을 다 끄집어내서 뒤죽박죽을 만들 생각을 하면 지레 몸서리가 쳐졌다. 그래서 벼르기만 하고 선뜻 결단을 못 내던 도배를 딸의 혼사를 앞두고 드디어 결단을 내렸다.

　도배를 하기로 한 날 아침, 지물포에서 보내준 도배장이를 보고 나는 집을 잘못 찾아온 사람인 줄 알았다. 늘씬하고 잘생긴 청년인 때문만이 아니라 태도가 너무 밝고 떳떳하고도 지적이었다. 그러나 그들은 틀림없이 도배장이였고 곧 일을 시작했다. 나는 아이들하고 그들이 안 듣는 데서 수군거렸다. "저만큼 생긴 사람들이 왜 하필 도배장이를 할까?" 하고. 지금도 그때 내가 속으로 한 생각을 하면 스스로 부끄럽다. 그들의 생긴 것만 보고 도배장이로는 아깝다고 여겼다면 그들이 뭐여야 한다고 생각했을까? 아마 인물을 충분히 살릴 수 있는 양화점이나 양품점 점원 아니면 호텔의 웨이터쯤을 생각했을지도 모르고, 도배장이보다는 그런 직업이 편하고 남 보기에도 괜찮다는 생각이 있었을 것이다.

그들은 입고 온 옷을 곧 작업복으로 갈아입더니 일을 시작했다.

미남이라 도배장이로는 안 맞을 것 같은 내 생각과는 달리 그들은 꼼꼼하고도 시원시원하게 일을 잘도 했다. 그들이 일하면서 서로 주고받는 얘기는 유치원 다니는 자녀들 얘기였는데, 그들이 품고 있는 올바른 교육관과 아이들 장래에 대한 걱정과 가정에 대한 깊은 사랑은 또 한번 나를 놀라게 했다. 직업에 대한 불평은 전혀 없었다. 늘 일이 끊기지 않으니 큰 복이라고만 했다.

그들이 성심성의껏 그리고 즐겁게 일하니까 나도 귀찮게만 여겼던, 온 집안의 질서가 뒤집히는 도배라는 일이 슬그머니

즐거워지기 시작했다. "미남들이 도배를 하니까 시간 가는 줄 모르겠는데요." 나는 이렇게 주책까지 부리며 부지런히 그들의 뒷바라지를 했다. 그렇게 즐겁게 도배를 할 수 있다면 1년에 한 번이 아니라 두 번쯤은 못할까 싶은 생각도 있었다. 지금 생각하니 그들이 처음부터 그렇게 기분 좋은 미남으로 보였던 것은 그들의 이목구비가 남들과 같이 잘생겼다던가, 멋을 부려서가 아니었다. 자신이 하는 일에 대한 애정과 떳떳함 때문이었다. 그들보다 훨씬 많은 교육을 받아야 할 수 있는 선생님이나 은행원, 큰 회사의 사원들 중에서도 자신의 직업에 대한 불만이 얼굴에 덕지덕지 붙어가지고 툭하면 "오죽해야 이 짓을 해먹겠느냐?"는 말로 자신의 직업을 천시하는 사람을 흔히 보게 된다. 그럴 때 그 사람은 아무리 잘생겼어도 미워진다. 천덕스러워 보이기조차 한다. 그가 천시한 건 그의 직업이 아니라 바로 자기 자신이었기 때문이다. 이 세상엔 천직賤職이 따로 있는 게 아니라, 종사자가 천하게 여기는 직업이 있을 뿐이라는 걸 이번에 도배를 하면서 느꼈다. 그 도배장이들은 도배를 천직天職의식을 가지고 함으로써 도배라는 일의 격을 높였을 뿐 아니라 자신의 격, 인격까지 높였다.

지금 집으로 이사 오기 전에 살던 집은 오래된 한옥이었는데 어느 날 밤 전깃불이 나갔다. 곧 들어오려니 하고 기다리다보니 옆집에선 텔레비전 소리가 나고 앞집 창도 환했다. 밖에 나가 살펴보니 우리집만 불이 나가 있었다. 두꺼비집을 열어보았으나 퓨즈는 멀쩡했다. 마침 고3짜리 아들의 시험 때문에 큰일났다 싶었다. 집안에서 고장난 게 쉽게 고쳐질 것 같지 않아서였다. 그래도 일단 신고는 했다. 곧 좀 와달라고는 부탁했지만 내일에나 와서 봐주면 잘 봐주는 거려니 하고 기다리지도 않았는데 30분도 못 돼 전기 기사가 나와주었다. 밖에 나가보니 불을 휘황하게 켠 수리 차까지 와 있었다. 나는 내 집 한 집을 위해 즉각 출동한 인원과 장비가 황공해서 어쩔 줄을 몰랐다. 기사는 우리집 앞 전주에 올라갔다 내려와서 옆집과 우리집 지붕을 타고 날렵하게 왔다갔다하더니 곧 불이 들어왔다. 우리 식구들은 전깃불을 생전 처음 보는 사람처럼 일제히 기쁨의 환성을 질렀다. 그리고 마음으로부터의 감사의 표시로 수없이 고개를 조아리며, 비로소 밝은 빛 속에 드러난 기사의 얼굴을 똑똑히 보았다. 아름다운 얼굴이었다. 어둠을 가르고 빛을 가져온 얼굴처럼 아름다운 얼굴이 또 있을까. 그가 고장 수리를 마쳤다는 확인서에 도장을 받기 위해 잠시 마루끝에 걸터앉은 동안 남편은 담배를 권하고 나는 재빨리 차를 끓였다. 그는 담배를 안 피운다고 했고 고장 신고 들어온 게 또 있어 곧 가봐야 하기 때문에 차도 사양한다고 했다.

그다음 날 동네 여자들에게 그 얘기를 하면서 우리나라가 참 살기 좋아진 걸 실감했다고까지 말했다. 이렇게 한 사람의 전기 기사에게서 받은 좋은 인상은 자기 나라에 대한 칭송으로까지 번진다. 반대로 대민 봉사하는 사람의 한마디 불친절한 말 때문에 당장이라도 떠나고 싶게 제 나라에 정이 떨어지기도 한다. 내 얘기를 들은 동네 여자들은 그 기사에게 담뱃값이라도 좀 집어주지 그랬느냐고 했지만, 만약 내가 담뱃값을 주고 그걸 받았더라면 아직까지 내가 그의 얼굴을 아름답게 기억할 수 있을까. 그의 얼굴을 아름답게 기억하기 위해 담뱃값을 안 준 건 참 잘한 일이다 싶다.

살아가면서 도처에서 만난 이런 아름다운 얼굴들이야말로 나의 귀중한 재산이다. 때로는 야박한 인심과 마구 돌아가는 세상일 때문에 속이 상할 적도 많지만 내 마음속에 이런 아름다운 얼굴이 있음으로써 절망은 면할 수가 있다.

아름다운 게 구원이 되는 건 얼굴뿐 아니라 목소리도 마찬가지다. 114 안내 전화를 받는 교환양의 목소리만 해도 요샌 많이 친절해져서 핀잔을 주거나 잘 안 들린다고 끊어버리는 일은 없지만, 아름다우려면 아직 먼 것 같다. 아름답다는 걸 타고난 미성으로 혼동하지 않길 바란다. 얼굴을 보지 않고 목소리로 접하게 될 때일수록 우리는 인간적인 정이 담긴 목소리를 원하게 된다. 정과 성의와 자기가 꼭 필요한 일을 훌륭하게 해내고 있다는 긍지가 담긴 목소리라야 비로소 아름답게 들린다. 교환양의 목소리가 컴퓨터로 합성한 목소리처럼 정 없고 획일화되지 않기 위해서라도 천직의식은 있어야겠다.

목초원牧草原이 된 과수원

    내가 일주일에 한 번씩 다녀오는 고장이 있는데, 그곳은 우리집에서 버스로도 30분 안짝에 갈 수 있는 가까운 거리건만 서울특별시가 아니다. 그렇다고 말만 시골이지 내용은 발랑 까진 고장도 아니어서 논농사, 밭농사, 과수원이 어우러져 있고, 마을을 삼태기처럼 에워싼 아차산엔 나무가 무성하고 둔덕에선 젖소가 풀을 뜯고 있는 목가적인 농촌이다.

    동구 밖으론 버스길이 있고 버스길 건너론 지대가 낮아지면서 한강을 낀 강촌江村이 그림 같다. 버스길을 사이로 한 강촌과 산촌의 계절 변화의 아름다움은 무엇에 비길까? 보이지 않는 크고도 섬세한, 그리고도 정력적인 손이 오묘한 감성으로 색칠을 해가듯이 하루도 같은 날이 없이 보다 새롭게 아름다워지는 자연의 조화엔 다만 황홀할 따름이다.

처음에 내가 그 마을에 다니기 시작한 것은 그곳에 사시는 내가 존경하는 분으로부터 가르침을 받기 위함이었는데, 근래엔 배움보다는 버스에서 내려서 아차산 기슭 산촌까지 걷는 재미에 더 마음이 팔렸었다. 그야말로 '염불보다 잿밥'인 셈이 되고 말았다. 그렇지만 맑은 공기, 좋은 경치로 마음의 먼지와 시름을 씻는 즐거움이 배워 익히는 즐거움 못지않은 걸 어쩌랴.

그러나 올봄부터 이 마을에도 변화가 생기기 시작했다. 사월이면 오른쪽 옆구리에 순백으로 만개한 배꽃을 마냥 끼고 걷다가 먼 산을 보면 부챗살처럼 펼쳐진 산자락에 복사꽃이 만발해 거기가 바로 무릉도원인가 싶더니, 사월이 오기 전에 배나무들이 모조리 잘려서 나동그라져 있는 게 아닌가. 이크, 이 동네도 마침내 개발이라는 게 시작되는구나. 개발이 천방지축 거기까지 왔나 싶으면서 쓸개즙같이 쓰디쓴 혐오감이 치밀었다.

그러나 다행스럽게도 그것은 나의 속단이었다. 과수원은 밭이 되었을 뿐이었다. 배밭뿐 아니라 포도밭, 사과밭도 뒤를 이어 밭이 됐다. 작년에 과일값이 싸서 과수원이 손해를 보았다더니, 과수보다 수지맞는 농산물을 심으려는 모양이었다. 그러나 씨 뿌려 몇 달 만에 거두는 채소나 곡식과 달라, 몇 년을 기른 나무가 장작으로 쌓인 걸 보면 가슴이 찡했다. 그래도 개발이 안 된 것만 다행이었다.

그리고 어느 틈에, 언제 그곳이 과수원이었던가 싶게 무성한 옥수수밭이 되어 있었다. 채마밭도 보리밭도 온통 옥수수였다. 옥수수가 그렇게 수지맞는 작물인지도 의심스러웠지만 옥수수치곤 너무 쉬 자랄 뿐 아니라, 너무 촘촘하게 밀식密植을 해놓은 것 같아 동네 아저씨한테 신종 옥수수냐고 물어봤다. 아저씨는 웃으면서 옥수수가 아니라 외국서 수입한 목초라고 했다. 그러고 보니 그 마을에서 어쩌다가 볼 수 있던 젖소가 요새 부쩍 늘어난 게 그런 결과를 가져온 것 같았다.

아저씨는 자못 자랑스럽게 혀를 굴려가며 그 목초의 서양 이름까지 가르쳐주었지만 나에겐 그게 너무 어려워 옮길 자신이 없다. 다만 부강한 나라 국민의 사치스러운 입맛에 맞는 동물성 단백질로 바꾸기 위해 소비되는 곡물의 양과, 아직도 굶주리는 지구상의 수많은 인구와의 관계가 난해한 수학 문제처럼 나를 주눅 들게 했다. 나에 비하면 과수원과 보리밭에 이름도 요상한 서양 목초를 심은 농부는 너무도 당당했다. 우리도 잘살게 됐다는 걸 나도 알고는 있었지만, 이렇게까지 부강한 나라는 아직 아닌 줄 알았다. 느닷없이 부강한 나라 한가운데 서 있는 실감은 어리둥절하고도 쓸쓸했다.

사람 노릇

"자식 키우는 사람은 입빠른 소리를 못한다"는 옛말이 있다.

자식을 낳아 길러보면 그 말처럼 옳은 소리가 없다는 걸 자주 깨닫게 된다.

어떤 경우에도 입이 가벼워 득될 거라곤 없지만, 특히 제 자식 자랑이나 남의 자식 흉에 입이 가벼우면 즉각 망신을 당하거나 후회를 하게 된다.

내가 아이를 낳아 키울 때만 해도 층층시하였기 때문에 새로운 육아법보다는 어른들 말씀에 따라 아이를 키웠을 뿐인데, 지금 생각하면 불합리한 점도 많았지만 자식 일에 관한 한 절대로 입빠른 소리를 해선 안 된다는 것 하나는 지금 생각해도 신통하리만큼 잘 들어맞았던 것 같다.

어른들은 하다못해 아이가 젖 잘 먹고 잠 잘 자는 것까지도 입에 올려 자랑하는 걸 금하셨고, 안아보고서 무겁다던가 살이 쪘다고 말하는 것도 사위스러워하셨다. 그러나 젊은 엄마의 마음이 어디 그런가? 남의 아이가 자주 병원치레 한다는 소리를 들으면 자기 자식의 건강과 순한 성품을 입에 올려 자랑하고 싶어진다. 엄마에겐 아이가 잠 잘 자는 것도 자랑이고 똥 잘 누는 것도 자랑이다.

그러나 그런 걸 속에 넣고 있어야지 입 밖에 내서 몇 번 자랑을 하고 나면 아이는 꼭 딴 짓을 하고 만다. 참 잘 잔다고 자랑을 하고 나면 그날 밤에 잠투정을 하기 일쑤고, 몸무게가 그 또래 중에서 가장 실하게 나가니 우량아 선발대회에 내보낼까보다 하고 으스대고 나면 영락없이 설사를 해서 몸이 홀쭉하게 빠지게 된다.

자식들의 그런 작은 배신은 비단 갓난아이 적뿐 아니라 재롱 피우고 유치원에 가고 국민학교에 가는 성장 과정에서도 계속된다. 백 점만 받아온다고 자랑을 하고 나면 얼마 안 가서 80점짜리 시험지를 가져오게 마련이고 말버릇이 얼마나 다행이냐고 흐뭇해하는 마음이 미처 가시기도 전에 더 지독한 상소리를 하는 자기 자식을 발견하는 수도 있다.

어쩌면 어른이 아이들을 교육하는 게 아니라 아이들이 이런 작은 배신을 통해 어른에게 겸손을 가르치려는 게 아닐까 싶을 때도 있다.

젊어서 어른들에게 배운 아이 기르는 법을 더러는 잊어버리기도 하고 더러는 불합리하고 비과학적이라고 생각했기 때문에 벌써 어른이 되어 제 자식을 갖기 시작하는 내 자식들에겐 거의 전수한 게 없다. 다만 자식의 일에 대해서만은 입빠른 소리 하지 말라는 것 하나는 자주 타이르고 있다.

내 자식에게 그렇게 일러줄 뿐 아니라 나 역시 어미 노릇이 끝나지 않은 한 지켜야 할 법도처럼 여기고 있다. 위로 큰아이들은 결혼해서 제 자식들을 거느리고 있고, 막내가 스물이 넘은 성인이건만 그렇다. 내 자식은 이러이러하게 길렀더니 이렇게 잘 자랐다고 자랑을 하고 나면 곧 자랑을 후회하고 부끄러워해야 할 일이 일어날 것 같다. 아직도 다 키워놓았다는 자신감이 없기 때문일까.

그런 의미로도 부모에게 있어서 자식은 육십이든 칠십이든 어린애로 보인다는 말 역시 옳은 말이구나 싶다.

친구 중에 아동심리학을 하는 교수가 있는데, 그 친구가 한탄처럼 "모든 아이들에게 들어맞는 아동심리학이 내 자식에게만은 안 통하지 뭐니?" 하는 소리를 듣고 웃은 적이 있다. 아이들처럼 어른들이 옳다고 믿는 틀을 거침없이 거부할 수 있는 자유주의자는 없을 것이다. 한편 아이들 같은 모방의 천재도 없다. 언어 습득이 우선 모방이고, 동물적 인간에서 도덕적·사회적 인간으로의 변모가 다 모방을 통해 이루어진다. 요는 어떻게 개성을 자유롭게 펴면서도 건전하게 사회화될 수 있느냐가 문제고 거기에 교육의 목적도 있을 것이다.

나에겐 다섯 살 먹은 외손자가 있다. 그 밑에 세 살짜리도 있고, 앞으로도 또 외손자·친손자가 더 생겨나겠지만 처음 본 그놈이 제일 귀엽다. 내 자식을 키울 때도 그렇게 예뻐하진 않았던 것 같다. 자식보다 손자가 더 귀여운 건 책임이 없기 때문이라고 흔히들 말한다. 그 말에도 일리는 있을 것이다. 밤낮을 가리지 않는 직접적인 부양과 거기에 따르는 모든 물질적·금전적 책임을 져야 하는 고달픈 자식 사랑에서, 그냥 마음 내키는 대로 사랑만 할 수 있는 손자 사랑으로 옮겨 갈 수 있다는 건 노후의 아름다운 축복이다. 그러나 아무리 손자 사랑이라고 해도 어른으로서의 여러 책임 중 교육의 책임까지 면할 수 있는 건 아니라고 생각한다. 학교에 보내고 학용품 사주는 책임이 아니라 아이들의 모방의 대상으로서의 책임 말이다.

나 역시 이런 책임감도 있었지만, 또 나 자신에 대해 믿을 만한 게 딱 하나 있는데 그건 공중도덕을 잘 지킨다는 것이어서, 내 귀여운 손자 녀석한테도 공중도덕에 대해서만은 철저하게 버릇을 들여놓을 자신이 있었다. 같이 외출해서 길을 건널 때 신호등에 대해, 인도와 차도의 구별에 대해 수없이 일러준 건 공중도덕의 차원에서라기보다는 이 도시에서 살아남기 위한 기본적인 안전수칙일 테니 새삼 자랑할 것도 없으리라. 그 밖에도 잔디에 안 들어가기, 나무나 화초 안 꺾기, 군것질한 껍질 길에 안 버리기, 신 신고 버스나 전철의 좌석에 올라서지 않기 등을 내 딴에는 철저하게 가르쳤다. 껌 껍질이나 코 닦은 휴지를 들고 휴지통을 찾다가 눈에 안 띄면 꽁꽁 뭉쳐서 자기 주머니에 넣는 손자가 나는 얼마나 예쁘고 대견했던지. 나 혼자만 예뻐하고 대견해하기가 아까워 남들까지 그 아이의 앙증맞은 행동을 보고 칭찬해주길 은근히 바라기도 했었다.

그런데 이번 여름 어느 날, 나는 돌변한 그 아이의 행동과 맞닥뜨리지 않으면 안 되었다. 유치원에서 한 학기를 보내고 더욱 의젓해진 녀석을 나는 자랑스럽게 손잡고 쇼핑센터 앞을 지나고 있었다. 녀석이 아이스크림을 사달라고 졸랐다. 길에선 안 된다고 거절했지만 워낙 날씨가 더웠고, 쇼핑센터 냉장고 둘레엔 많은 아이들이 몰려서 하드나 아이스크림 등을 빨아먹고 있었기 때문에 내 마음은 곧 흔들렸다.

응석이 통하는 사람은 할머니 할아버지라는 것은 예나 지금이나 변함이 없나보다.

아이가 유리문을 열고 고른 하드를 사주고 나서였다. 바로 옆에 휴지통이 있음에도 불구하고 녀석은 익숙하게 벗긴 하드 껍질을 길에다 버리는 것이었다.

나는 녀석의 실수인 줄 알고, 빨리 주워다가 쓰레기통에 넣으라고 엄하게 타일렀다. 그러나 녀석은 나를 빤히 쳐다보면서 단호하게 머리를 흔들었다.

"싫어, 딴 애들은 다 버리는데 왜 나만 못 버리게 해?"

과연 길에는 아이들이 함부로 버린 빙과 껍질이 지저분하게 흩어져 있었다. 그때 나는 당황한 나머지 필요 이상으로 크게 호통을 쳐서 녀석이 버린 종이를 기어코 주워오게 했지만 녀석을 마음으로부터 승복시켰다고는 생각하지 않는다. 녀석의 맑으면서도 의혹에 가득찬 눈은 또한 어른이 안 보는 데선 마음껏 휴지를 길에다 버릴 것처럼 반항적이기도 했다. 나는 그 녀석에게 공중도덕을 얼마나 철저하게 가르쳤나를 자랑삼기를 좋아했거늘 그 모양이었다.

입빠른 소리가 금물인 건 자식에게나 손자에게나 마찬가지인 것 같았다. 그러나 내가 더 충격을 받은 건 비단 그 말이

들어맞아서만이 아니었다.

아이들에게 좋은 본을 보여줘야 할 책임은 가족이나 학교에만 있는 게 아니라 우리 사회 도처에 있다는 건 충격인 동시에 두려움이기도 했다.

가정교육의 중요성, 학교교육의 중요성이 끊임없이 논의되고 법석대는 데 비해서 사회의 전반적인 분위기가 아이들에게 미치는 영향에 대해선 너무 소홀한 감이 있다. 하다못해 하찮은 물건, 지나다니는 길, 보이는 건물까지도 아이들에게 막대한 교육적인 영향을 미치고 있다는 걸 우린 간과하고 있다.

요새 사람들은 웬만큼 먹고살 만해지니까 "어떤 것이 정말 잘사는 것일까"라는 삶의 질에 대한 의문이 도처에서 활발히 제기되고 있음을 보게 된다. 삶의 질의 전반적인 저하의 원인은 복합적이니만큼 앞으로 더욱 다각적으로 연구되어야 하겠지만, 일용품의 조잡성, 날림성에서 영향받은 바도 적지 않다고 생각한다. 겉만 번드르르하고 질이 엉터리인 물건을 쓰는 데 습관화되다보면 삶 역시 자연스럽게 내실보다 외화外華에 치중하게 되는 게 아닐까.

아이들이 모방해도 좋을 만한 본을 보여줘야 할 것은 가족이나 스승뿐 아니라 모든 사람으로 구성된 우리 사회, 그 밖에 물건에까지 이른다고 말하고 싶다 해서 가정교육, 학교교육의 중요성을 회피하려는 것은 아니다.

　얼마 전 호남 영남지방을 두루 여행할 기회가 있었다. 마침 방학중이고 더위가 유난히 심해선지 바닷가마다 계곡마다 청년들로 붐비고 있었다. J산 국립공원에 도착한 날은 마침 해가 지고 달도 없는 밤중이었다. 여관에 짐을 풀고 우선 물소리를 따라 계곡 있는 데로 더듬어갔다. 여관촌의 불빛으로 계곡가에 놓인 벤치가 보였다. 여관촌이 명동거리처럼 붐비는데 반해 바로 지척의 계곡가 벤치가 비어 있는 게 반갑고 신기해서 달음질쳐가서 차지했다.

　그러나 곧 거기를 뜨지 않으면 안 되었다. 계곡에서 들려오는 건 분명히 상쾌한 물 흐르는 소리인데, 풍겨오는 냄새는 지독한 지린내였다. 계곡을 내려다보니 여기저기 계곡가에 흩어진 텐트가 보였다.

　직행버스 종점이자 여관촌 바로 한가운데다 텐트를 친 그 젊은이들이 한심해 보였지만 그 지린내의 책임까지 전적으로 그 젊은이들에게 돌릴 수는 없는 일이었다.

　개운치 못한 기분으로 여관으로 돌아가 하룻밤을 자고 난 다음날 아침 등산을 시작했다. 여관촌의 소란과 지저분함은 익히 아는 바이니 어서 그곳을 벗어나 산의 청정한 품에 안기고 싶었다. 그러나 여관촌을 멀리 벗어나고, 등산로가 숨가쁠 정도로 가파르게 될 때까지도 도처에 널린 쓰레기와 지린내 썩는 냄새는 좀처럼 가시지 않았다.

특히 텐트 치는 게 허락된 야영장 근처의 오염은 눈을 바로 뜨고 보기가 민망할 지경이었다.

그 산엔 다른 어느 산보다도 쓰레기 줍는 일꾼들이 많았다. 비닐로 짠 망태와 집게를 들고 다니면서 깡통·유리병·비닐봉지 등 냇가의 숲속에 흩어진 쓰레기를 열심히 치워다가 한군데에 모으고 있건만, 수많은 사람들이 함부로 버리고 가는 걸 미처 당해내지 못하고 있었다. 얼굴이라도 좀 씻고 가려고 계곡으로 내려가면 물가에도 맨 팬티 차림의 젊은이고, 물속엔 쌀과 채소 찌꺼기, 생선 통조림 깡통 등이 가라앉아 있어 도저히 얼굴을 씻을 엄두가 안 났다. 손을 담가보니 계곡물이 왜 그렇게 차갑지를 않고 미적지근한지, 아마 사람들의 체온과 음식 찌꺼기의 부식에서 나는 열 때문에 계곡물조차 냉기를 잃었음직했다.

널린 쓰레기, 삼림의 풋풋한 냄새를 압도하는 썩은 냄새, 지린내, 망태를 들고 자주 오가는 청소원, 윙윙거리는 쉬파리, 그 한가운데 텐트를 치고 밥을 짓고 기타를 딩동거리는 청소년들을 바라보면서 마구 야단치고 싶은 충동을 억누를 수가 없었다.

"야! 그 속에서 기타는 무슨 놈의 기타고, 노래가 어느 입으로 나오냐? 기타 소리에 맞춰 흥얼거리고 싶으면 제발 먼저 네 텐트 주위를 사방 10미터씩만 깨끗이 치우고 나서 하렴. 느네들은 눈도 코도 없냐? 눈 막고 코 막을 바엔 무엇하러 산엔 왔냐? 또 저 사람들은 무슨 죄로 느이들이 게을러서 어질러놓은 걸 온종일 치우고 다니냐?"

이렇게 호통을 치고 싶은 걸 가까스로 참았지만, 발산하지 못한 분노는 지금까지도 남아 있다.

다섯 살 먹은 아이가 남이 버리니까 나도 버린다는 건 이해도 되고 되레 이쪽에서 무안해할 수 있지만 적어도 중고등학생 이상의 청소년이 그런다는 건 도저히 납득할 수 없는 일이다. 그 당사자뿐 아니라 아이들을 그렇게 키운 부모까지도, 학교까지도 말이다.

그 나이면 의당 옳고 그름 중에서 옳음을, 아름답고 추한 것 중에서 아름다움을 선택할 분별력이 있어야 하고, 환경이 그렇지 못할 땐 본받을 게 아니라 개선하려는 의지와 최소한의 자성이 있어야 하지 않을까.

선악과 미추, 마땅히 해야 할 일과 하지 말아야 할 일을 분별하고 자기가 해야 할 일이 그중 어느 것인가를 선택할 능력이야말로 가정교육 학교교육의 기초이거늘, 오늘날 우리 사회 도처에 가정교육의 부재를 드러내고 있다. 가정은 있되 가정교육은 없다. 최소한 정결한 잠자리와 비를 든 어머니 밑에서 제 방 청소와 제 이빨 닦는 거라도 배우고 자랐다면 어떻게 그 악취 속에서 기타를 튕길 수 있을까.

결국 자식의 허물은 변명의 여지없이 부모의 책임, 가정의 책임으로 돌아가게 되어 있다. 우리가 자랄 때만 해도 가정교육은 자식이 밖에 나가서 남에게 손가락질 안 당하고 부모를 우세스럽게 하지 않을 만큼의 기본적인 사람 노릇에 중점을 두었었다.

그러나 요새의 부모들은 자식을 남보다 우수한 사람, 남을 앞지르는 사람으로 키우려는 마음이 너무 조급해서 사람 노릇이란 기초를 아예 생략하고 넘어가려는 경향이 있다.

아무리 잘 지은 건물도 기초가 없는 건물은 사상누각인 것처럼, 사람이 되지 않은 우수한 인간이 있을 수 있을까. 효도, 우애, 윗사람 공경 등 주로 상하관계에 치중했던 예전의 사람 노릇을, 더불어 사는 사회인으로서의 기초 교양까지 겸비한 근대적인 사람 노릇으로 바꾸어가면서 가정교육의 이상을 사람 노릇에 두는 조촐한 복고풍이 일었으면 싶다.

어떤 고가古家

나는 여행을 할 때마다 이름난 명승지에서 좀 벗어난 곳에 산재한 마을에 남아 있는 옛날 집들을 둘러보는 걸 큰 낙으로 삼아왔다.

옛날 집이라고 하면 이름이 알려진 서원이나 추사 김정희의 고택처럼 이미 관광지로 알려진 데를 연상하겠지만 실은 그런 유명한 집이 아닐수록 좋다. 아름다운 건축양식이 그대로 보존됐다고 널리 알려진 이름난 고택일수록 찾아가봐서 실망하는 수가 더 많다. 보존한답시고 현대적인 손길이 너무 많이 갔기 때문이다.

1960년대만 해도 마을이 있으면 반드시 전설이 깃든 정자 나무가 있듯이, 웬만한 마을이면 백 년도 넘었음직한 기와집이 의연히 자리잡고 있음을 발견하는 게 그닥 드문 일이 아니었다. 그 마을 토호土豪나 낙향한 선비의 집이었음직한 이런 집엔 대개 낮은 돌담이 쳐져 있고 돌담 위의 기왓장은 많이 파손돼 있게 마련이지만 안채나 사랑채의 이끼 긴 기왓골엔 그 마을의 맥이랄까 정신이랄까가 은은히 서려 있는 것 같아 그런 고가가 한두 채 없는 마을은 어딘지 얼이 빠져 보인다. 그렇다고 그런 고가에 들어가서 남의 살림살이까지 둘러볼 필요는 없다. 담 밖을 서성이면서 담 안의 고목에서 우는 까치 소리를 들을 수도 있고, 목이 마르면 뒤뜰까지만 들어가 우물물을 얻어먹을 수도 있다. 그러나 안 들어가고 그냥 그집에 사는 수염이 성성한 노인이나 기품 있는 종부의 모습을 그려보는 것은 더욱 좋다.

그러나 이것은 어디까지나 1960년대 얘기고 지금은 1980년대다. 옛 모습을 지닌 고가가 남아 있는 마을은 거의 없다. 옛 모습은커녕 어떤 잘사는 마을에 들어서면 유럽의 농촌이 아닌가 착각을 할 정도다. 그럴듯한 고가는 벌써 무슨 문화재로 지정이 되어 구경하는 데 돈도 받고 안엔 이미 사람이 살고 있지 않다. 문화재가 아닌 민가의 고가는 정녕 없는 것일까? 여행을 할 때마다 그게 아쉽던 차에 작년에 발견한 고가는 아주 감동스러웠다.

그 고가도 엄격히 말해 그냥 오래된 민가라고 보긴 어려웠다. 벌써 지방문화재로 지정이 돼 있었고 이조 말엽의 이름난 선비가 살던 댁이었으니까.

그러나 돈을 안 받았고, 본래의 아름다움을 훼손한 손질 자국이 없었고, 현재도 후손이 살고 있었다. 사랑채엔 열화당悅話堂이란 아름다운 당호가 붙어 있었고, 그 규모는 점잖고도 조촐했고, 문짝이나 마루 서까래엔 그 집의 연륜과 함께 목질의 소박한 기품이 고스란히 살아 있었고, 중문을 통해 들여다본 안마당엔 꾸미지 않은 정원양식과 함께 빨래 신발 등 살아숨쉬는 생활이 있었다. 본채에서 좀 떨어진 크지 않은 연못은물이 안 보이게 연잎으로 뒤덮여 있었고 반은 땅에 반은 물에기둥을 내린 정자 둘레는, 방금 시회詩會를 파하고 돌아가는벗들을 주인이 잠깐 전송 나가느라 비어 있는 양 정결하고 유정했다. 그때가 시월 초였는데 연못가에 여러 그루의 백일홍(일년초가 아닌 교목)이 밝게 피어 그 태고연한 정적을 고운꿈결처럼 환상적으로 만들고 있었다.

우린 재래의 우리 목조건물에 적절한 향수를 느낄 뿐 대개아파트 아니면 양옥이란 콘크리트 건물에 산다. 불편함 때문도 있지만 해마다 손을 봐야 하는 유지비 때문에도 한옥을 꺼린다. 그래서 여지껏 한옥에 살던 사람도 아예 양옥식으로 개조를 하고 만다. 토담에 타일을 바르고 창호지 문은 유리문으로 고치고 마루엔 모노륨이나 양탄자를 깔고 기와는 오지 기와로 바꾼다. 심심산골에 절까지도 타일만 겨우 안 붙였다 뿐 대개는 그런 공식으로 집 모양을 망쳐놓는다. 그런데 열화당엔 전혀 그런 수리라는 명목의 횡포가 가해진 흔적이 없었다. 그렇담 그냥 내버려두었을까? 한옥을 지녀본 사람은 다 알겠지만 한옥이란 1년만 손질을 안 해도 곧 퇴락하고 꼴사나워진다. 전혀 손이 안 간 것처럼 원형을 보존하려면 정성과 수리비가 곱절은 들어야 하고 무엇보다도 보존 상태를 보면 자손을 잘 두었다는 감탄이 저절로 나오게 된다.

훌륭하게 치장한 묘를 보고 자손 잘 됐다고 생각할 때와는 전혀 다른 관심으로 그렇게 생각하게 된다. 열화당의 위치는 경포대에서 오죽헌 가는 사이에 있다. 위치를 맨 나중에 알려주는 것은 너무 많은 사람이 가지 말았으면 해서이다. 그 집을 잘 보존하는 게 후손의 의무라면 그 집 둘레에 서린 기품과 정적을 보존하는 건 우리 모두의 의무라고 여겨져서이다.

비 개인 날

　수해 복구 상황을 TV로 지켜보면서 가장 가슴 아팠던 것은 쓰러진 벼를 일으켜세우고 물을 뿜어 흙을 닦아주는 장면이었다. 2, 30평 정도의 집에 물이 들었다 나가도 원상복구시키기가 힘겹거늘 망망한 들판을 휩쓸고 지나간 흙탕물에서 벼 포기의 이삭 하나하나를 씻겨내기란 얼마나 손이 가고 힘에 겨운 일일까. 더구나 가재도구가 아닌 생명 있는 것의 진흙을 닦아내는 일은 시각을 다투어 서두르지 않으면 안 되니 그 노고가 얼마나 크고 일손인들 얼마나 달릴까 싶어 가만히 구경하기가 정말 민망했다. 하늘도 무심하시지, 다 지어놓은 농사에 이 무슨 재앙일까. 하늘을 원망하다가 추수도 하기 전에 풍년을 외친 입만 싸고 진득하지 못한 우리 인간의 교만을 자책하기도 했다.

내가 TV를 보면서 하도 안절부절 안타까워하니까 함께 있던 다섯 살짜리 손자가 저 사람들이 저렇게 일 안 하면 어떻게 되느냐고 물었다. 어떻게 되긴, 저렇게 힘들여 벼이삭을 살려내지 않으면 우리가 다 맛있는 쌀밥을 먹을 수 없단다, 라고 했더니 슈퍼에 가서 쌀 사다 밥하면 되지, 왜 쌀밥을 못 먹느냐고 묻는 게 아닌가.

녀석의 물음에 적이 당황한 나는 쌀이 싸전에 오기까지의 길고 긴 과정을 자세히 가르치고자 애쓰면서도 추상적으로 가르칠 수 있는 것의 한계와 아이를 도시에서 낳아 도시에서만 기르는 일에 대해 심각한 우려를 안 할 수가 없었다. 그렇다고 그 아이가 TV를 통해 농촌이나 논을 처음 본 건 아니었다. 그러나 명절에 다니러 간 조부모님 댁이나 놀러가서 스친 농촌이란 아이에게 있어서 색다른 구경거리 이상은 되지 못했으리라. 또 농촌과 도시의 생활의 차이가 많이 줄어든 오늘날까지도 아직도 많이 남아 있는 도시 아이들의 농촌 아이들에 대한 터무니없는 우월감 같은 것도 농촌과 자연의 바른 이해를 크게 방해하고 있지 않을까.

문득 시골서 자란 내가 도시와 처음 만났을 때 생각이 났다. 서울 가는 기차를 타기 위해 20여 리를 걸어나와 처음 본 개성이란 도시의 인상은 지금까지도 선명하게 남아 있다. 시골의 검고 기름진 흙만 보아온 나에게 개성 시내의 화강암질의 모래땅은 어쩌나 눈부신 은빛으로 보였던지 도무지 사람이 발붙이고 살 땅 같지가 않았고, 한길가에 즐비한 네모난 이층집의 번들거리는 유리창은 어린 마음에 공포감마저 자아냈다.

그때 나는 어머니의 치마꼬리를 잔뜩 움켜쥐고 무어라고 칭얼댔는지 어머니는 서울은 여기보다 몇 배나 더 크고 번화한 고장인데 벌써부터 이렇게 못나게 굴면 어떻게 하느냐고 나무라셨다.

그 시절 속담에 "서울 무섭단 소리에 촌놈은 무악재 고개부터 엉금엉금 긴다"는 소리가 있었는데 나는 한술 더 떠서 개성부터 긴 셈이었다.

밤에 내린 서울 장안은 휘황했다. 그때만 해도 도시와 시골의 구분이 뚜렷한 때라 불빛 하나 없이 깜깜한 들판만 달리던 기차가 전깃불이 대낮처럼 밝은 서울 장안으로 들어설 때의 충격은 잊을 수 없다. 특히 집 한 채가 통째로 움직이는 것 같은 전차는 너무 신기해서 나는 완전히 얼이 빠졌었다.

그러나 우리가 처음 자리잡은 동네는 서울 변두리의 더러운 빈민촌이었다. 그 동네엔 아이들이 많았고, 그 아이에게 나는 곧 만만한 놀림감이 되었다. 그 아이들은 자기들의 놀이에 나를 붙여주고는 내가 그걸 잘 못하면 깔깔대고 놀렸고, 전찻길까지 데리고 나갔다가 자기들만 요리조리 빠져 도망치고 나만 남겨놓아 미아를 만들어놓고도 재미나 했다. 그 아이들이 나를 놀리는 말은 경우에 따라 다양했지만 "시골뜨기 꼴뜨기"란 말은 후렴처럼 어떤 야유에나 붙어다녔다. 아이들이 일제히 소리를 합쳐 "시골뜨기 꼴뜨기" 하고 놀리면 나는 별수 없이 울음을 터뜨리고 집으로 도망쳤다.

그때 나에게 서울 아이들은 모조리 잘나 보였다. 머리 높이로 치켜든 고무줄을 나풀나풀 뛰어넘는 재주하며, 거미줄처럼 얽히고설킨 골목길을 잘도 찾아 집을 안 잊어버리는 눈썰미하며, 깡총한 치마 밑으로 드러난 종아리에 찰싹 붙은 양말하며 거짓말도 곧잘 하는 빠르고 상냥한 서울말씨하며, 어느 것 하나도 내가 감히 흉내라도 낼 수 있을 것 같지가 않았다. 나는 그들에게 놀림받고 부림을 당해 마땅하다는 비굴한 열등감이 자리잡아갔다.

허구한 날 놀림감이 되어 울고 들어오지 않으면, 이상한 심부름꾼 노릇이라도 해가며 그애들한테 빌붙는 내 꼴을 보다 못한 어머니가 나를 붙들고 누누이 타이르셨다. 자세한 건 다 잊어버렸지만 서울내기들은 겉만 똑똑하니까 하나도 겁내고 주눅 들 게 없다는 얘기였다. 서울내기가 얼마나 바보라는 걸 어머니는 이렇게 실례까지 드셨다 "서울내기들은 쌀이 어디서 나는지도 모른단다. 쌀나무가 어떻게 생겼느냐고 묻는 아이도 있더란다." 나는 어머니의 그 말씀에 큰 위로를 받았고 나중까지도 문득문득 생각날 때마다 괜히 즐거워 절로 웃음이 났다.

물론 어머니의 얘기로 내 시골뜨기 노릇에 당장 어떤 변화가 생긴 건 아니었지만, 적어도 생전 벗어날 수 있을 것 같지 않던 열등감으로부터 벗어날 수 있는 귀중한 귀띔이 된 것만은 사실이다. 뿐만 아니라 지금까지도 내가 시골 출신이라는데 은근한 긍지를 가지게 했다.

우리 사회의 급속한 산업사회화로 시골과 서울의 만남은 점점 변해가고 이제 거의 피할 수 없는 게 되었다. 사람과 사람의 만남도 그렇지만 도시와 시골의 만남도 가장 이상적인 만남은 서로 대등한 만남이다. 시골 사람들은 어려서부터 자연에 대해 또는 자연을 상대로 한 일에 대해 더 많이 알고 있고, 길들여져 있고, 도시 사람은 어려서부터 문명과 문명의 이기에 대해 더 많이 알고 있고, 편리함에 길들여져 있다. 서로 그런 차이는 인정해야겠지만 시골뜨기가 갖고 있는 게 서울내기가 갖고 있는 것보다 열등하단 생각은 얼마나 터무니없는 것일까.

어려서부터 자연에서 먹이를 얻는 수고를 아는 것은 어려서부터 컴퓨터를 조작하는 법을 아는 것보다 얼마나 더 놀랍고 아름다운 일일까. 더군다나 이번과 같은 대홍수를 당해 저지대가 침수가 되든 말든 고층 아파트에서 편안히 사재기에 급급한 부모 밑에서 자란 도시 아이와, 폭우를 무릅쓰고 논에 나가 물꼬를 보고, 비가 걷히자마자 쓰러진 벼 포기를 세우고 살려내기 위해 정성을 기울이고 힘겹게 수고하는 부모를 보고 자란 시골 아이와 어느 쪽이 더 심지가 깊고 성품이 늠름하겠는가. 정말 큰일을 한 인물이 거의 농촌 출신임은 결코 우연한 일이 아닐 것이다.

성직자에게 바라는 것

　근래에 있었던 어떤 목사님의 외화 밀반출 사건은 그리스도를 믿는 사람에게나 안 믿는 사람에게나 똑같이 충격적인 사건이었다. 그건 스님이 패싸움을 하다가 살상을 한다거나 담을 뚫고 들어가 사찰을 점령한다거나 하는 불미스러운 사건이, 부처님을 믿는 사람에게나 안 믿는 사람에게나 똑같이 일반 폭력 사건과는 다른 심각한 충격을 준 것과 같은 이치일 것이다.

　1970년대의 이른바 눈부신 경제성장을 거친 후 우리가 물질적으로 그 어느 때보다도 잘살게 됐다는 건 아무도 부인할 수 없을 것이다. 단군 이래 가장 잘 먹고 잘 입고 편안히 살면서도 문득문득 사람이 이렇게 살아서는 안 되는 건데, 하고 자신을 돌이켜볼 때가 있다. 이때 돌이켜보는 자신은 무엇을 입고 어느만큼 가졌느냐는 외적인 게 아니라 내적인 마음의 풍경이다. 그리고 풍족하고 남부러울 게 없는 외적인 조건을 갖추었을수록 마음은 초라하고 더럽고 불안하고 의지할 데 없이 고독하다는 걸 알게 된다. 남의 눈을 속일 수 있어도 자신은 속일 수 없는 게 바로 사람의 마음이다. 이건 인간에게만 종교가 있다는 사실하고도 무관하지 않으리라. 사람의 마음에도 양식이 필요하다고 생각하기 시작하면 특정 종교를 믿고 안 믿고는 상관없이 일단은 종교적인 심성을 가졌다고 봐도 무방할 것이다. 종교적인 심성이 마침내 신앙을 갖게 하는 데 결정적인 역할을 하는 게 바로 성직자들이다. 메마르고 헐벗은 마음이 궁극적으로 신의 단비 같은 사랑과 자비에서 구원의 가능성을 찾았다고 해도 신은 너무도 멀다. 볼 수도 만질 수도 없고, 아무리 애타게 불러도 대답 없는 영원한 침묵인 신을 믿기엔 인간은 본래 너무도 의심이 많다. 신의 말씀이 담긴 경전은 인간의 얕은 지식과 모자라는 참을성으로 진리에 도달하기는커녕 변죽도 울릴 수 없을 만큼 방대하고 심오하다. 이 신과 인간과의 무한한 거리를 다리처럼 이어주는 게 성직자들이다. 대개의 열렬한 신자들은 결정적인 감동을 준 설교나 신방의 기억을 가지고 있다. 우연히 또는 억지로 이끌려 교회나 절에 갔다가 그날의 설교나 법문의 주제가 된 경전의 한마디 말씀이 그가 오랫동안 갈구한 것의 해답이 된 신비한 체험을 들으면 성직자는 신의 응답까지를 대신할 수 있다는 얘기가 된다.

성직자의 이런 특수한 입장은 평신도나 신자 아닌 보통 사람들이 성직자를 인간보다 신에 가깝게 착각하기에 매우 유리하다. 우리는 우리의 삶이 구질구질하게 타락할수록 성직자에게서 깨끗하고 완전한 삶의 모습을 보기를 원하고, 그들의 삶의 방법이 우리의 사는 방법의 모범이 되길 바라고, 그들의 진실한 말을 통해 우리의 삶이 정화되길 바란다.

실상 우리의 이런 소망은 조금도 지나친 게 아니다. 성직자는 마땅히 인간적인 욕망과 허약함을 극복하려는 고뇌와 신을 닮으려는 의지와 신에 대한 사랑이 보통 사람보다 강하지 않으면 안 된다. 보통 사람들이 그런 것들 없이 어영부영 산다고 해도 죄 될 것은 없지만 성직자가 그런 것 없이 다만 신의 말씀을 혀끝에 올리는 것만으로 성직자 노릇을 하려든다면 그건 사기꾼 못지않은 죄가 될 것이다.

박목사 사건만 해도, 보통 사람이 몹쓸 병이 들어 그 병을 고치기 위해 모든 재산을 정리한 달러를 감추어가지고 나가려 했다면 측은하고 불쌍해서 그것을 꼬치꼬치 적발해낸 세

관원이 되레 비난을 받았을지도 모른다. 그러나 목사는 다르다. 목사라면 의당 그의 어린양이 치료받을 수 있는 곳에서 치료를 받아야지 특권을 누려선 안 된다. 더구나 이 땅의 의학이 미국보다 크게 뒤떨어진 것도 아닌데 번번이 미국에서 치료를 받았고, 이번에도 그 막대한 치료비를 감쪽같이 구두나 도자기에 구겨넣었을 목사의 모습을 상상하는 건 슬프고도 우울한 노릇이다. 이 땅에 교회가 어찌나 많은지 밤하늘에서 내려다본 서울 장안은 불 밝힌 무수한 십자가로 광활하고 아름다운 꽃밭 같다고들 하건만 사랑보다는 미움이, 참된 것보다는 거짓된 게, 화해보다는 싸움이, 믿음보다는 불신이, 소망보다는 절망이 날로 창궐하는 까닭을 조금은 알 것 같다. 또한 하나님이 계시다는 것도 알 것 같다. 하나님은 사랑과 용서로뿐 아니라 때로는 노여움으로도 당신의 모습을 드러내는 게 아닐까.

예수께서도 성전이 기도하는 집이 아니라 강도의 소굴이 된 걸 보시고는 거기서 팔고 사는 사람들을 다 쫓아내시고, 탁자와 의자들을 둘러엎으셨다.

성직자들은 박목사가 당한 망신을, 교회가 점점 짜지 않은 소금이 되어 버림받는 위기로부터 헤어날 수 있는 계기로 삼아야 할 줄 안다. 개인적으로 그를 위로하고 동정하는 것은 좋으나 같은 성직자로서 그 일을 시간이 지나면 잊힐 일로 과소평가하거나 변명을 일삼아선 안 될 줄 안다. 성직자는 아니지만 독실한 교인들끼리 "어찌하여 너는 형제의 눈 속에 있는 티를 보면서 제 눈 속에 들어 있는 들보는 깨닫지 못하느냐?"는 예수님의 말씀을 들어가면서 그를 감싸는 소리를 들은 적이 있다. 이건 용서가 아니라 궁극적으로 자기변명이라고 생각한다. 그런 말은 우리 눈의 티끌로부터 들보까지를 함께 볼 수 있는 명정明淨하고 전능한 눈을 가지신 분만이 할 수 있는 말씀이다. 우리끼리 그런 말을 한다는 건, 똥 묻은 개가 겨 묻은 개를 어떻게 나무라느냐는 식으로 피차의 잘못을 마냥 덮어두려는 속셈밖에 안 된다. 1억의 부정으로 잡힌 자가 10억 먹은 자도 안 걸렸으니 나는 억울하다고 말하는 것과도 흡사하게 들린다. 성직자는 성경 말씀을 그렇게 자기 편한 대로 이용해서도, 이 세상 삼라만상만큼이나 방대하고 골고루 안 미치는 데 없는 성경 말씀 중 어느 구절에만 집착해서도 안 될 줄 안다.

성직자의 자기합리화를 위한 이런 편견과 아전인수식의 성경 해석이야말로 오늘날의 교회가 화해보다는 분열에, 사랑보다는 미움에 더 많이 이바지하게 한 까닭이 아닐까?

성경엔 티끌과 들보의 비유로 남을 판단하지 말 것을 가르친 말씀과 바로 같은 페이지에 이런 말씀도 있다. "아무도 두 주인을 섬길 수는 없다. 한편을 미워하고 다른 편을 사랑하거나, 한편을 존중하고 다른 편을 업신여기게 된다. 너희도 하나님과 재물을 아울러 섬길 수 없다."

성직자는 적어도 성경을 일관해서 흐르는 하나님의 뜻을 통해 사람이 어떻게 사는 게 가장 하나님 마음에 드실까를 누구보다도 잘 알고, 그걸 몸소 실천하려고 자신 속의 인간적인 약점과 처절한 싸움을 하는 사람이어야 할 줄 안다. 예수님처럼 처절한 고통을 겪으신 분은 없다. 성직자라면 자신이나 신도가 고통을 회피하게 할 게 아니라, 고통을 어떻게 고통하게 하느냐를 가르치고 본보여야 할 것이다.

성직자의 이름으로 자신들 내부의 잘못을 얼버무리기 위해, 또는 신도 수라는 장사꾼 같은 목적의 이익을 위해서 성경 말씀 중 필요한 부분만을 강조하는 것은 차마 못할 짓이다.

어머니는 뛰어난 이야기꾼

나는 세 살 때 아버지를 여의고 홀어머니 밑에서 자랐다. 편모슬하라곤 하지만 여덟 살 때까지는 조부모님과 여러 숙부님, 숙모님, 고모님이 한집에서 사는 대가족 속에서 귀여움을 독차지하고 외로움을 모르고 지낼 수가 있었다.

살림은 그냥저냥 1년 계량이나 할 수 있는 정도의 농토를 소작을 주고 있어 유복진 않았지만, 조부님이 사랑에 서당을 열고 인근 마을 아이들에게 한문을 가르치고 계셨기 때문에 집에선 늘 낭랑하게 글 읽는 소리가 그치지 않았다.

할아버지가 사랑 마당에 가꾸시던 함박꽃과 국화, 고모가 후원에 가꾸던 봉숭아, 분꽃, 맨드라미, 접시꽃 등은 지금까지도 내 어린 날을 아름다운 낙원으로 꾸며주고 있다.

그러나 여덟 살 되던 해 정월달에 나는 별안간 그 낙원에서 쫓겨나는 신세가 됐다. 그보다 앞서 오빠를 공부시키려고 서울로 데려간 어머니가 나까지 데리러 오신 것이었다.

그때는 1930년대였고 어머니는 시골 선비 댁의 종부였기 때문에 오빠를 공부시키겠다고 집을 떠나 서울에서 딴살림을 하는 것은 도저히 용납받지 못할 짓이어서 조부모님과 가족들의 혹독한 비난을 면치 못했다.

따라서 시골집에선 일전 한 푼의 보조도 못 받고 순전히 바느질품팔이로 아들을 간신히 공부시키는 처지에 딸까지 데려가겠다고 하니 조부모님은 화도 안 나시는 모양이었다. 시부모 봉양과 봉제사의 의무를 포기한 종부는 이미 내놓은 며느리였다.

그러나 어머니는 어머니 나름대로 하늘도 알아준다는 종부의 의무를 포기할 만한 뼈저린 까닭이 있었다. 그건 아버지의 돌연한 죽음이었다.

내가 세 살 때 일이니까 내 기억엔 통 없지만 아버지는 매우 건강한 분이었다고 한다. 그런데 어느 날 갑자기 심한 복통을 일으켜 한의사를 불러다 사관을 트고, 그래도 안 낫자 무당을 불러 푸닥거리를 하는 사이에 걷잡을 수 없이 병세가 악화되어, 뒤늦게 달구지에 싣고 20여 리나 떨어진 읍내 병

원으로 옮겼을 때 아버지는 이미 손쓸 수 없는 지경에 이르렀고, 곧 운명하셨다고 한다.

사람들은 그것도 다 팔자라고 했지만 어머니는 그 팔자라는 것에 도무지 승복할 수가 없었다. 그 정도의 급환은 도시에서만 살았더라면 종기나 부스럼처럼 쉽게 치료될 수 있었다는 걸 어머니는 알고 있었기 때문이었다. 그게 한이 되어 어머니는 당신의 바느질 솜씨 하나를 밑천으로 어떡하든 어린 남매를 도시에서 교육시키기로 결심하신 것이었다.

초라하지만 어딘지 거역할 수 없는 위엄이 풍기는 어머니의 손에 이끌려 타달타달 20리 길을 걸어 처음 본 읍내는 나에겐 놀라운 대처였는데, 거기서 다시 기차를 타고 서울역에 내리니 그 휘황한 전기 불빛과 한 채의 집이 통째로 움직이는 것과 같은 전차와 많은 사람들은 여덟 살짜리 촌뜨기의 넋을 통째로 빼앗고도 남을 만한 것이었다.

어머니는 얼이 빠져 입을 헤벌린 나에게 입을 다물라고 자주 주의를 주셨다. 나는 속으로 그렇게 번잡하고 화려한 고장에서 사시는 어머니가 존경스럽고 두려웠다. 어쩐지 내 어머니 같지가 않았다.

그러나 전차를 타보고 싶다는 나의 간절한 기대를 무시하고 어머니는 마냥 걷기만 하셨고 드디어 당도한 동네는 서울

변두리의 산꼭대기 빈촌이었다. 그 빈촌의 초가집이나마 내 집이 아니었고 사글셋방이었다.

동산까지 있는 후원과 잔칫날이면 차일을 치고 온 동네 사람을 한꺼번에 대접할 만한 사랑 마당이 있는 시골집에서 마음껏 뛰놀던 나에겐 견디기 어려운 서울살이가 시작됐다.

놀 마당이 없을 뿐 아니라 놀 친구도 없었다. 나 보기엔 그 동네 아이들이 시골 친구들보다 훨씬 더럽고 마음씨도 짓궂어 별로 상대하고 싶지도 않은데 동네 아이들 역시 나를 우습게 보고 괜히 집적대면서 일제히 소리를 합해 "시골뜨기 꼴뜨기"라고 놀려댔다. 번번이 얻어맞고 울고 들어오자 어머니는 나를 밖에 나가지 못하게 하셨고, 또 폐가 된다고 안집에도 못 들어가게 하셨다.

안뜰 바깥뜰은 물론 동네방네 들과 산으로 자유분방하게 뛰놀던 아이를 별안간 단칸 셋방에 가두려니 어머니는 무슨 수를 써서라도 내 마음 붙일 곳을 마련하지 않으면 안 됐으리라. 그러나 어머니는 너무도 가난했다. 그림책을 살 돈도 주전부리를 시킬 돈도 없었다.

그때 우리 어머니가 생각해내신 묘방은 나에게 옛날얘기를 해주시는 거였다. 내가 알사탕 사먹게 1전만 달라고 조를 때도 어머니는 당신의 이야기로 주전부리 대신을 삼으려드셨고, 동네 아이들한테 놀림을 받아 울고 들어왔을 때도 어머니는 당신의 옛날얘기로 나의 상한 자존심을 어루만지려드셨다. 내가 시골 할머니와 삼촌들이 보고 싶어 쓸쓸해할 때도, 남과 같이 예쁜 옷이 입고 싶어할 때도, 어머니는 당신의 이야기로 나의 마음을 어루만지고 달래주려드셨다.

어머니는 당신의 이야기로 만병통치약을 삼으려드셨으니 어머니야말로 얼마나 천진한 몽상가였을까.

지금도 그때, 나의 일생 중 가장 궁핍했던 그 시절을 회상하면 조금도 어둡거나 구질구질했던 것 같지 않고 누구보다도 행복하고 꿈 많던 시절이었다고 절로 미소가 번진다.

어머니는 몽상가였을 뿐 아니라 뛰어난 이야기꾼이기도 하셨다. 어머니는 당신의 이야기로 어린 딸이 빈촌 셋방의 궁핍과 답답함과 외로움을 뛰어넘어 고운 꿈을 갖게 하셨다.

훗날 알게 된 거지만 그때 어머니가 무궁무진하게 해주신 옛날얘기는 우리의 전래 동화뿐 아니라 고전까지도 섭렵한 것이었다. 그래도 이야기가 딸릴 땐 즉석에서 새로운 이야기를 꾸며내기도 하셨다.

아마 어머니가 몇십 년 늦게 태어나셔서 새로운 교육을 받을 수만 있었다면 나보다 몇 배 나은 이야기꾼이 되셨으리라. 어머니는 그때 당신도 모르게 당신 속에 있는 이야기꾼의 싹수를 어린 딸에게 부지런히 옮겨 심었는지도 모르겠다. 그중의 얼마가 자라 지금의 내 이야기 밑천이 돼주고 있다.

내가 어머니로부터 이야기보다 더 확실하게 물려받은 게 있다면 그건 아마 몽상일 게다. 내가 내 이야기에게 줄기차게 거는 꿈이 있는데 그건 내 이야기가 독자와 만나 그들의 아픔과 쓸쓸함과 외로움을 어루만지고 나아가선 그들의 답답하고 구질구질한 상황을 뛰어넘을 수 있는 힘이 되는 것이니 말이다.

특혜보다는 당연한 권리를

어떤 모임에서였다. 동성동본끼리 결혼할 수 없다는 법은 조만간 개정되어야 한다는 말이 나왔었다. 그 모임은 그런 문제를 이러쿵저러쿵 문제 삼자는 모임은 아니었고, 모임이 끝나갈 무렵 여담처럼 그런 얘기가 나왔었다고 기억된다. 우리들의 이야기가 자연스럽게, 서로 사랑하고 실질적인 부부생활까지 하면서 그 금혼법에 묶여 결혼신고도 못하고 따라서 자식을 입적시킬 방도까지 막힌 동성동본 부부들에 대한 깊은 동정으로 기울어져갈 무렵이었다. 잠자코 듣고만 있던 한 분이 별안간 큰소리로 좌중을 나무라기 시작했다.

첫마디가 법은 사람을 위해 있는 것이지 금수를 위해 있는 것이 아니라는 것과 동성동본끼리 붙어살면서 자식을 낳은 것들은 금수만도 못하다는 식의 지극히 감정적이고 독선적인 욕설에 가까운 것이어서 우리들은 다 놀랐다.

내가 특히 놀란 건 그의 너무 큰 목소리였다. 아마 참고 참은 분노를 나타내려고 그런 것이었겠지만 거기가 귀가 어두운 사람이 있는 것도 아닌데 그렇게까지 목청을 돋을 건 뭐였을까.

그는 계속해서 목청 높은 소리로, 이 동방예의지국에서 동성동본끼리 결혼할 수 없는 법을 감히 개정하자는 괘씸한 움직임이 보이는 것은 서양의 못된 풍습을 무분별하게 받아들인 결과라고 개탄했다. 지나친 흥분 때문이겠지만 그의 논리는 어느 틈에 서양 것은 곧 금수의 것이라는 식으로 치닫고 있었다.

그러나 불행히도 그는 서양 옷(양복)을 입고 서양 댕기(넥타이)를 매고 있었고 방금 전에는 세 자식 중 두 명이 서양 유학중이라며 자식 자랑을 하기도 했던 사람이었다. 그 밖에도 동성동본끼리 결혼하는 것이 우리의 미풍양속에 크게 어긋나는 금수만도 못한 짓이란 그의 논조는 반박할 여지가 많은 허점투성이였음에도 불구하고 그 자리에 있던 어느 누구도 그의 말에 비판적인 반론을 펴지 못했다. 우선 목소리가 너무 커서 감히 맞설 엄두가 나지 않았던 것이다.

어떤 자리에서나 극단적인 편견에 치우친 말일수록 목청이 높다. 극단적인 편견이란 남의 말을 받아들일 생각이 전혀 없는 생각이기 때문에 그걸 나타내는 목소리까지도 우선 배타적이다. 남의 목소리를 철저하게 배제하려면 제 목청을 높일 수밖에 없다. 남의 생각을 조금이라도 받아들일 태세가 돼 있으면 그건 이미 극단적인 편견이 아니다. 극단적인 편견이 때로는 옳은 생각일 수도 있지만 그게 혐오감을 주는 이유는 바로 그 폐쇄성 때문에 그 이상의 발전을 기대할 수 없기 때문이다.

앞서 어떤 모임이라고 말한 건 그 한 예일 뿐 어떤 자리에서고 결국은 높은 목청이 주도권을 잡고 결론을 이끄는 걸 우린 흔히 보게 된다. 자기 생각만이 절대로 옳다는 극단적인 편견이란, 목청이 실제로 높지 않더라도 온당한 양식良識을 일방적으로 밀어붙이고 피곤하게 만들어 결국 두 손을 들고 말게 만드는 폭력 같은 속성을 지니고 있게 마련이다.

폭력이 용기와 다르듯이 편견은 신념과 다르다. 신념은 마음을 열고 얼마든지 남의 옳은 생각을 받아들임으로써 자신을 살찌우려들지만 편견은 남의 옳은 생각을 두려워하는 닫힌 마음이다. 결국 폭력이나 편견이나 똑같이 허세일 뿐 진정한 힘은 아니다. 그러니까 정말 두려운 건 목청 높은 편견이 아니라, 그 묵청에 대세를 맡겨버리는 양식 있는 사람들의 소극적인 태도인지도 모르겠다.

우린 예로부터 말 같지 않은 말이나 사람답지 않은 사람과는 대항해서 시비를 가리느니보다는 슬쩍 피하는 걸 점잖은 사람이 지킬 미덕으로 여겨왔다. 여북해야 '똥이 무서워서 피하나, 더러워서 피하지' 하는 속담까지 있겠는가.

그러나 나는 우리 조상들의 생활의 지혜가 담겨 있는 속담 중에서 이 속담만은 쓸 만한 것이 못 된다고 생각하고 있다. 똥을 피하는 건 더러워서일 뿐 무서워서가 아니라는 말은 자신에 대한 변명은 될지 몰라도 여럿이 더불어 사는 이 세상에 대해선 매우 무책임한 발언이다. 너도나도 똥을 피하기만 하면 이 세상은 똥통이 되어버릴 것이 아닌가. 똥은 피할 게 아니라 먼저 본 사람이 치우는 게 수다.

인간답게 사는 길도 나만 인간답게 살면 그만이라고 생각하면 쉬울 수도 있지만, 그런 생각 자체가 이미 인간답지 못하다. 이웃이 까닭 없이 인간다움을 침해받는 사회에서 나만은 오래오래 인간다움을 지키고 살 수 있다고 생각한다면 그야말로 인간 이하의 어리석음이다.

그때 그 일이 있고 나서 나도 동성동본금혼법에 대해 뭘 좀 알아야겠다는 생각으로 관계법을 읽어보기도 했고, 그 법을 개정해야 한다는 소리와 그 반대의 소리가 논쟁하는 걸 텔레비전이나 지상을 통해 열심히 보기도 했다.

어떤 텔레비전의 공개 토론 때였다. 그때도 역시 그런 법의 개정을 주장하는 소리는 차근차근 이론적인데 반해, 개정을 반대하는 보수적인 목소리는 강경 일변도로 목소리가 매우 컸다.

개정론자들은 수백 년 전의 부계의 혈통이 같다는 이유 하나로 촌수를 헤아릴 수도 없는 젊은 남녀가 결혼할 수 없도록 하는 제도는 불합리하다고 주장하였다. 그리고 더욱이 그 제도가 우리 고유의 전통 윤리가 아니라 조선 시대에 중국 명나라의 기본적인 형법이었던 대명률大明律에서 그대로 수입한 것이고 그 본고장인 중국에서는 폐지된 지 이미 오래되었다고 따져들어갔다.

그러나 반대파들은 그런 일리 있는 주장들을 정확하게 파악하고 나서 개정론자들을 성토하는 게 아니라 동성동본 결혼과 근친혼을 같은 것으로 보고 맞섰기 때문에 쟁점이 어긋나 결국 헛된 싸움이 되고 말았다.

내가 알기론 동성동본 결혼과 근친혼은 엄연히 다른 것이다. 지금 실질적으로 결혼했으나 동성동본이라서 법의 보호를 못 받아 고통받는 인구는 10만 명이 넘는 것으로 추정되고 있고, 가정 법률 상담소에서만도 하루 평균 4~5명이 찾아와 이 문제를 호소하고 있다고 한다.

그러나 그들이 근친은커녕 촌수를 따질 수 있는 먼 친척끼리 결혼한 경우는 거의 없고, 오로지 동성동본일 뿐이라는 것은 아무리 이 법의 개정을 반대하는 사람들이라도 인정할 줄 안다.

촌수를 따질 수 있는 친척 간임을 알고 결혼하는 일은 그야말로 금수만도 못하다는 걸 스스로 알 만큼 우린 전통적으로 가까운 피끼리 섞이는 걸 몹시 수치스러워하고 또 두려워하기까지 해왔다. 법적으로 전혀 제한을 받지 않는 모계의 친족끼리도 결혼하는 일이 거의 없는 것만 봐도, 그 금혼법만 풀어놓으면 담박 근친혼이 성행할 것처럼 생각하는 게 한낱 기우임을 잘 알 수가 있다.

남산에서 돌을 던지면 십중팔구는 김씨 아니면 이씨 머리에 맞게 된다는 우스갯소리가 있다. 성씨는 많지만 전화번호부에도 못 오르는 희성이 있는가 하면 1천만 명에 육박하는 대성도 있다. 같은 핏줄이라고 말하자면, 우린 시조 단군님의 피를 물려받은 단일민족이라니 6천만이 같은 피라고 해도 틀린 말은 아니다. 그래서 어느 나라 어느 민족이고 고대엔 근친혼이 성행을 했다. 근친혼이 점차 사라져간 것은 과학의 발달로 그 해로움이 입증됐기 때문만이 아니라 인구의 팽창으로 근친 아니라도 얼마든지 배우자를 골라잡을 수 있을 만큼 선택의 범위가 자연스럽게 넓어졌기 때문도 있을 것이다.

이제 어떤 대성은 삼국 시대의 신라나 고구려 백제 등 한 국가의 인구보다 많아졌다. 대성이 아니라도 예전 부족 국가의 인구보다 많은 성씨도 수두룩하다. 이렇게 단군의 자손은 번창에 번창을 거듭해왔다. 크게는 6천만이 한 핏줄이지만, 친족의 개념이 되는 같은 피는 대가 바뀌면서 자꾸만 희석이 될 수밖에 없다.

지금 가장 인구가 많은 것으로 알려진 김해 김씨는 아무리 동성동본이라도 삼국시대의 한 나라 안에서 가장 먼 남남끼리보다 더 피의 동질성이 희박하다고 볼 수도 있다. 그런 실질적인 남남끼리의 결혼을 합법화시켜주자는 것이지 근친혼을 부추기자는 얘기는 절대 아니다.

동성동본을 뭉뚱그려 근친으로 보는 게 비과학적인 태도인 것처럼 근친의 개념에서 모계를 도외시한 것 역시 비과학적이라 하겠다. 우생학적인 견지에서 근친혼을 피해야 함은 부계 근친이나 모계 근친이나 동등해야지 차등을 두는 건 아무 의미가 없게 된다. 부모가 후세에게 미치는 생물학적인 영향은 서로 동등하지, 우리 사회의 제도처럼 남녀의 차등이 있는 게 아니기 때문이다.

이건 과학이라기보다는 상식이련만 동성동본금혼제를 반대하는 자리에선 어찌 된 일인지 그런 상식조차 통하지 않는 것 같았다. 심지어는 이런 말까지 나왔다. "여자는 밭과 같고 남자는 씨와 같은 거니까, 모계의 혈통은 아무리 가까워도 후세에 끼칠 영향을 두려워할 게 못 된다"는 요지의 발언을 사석도 아닌 공적인 자리에서 하는 걸 들으면서 아연해질 수밖에 없었다.

새로운 생명을 창조하는 데 있어서의 남자와 여자의 역할을 밭과 씨에 비유하는 건 예전부터 있어온 얘기다. 또 어머니의 배를 빌려 태어난다는 말도 흔히 하는 얘기다. 그러나 자신의 주장을 적어도 과학적인 근거로 옹호할 필요성이 있는 자리에서 써먹기에는 상식 이하의 비과학적인 얘기다. 굳이 남녀의 생리를 식물에 비유하려고 했다면, 밭과 씨앗보다는, 암꽃·수꽃, 또는 암술·수술에 비유함이 옳았을 것이다. 식물이 열매를 맺어 자신의 종을 번식시키는 데 있어서 암수의 역할은 서로 동등한 절대적인 반쪽이고 인간에게 있어서도 그 점은 조금도 다르지 않다.

그렇다고 이 점을 근거로 이 자리에서 여권운동을 하려는 건 아니다. 다만, 남녀의 역할에 대한 이런 비과학적이고도 널리 퍼진 오해가 여성을 비하시키고, 자식에 대한 친권 문제 등이 야기됐을 때 어머니 쪽의 권리가 당연히 무시될 수 있는 근거가 되고 있을지도 모른다는 의구심은 가져봐야 하지 않을까.

그러나 내가 그 토론을 다 보고 듣고 나서 크게 놀란 건 동성동본끼리 결혼한 부부들에 대한 구제 방안이었다. 동성동본끼리 결혼하고서는 결혼신고를 할 수 있었던 몇 쌍이 예로 들어졌다. 그중엔 구청 접수창구에서 직원의 실수로 접수된 예까지 나왔다. 동성동본이지만 파가 다르다는 증명을 해서 구제되는 방법, 여자나 남자 중 하나가 따로 성이나 본을 창설해 시조가 되는, 원칙을 벗어난 변칙이 소개됐다.

내가 알기로도 돈이 있거나 지식이 있는 층에선 동성동본끼리 결혼하고도 이런 변칙을 통해 얼마든지 혼인 신고를 하고 잘살고들 있다. 그러니까 곧이곧대로 법에 묶여 고통받는 층은 못 배우고 가난한 사람들이란 얘기가 된다.

죄지어 걸리는 법망도 돈과 세도 없는 사람만 걸리는 게 억울한데, 죄를 지었다고 할 수도 없는 그들만 법망에 걸려서야 되겠는가.

또 가끔 구제 기간을 두어서 그들을 구제하자는 방안도 도무지 마음에 들지 않았다. 구제라니, 마치 요새 한창 흔한 특사 비슷하단 생각이 들었다. 구제나 특사라는 생색내며 내리는 혜택보다는 당연한 권리를 찾게 해야 한다.

　법 대신 편법을, 원칙 대신 변칙으로 사는 걸 은연중 권장하는 사회는 뭔가 잘못된 사회다. 마찬가지로 특혜나 특사가 자주 있어야 하는 사회도 인간다움이 그만큼 자주 짓밟힌 사회라는 혐의를 면키 어려울 것이다. 다른 건 몰라도 인권만은 특혜로 줄 수 없는 것이기 때문에 함부로 빼앗을 수도 없는 것이 아닐까.

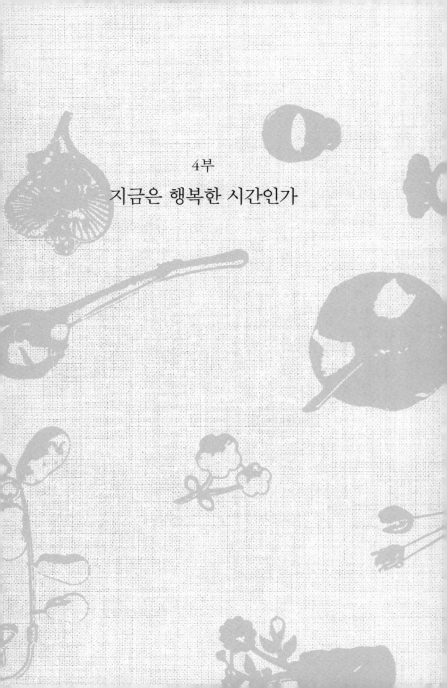

4부
지금은 행복한 시간인가

지금은 행복한 시간인가

요즈음 갑자기 남편들의 아내에 대한 폭력이 우리들 사이에서 화제가 되고 있다. 진지한 화제라기보다는 거의 저급한 농지거리거나 악의가 포함된 야유이긴 하지만, 그렇다고 해서 요즈음 갑자기 남편들이 폭력적으로 변했을 리는 없고, 아마 본디부터 있었던 가정 내에서의 남편의 손찌검이 비로소 사회문제로 드러나기 시작했을 뿐인 듯싶다. 매 맞는 아내를 도와줄 목적으로 '여성의 전화'라는 게 생겨난 것도 그 문제를 표면화시키는 한 계기가 됐을 것 같다.

'여성의 전화'가 개통을 준비할 적만 해도 과연 매 맞는 여성은 얼마나 될 것인지, 그 정도가 도움이 필요할 만큼 심각한 것인지, 아무리 심하게 매를 맞는다고 해도 외부에다 도움을 청하려들 것인지를 예측할 수 없어 실무자들이 많은 걱정들을 하는 것을 들은 일이 있다.

그러나 '여성의 전화'를 미처 정식 개통도 하기 전부터 상담이 쇄도했고, 차츰 얼마나 많은 아내들이 심한 폭행을 당하면서 사나 하는 놀라운 사실이 드러나기 시작했다. 설마 싶을 정도로 높은 비율의 아내들이 매를 맞으면서 살고 있었고 그들의 학력과 생활 정도도 아주 높은 층에서 아주 낮은 층까지 고루 분포되어 있었다.

그러나 내가 더욱 놀랍게 생각한 것은 이런 통계 숫자보다도 이 드러난 사실에 대한 사람들의 반응이었다. 특히 남자들은 이 문제를 수치스럽게 여기기보다는 적반하장으로 기고만장 아내들을 비난하려들기까지 했다. 그 무렵 내가 의도적으로 또는 우연히 들은바 남자들의 견해는 한결같이 아내가 집안에서 매 좀 맞았기로서니 그걸 참지 못하고 밖에다 대고 호소하는 건 제 얼굴에 침 뱉기요, 더구나 그런 은밀한 가정사를 들추어내어 도움을 주는 기관까지 생겨났다는 건 한심하다는 투였다.

"요새 여자들은 워낙 시간이 많으니까", 이렇게 일소에 붙여버리기도 하는 게 마치 에어로빅이나 수영 다니는 아내를 너그럽고 귀엽게 봐줄 때처럼 여유 있기도 했다.

나도 아내를 때렸다고까지 말하는 남자는 못 봤지만 말 안들을 때 쥐어박았다고 말하는 남자는 더러 있었고, 그런 남잘수록 "나는 공처갑니다"라는 엄살을 떨기를 잘했다. 말로는 그렇게 엄살을 떨었지만 매 맞는 여자들의 문제가 사회문제로 부각되는 걸 심히 불쾌해하고, 서슴지 않고 가소롭다고까지 말할 때는 제법 당당한 폭군이었다.

나는 남자들이 자기도 아내를 때리든지 안 때리든지에 상관없이 그 사실을 적어도 수치스럽게 여기려니 했었다. 상습적인 폭력의 버릇이란 상대가 누구이든지 간에 수치스러운 일이기 때문이다. 그러나 그게 아니었다.

자칭 공처가들까지도 아내를 때리는 일을 아직도 못해봤지만, 언젠가는 행사할 수 있는 유보된 권리쯤으로 생각하는 것이 역력했다. 그래서 매 맞는 여성의 문제를 언제까지나 그늘에 묻어두지 않고 들추어내고 여성들이 함께 동참해서 어떤 해결을 보려는 움직임을 남성의 당연한 권리에 대한 도전쯤으로 여기는 것 같았다.

"하여튼 여자들, 미국풍이라면 사족을 못 쓰게 좋아하는 것 하나는 알아줘야 한다니까. 미국서 유행하는 것치고 한국에 제꺼덕 상륙 안 하는 게 없더니만 마침내 매 맞는 아내를 집밖으로 꾀내는 기관까지 미국에 있으니까 우리도 있어야 하는 줄 아니, 한심하고 눈꼴사나워서……"

이렇게 비꼬고 나서 같은 입으로 다음과 같은 말을 하는데야 다만 아연할밖에 없었다.

"아는 척하는 여자들이 무식한 것 중의 하나가 미국풍인데, 미국이라고 하면 우선 우먼파워니 남녀평등이니 하는 것부터 연상하지만 천만의 말씀이라구. 미국 남편들이 얼마나 아내를 잘 때린다는데. 잘 먹어 힘이 넘치는 사람들이니까 치고받는 데도 가히 헤비급이라더구먼. 우먼파워의 본고장에서도 아내를 매로 다스리는데 하물며 예로부터 여필종부를 미풍양속으로 삼아온 한국 땅에서 아내 버릇을 매로 좀 다스렸기로서니……"

결국 여성들이 매 맞는 아내를 도와주는 기관을 만든 것은 미국 것을 모방한 거니까 옳지 못하고, 남편이 아내를 매로 다스리는 것은 미국 남편들도 다 그렇게 하니까 옳다는 얘기가 된다.

소위 미국풍이라는 걸로 여성을 비난하는 수단으로 삼으면서 동시에 남성을 방어하는 수단으로 삼으려는 모순을 의식하지 못했다. 왜 미국에도 한국에도 아내에게 폭력을 쓰는 남편들이 있음으로써 폭력으로부터 보호받을 수 있는 기관이 미국에도 한국에도 생겨날 수밖에 없었겠는가, 순리로 해석할 수는 없는 것일까?

폭력으로부터 보호받을 수 있는 권리는 인간으로서의 기본권일 뿐 여성이라고 예외가 될 수는 없지 않은가. 실은 이제 발족된 지 얼마 안 되는 '여성의 전화'는 아내들에게 폭행으로부터의 피난처조차 아직 마련해주지 못하고 있는 형편인 것으로 알고 있다. 그러니까 매 맞는 아내를 부추켜 가정 밖으로 끌어내는 주제넘은 짓을 할지도 모른다고 일부에서 성급하게 우려하는 만큼의 단계까지도 와 있지 못하다는 얘기다.

아직은 여성들끼리 할 수 있는 사랑의 실천의 작은 시작으로 가정에서 남몰래 수치스럽고도 고독한 박해를 당하는 아내를 위로하고 의논 상대가 돼주고 지혜를 빌려주는 일을 하는 정도가 고작일 것이다. 피난처까지 마련되려면 좀더 많은 여성이 동참해야 될 테고, 사회적인 이해와 관심이 있어야 할 테지만 무엇보다도 아내를 때리는 짓은 창피한 짓이라는 남편들의 최소한의 수치심이 있어야 할 것이다.

아내를 때리는 게 수치스럽지 않은 사회에선 매 맞는 아내의 피난처란 어디에고 있을 수가 없게 된다. 재력만 있으면 물리적인 피난처야 쉽게 마련될 수 있겠지만, 다친 마음까지

위로받을 수 있는 진정한 피난처가 되기 위해선 남편의 폭력이 옳지 않다는 수치심이 선행되어야 할 줄 안다.

'여성의 전화'가 생겨나면서 가정 내에서의 남편의 폭력에 대한 관심이 부정적이든 긍정적이든 간에 전에 없이 고조된 것과 때를 같이해서 심하게 매 맞은 아내가 남편을 고발한 사건이 생겼다.

행여나 매 맞는 아내를 두둔할까봐 '여성의 전화'도 곱지 않게 보고 비꼬고, 헐뜯고 싶어하던 우리 사회가 이런 일을 가만히 보고만 있을 리가 없다. 한동안 꽤 시끄럽게 그 문제를 떠들어낸 것 같다. 거의가 다 남편을 고발한 아내를 나무라는 소리였다.

맙소사 아내가 남편을 고발하다니, 이렇게 천부당만부당해하는 소리로부터 부부간의 일은 집안에서 조용히 해결하는게 바람직하다는 온건한 의견까지, 정도의 차이는 있을지언정 그 여자를 비난하는 소리는 한결같았다.

어찌 부부간의 일뿐일까. 부자지간의 문제도, 형제간의 문제도, 법에 호소하지 않고 집안에서 의논하고 양보해서 원만한 해결을 보는 게 바람직하다. 또 대부분의 가정에선 그렇게 하고 있다. 아마 다 그렇게 할 수만 있다면 민법 중의 상당 부분과 가족법은 없어도 될 것이다. 그러나 가족 간의 문제도

가족끼리 의논하고 양보하는 것만으로는 해결할 수 없는 문제가 허다하기 때문에 많은 법조문이 그 문제를 규정지을 수밖에 없었을 것이다.

어째서 형제간에 부자간에 약간의 이해관계 때문에 법에 호소하는 건 떳떳하고, 부부간에 약한 쪽이 강한 쪽으로부터 당하는 폭력을 견디다못해 법에 호소하는 건 창피하고 미풍양속을 해치는 일이 되는 것일까.

이런 일이 생길 때마다 미풍양속을 들먹이는 것도 좋지만 미풍양속이 정말 그렇게 지킬 만한 거라면 남녀가 힘을 합해서 지켜야 마땅하지 않을까. 남성들은 기회만 있으면 그것을 유린하면서 여성들에게 일방적으로 그것을 지키게 함으로써 그것이 겨우 명맥을 유지해야 쓰겠는가.

실상 여지껏 여성들이 미풍양속엔 훨씬 더 보수적이었다. 매 맞는 아내들의 숫자가 우리가 짐작했던 것보다 훨씬 많은 데 비해 그것을 법에 호소하는 일이 희귀하다는 것만 봐도 알 수가 있다. 그러니까 남편을 고발한 아내를 감히 미풍양속을 해쳤다고 나무라기 전에 오죽해야 고발까지 했을까 싶은 마음이 드는 게 인지상정 같은데 실상은 그렇지가 않다.

그 남편의 폭력 행위는 뒷전으로 물러나 숫제 비판의 대상도 안 되고 아내의 고발 그 자체만 나쁜 짓, 몹쓸 짓이 되고 말았다. 이번 일에 더욱 놀란 것은 여성들의 반응이었다.

대부분의 여성들이, 지도층에 있는 여성이나 평범한 가정주부나를 막론하고 우리 고유의 미풍양속의 옹호자라는 건 조금도 이상할 게 없었다. 이 지면을 통해 감히 이런 말을 지껄이는 나 역시 행여 이 발언이 미풍양속을 해칠까봐 전전긍긍하고 있는 중이니까. 이렇게 우리 모두가 미풍양속을 추호도 의심함이 없이 열심히 지키고자 하거늘 고발한 아내라고 안 그랬을 리 없다. 그 여자 역시 우리와 마찬가지로 보수적인 여자라고 생각할 때 오죽 심하게 당했으면 고발까지 했을까 싶은 동정과 동참에 도달하는 건 너무도 자연스러운 이치일 것이다. 그러나 아무도 그러지 않고 그 여자만을 홀로 미풍양속의 적으로 돌리려는 게 놀라왔다.

여성이 여성이기에 당하는 불행과 고통에 대해 때로는 여성들끼리 더욱 냉정하거나 무관심한 것을 볼 적이 많다. 여성운동을 하는 여자를 꼴사납게 보고 뒤에서 손가락질하는 것도 여성들 자신인 경우가 많다. 그런 여성일수록 사회적으로 상당한 대우를 받고 있지 않으면, 가정 내에서 사랑받고 발언권도 센 여성들이다. 이를테면 팔자가 좋은 여자들에겐 여성운동이 우습게 보일 수밖에 없다. 자기는 그렇게 날치고 떠들지 않아도 충분히 남자와 동등한 사람대접을 받고 있다는 자신감과 오만 때문이다.

자기가 하기 나름으로 남자와 동등한 사람대접을 받을 수도 못 받을 수도 있는 것이지 여성운동이 무슨 필요가 있느냐는 생각은 아주 그럴듯하다. 거의 나무랄 여지가 없어 보이는 그런 생각 속엔 사람대접 못 받는 여성은 못 받아 싸다고 얕잡는 마음은 깔려 있을지언정 자기가 받고 있는 사람대접이 일시적인 속임수일지도 모른다는 의구심은 전혀 없다.

과연 그래도 되는 것일까? 어떤 옳지 못한 제도가 정당한 비판이나 도전을 받았을 때, 정당한 비판이 요구하는 대로 슬쩍 겉치레만 해 보이는 것으로 근본적인 시정을 피하는 것은 옳지 못한 제도가 흔히 쓰는 속임수다.

우리 사회의 유구한 남녀불평등 제도도 여성의 인권이란 본질적이고도 회피할 수 없는 문제에 부딪치자 소수의 팔자 좋은 여성을 여봐란듯이 내세워 그 문제를 얼렁뚱땅 넘겨보려는 건지도 모른다. 그런 속임수에 넘어가지 않기 위해 정신 차려야 할 사람은 비단 팔자 사나운 여성뿐 아니라 팔자 좋은 여성부터여야 하리라고 믿는다.

옛날 옛적, 사람 밑에 종이라는 족속이 따로 있었을 적에도 주인을 잘 만나 사람대접 받는 종이 없었던 것은 아니다.

그러나 열 명의 종 중 아홉 명이 주인과 겸상을 해서 밥을 먹고, 똑같은 옷을 입고 같은 학문을 익혔다고 해도 단 한 명의 종이 다만 종이라는 이름으로 박해받는 게 정당한 사회에선 그 아홉 명의 종이 단지 특혜를 받고 있을 뿐 사람대접을 받고 있다고는 못 한 것이다.

특혜란 정당한 권리가 아니기 때문에 그걸 베푼 쪽에서 언제 빼앗아가도 말을 못 하게 돼 있다.

팔자가 좋은 여자도 팔자 사나운 여자의 고통에 동참해야 하는 까닭도 바로 여기에 있다 하겠다.

특히 미혼의 젊은 여성들은 결혼해서 팔자 좋은 여자가 될 꿈만 꾸지 말고, 기본적인 사람다움을 바탕으로 하지 않은 좋은 팔자란 일시적인 환상일 수도 있다는 것쯤은 직시할 수 있어야겠다.

꿈을 가져도 좋을 때는 지나치게 현실적이다가도 현실을 똑바로 보고 대처해야 할 대목에선 한걸음 물러나거나 못 본 척 도피하는 게 여성들의 속성이자 남성들로부터 얕잡혀 마땅한 까닭이다 싶어서 하는 소리이다.

우정

국민학교 3학년 초였다. 우리 반에 전학생이 들어왔다. 용인에서 왔다고 했다. 그 아이를 보고 반 아이들은 여기저기서 수군대고 킬킬댔다. 선생님은 그 아이를 소개하면서 앞으로 친절하게 모르는 걸 가르쳐주고 좋은 친구가 되라는 의례적인 말을 하고 나서 어디다 앉힐까 망설이는 눈치였다. 선생님은 한참 만에 내 짝을 딴 자리로 옮겨 앉히더니 그 아이를 내 짝이 되게 했다.

반에서 일제히 폭소가 터졌다. 그때 나는 아이들 사이에서 젓가락이란 별명으로 통할 만큼 비쩍 마른 아이였는데 그 아이는 턱이 두 개로 보일 만큼 살이 찐 뚱뚱이였다. 그러나 아이들의 웃음은 그 아이와 나와의 이런 상반점보다는 유사성 때문이었음직하다. 그 국민학교는 서울 한가운데 있었고 주위에 부촌을 끼고 있어 아이들이 다 반반하고 세련된 순 서울 뜨기들이었는데 두메산골 출신인 나는 3학년이 되도록 촌티를 못 벗고 있었다. 반에서 유일하게 검정 치마에 검정 솜저고리를 입고 솜버선을 신고 다녔다. 촌티와 수줍은 성격 때문에 아이들과 잘 어울리지 못해 늘 외톨이였고 누가 조금만 건드리면 훌쩍훌쩍 울기도 잘했다. 그런데 용인서 전학해온 아이는 몸만 나보다 뚱뚱했을 뿐 옷 입은 건 나와 똑같이 촌티가 더덕더덕 났다. 나보기엔 그 아이가 나보다 좀 더한 것 같았다.

두 촌뜨기를 같이 앉힌 건 나의 외로운 처지를 생각한 선생님의 배려임직하건만 옹졸한 나는 속으로 모욕감을 느꼈다. 흥, 네까짓 것하고 놀아주나봐라, 속으로 이렇게 벼르면서 삐뚜름히 앉았다. 그러나 그애는 뚱뚱한 것만큼 마음도 유해서 시종 웃는 상이었고 방과후에는 얼른 내 걸상 먼저 들어서 책상 위에 얹어주었다. 청소 시간엔 내 걸레 먼저 빨아주었고, 내가 힘에 겨워하는 건 뭐든지 대신해주었다. 그렇다고 비굴해 보이거나 아첨꾼으로 보이는 것도 아니었다. 나는 내가 촌뜨기이면서도 참다운 촌뜨기의 좋은 점을 그 아이를 통해 깨달아지기 시작했다. 우린 곧 단짝이 됐다. 그애하고 같이 있으면 든든하고 푸근했다. 우린 잠시도 떨어지지 않고 붙어다녔다. 그 아이도 나도 다른 친구를 전혀 사귀지 않았기 때문에 우리의 단짝은 반에서도 유명하게 되었다. 그 아이는 청소도 잘하고 힘도 셀 뿐 아니라 공부도 잘했다. 나도 공부는 잘하는 편이었기 때문에 우리 둘의 촌뜨기스러움은 놀림감이 되기보다는 사랑을 더 많이 받았다.

나는 지금까지 국민학교 동창 중에선 J라는 그 아이 말고는 생각나는 이름도 얼굴도 없을 만큼 그 아이한테만 빠져서 지냈다. J가 전학해 오고부터 나의 국민학교 생활은 비로소 밝고 활기찬 것이 되었다. J는 또 지독한 독서광이었다. 워낙 읽을 만한 책이 귀할 때라 동화책 말고도 읽을거리만 있다 하면 학교까지 가지고 와서 읽고는 나한테로 넘겨주었다. 나는 그애를 통해서 교과서 외의 책을 읽는 재미를 알게 되었고, 좋은 책에의 갈증도 알게 되었다. 또한 책에의 갈증을 한껏 풀 수 있게 해준 것도 J였다. 5학년 때였다. J는 나에게 도서관에 가면 책을 실컷 읽을 수 있다는 걸 가르쳐주었다. 지금의 조선호텔 건너 쪽이 그때(일제시대)의 시립도서관이었는데, 중학생 이상의 어른들이 들어가는 열람실 말고, 별관에 아동들을 위한 개가식 도서관이 있었다. J가 그걸 알아봤고 그때의 우리들에겐 온갖 동화책이 고루 구비된 그곳은 알리바바의 동굴보다 더 눈부시고 신비한 보고였다. 토요일 오후나 일요일은 보통 두세 권의 책을 독파했고 눈이 피곤해 창밖을 내다보면 늠름한 은행나무의 거목들이 철따라 아름다웠다. J와 나는 그 그늘에서 방금 읽은 책에 대해 얼마나 많은 이야기를 주고받았던가. 완전하고 행복한 공감으로 어린 가슴은 동기간 같은 우애와 충일을 맛보았다.

그러나 나의 편협한 소견 때문에 J와 나의 우정은 잠깐 끊기게 됐다. 중학교에 갈 때 J는 경기를 지망하고 나는 숙명을 지망했다. 그때만 해도 숙명은 지방에 많이 알려진 명문이어서 우리 어머니는 나를 데려다 서울의 국민학교에 넣을 때부터 이 아이는 장차 숙명학교에 갈 애로 정해놓고 있었기 때문에 나는 딴 학교에 대해선 생각할 수조차 없었다. 나는 딴 학교에 못 가게 이미 운명 지워졌지만 J는 자유롭기 때문에 당연히 내가 가는 학교를 따라올 줄 알았다. 그러나 J는 부모님과 선생님이 면담한 끝에 경기에 응시하기로 정했고, 우리는 둘 다 합격을 했다. 그애가 경기에 갈 때부터 섭섭했던 나는 합격을 하자 더욱 그애가 으스대는 것 같아 속이 편치 못하다가 드디어 사소한 말다툼 끝에 절교를 하고 말았다. 곧 후회했지만 우정이 유별났던 만큼 상처도 커서 결국은 화해하지 못한 채 각자의 상급 학교로 헤어졌다. 나는 숙명에서도 그애를 잃은 빈자리를 메워줄 만한 친구를 못 사귀어 늘 외톨이를 면치 못하고 쓸쓸하게 지냈다. 그 무렵 그애한테서 먼저 편지가 왔다. 나는 즉각 답장을 썼고, 편지로 서로의 우정을 확인하고 마음을 털어놓은 관계가 해방 후까지 이어졌다. 일요일엔 만나기도 했지만 만나나 안 만나나 서로가 힘이 되고, 기쁨이 되긴 마찬가지였다.

해방 후 J는 가정 사정으로 학교를 그만두고 용인으로 내려가 국민학교 선생이 됐다. 그때만 해도 중학교 3년 수료 정도로도 지방의 국민학교 선생은 가능할 때였다. 시골, 서울로 서로 오가기도 했지만, 변함없이 편지질도 계속했다.

6·25 사변 후 서신 연락이 두절되고 나의 생활에도 많은 변화가 생겼다. 결혼해서 몇 아이의 어머니가 된 후에도 '친구' 하면 제일 먼저 J가 떠올랐고, J와의 우정이 나의 어린 시절과 젊은 날을 보석처럼 빛내주고 있음을 느끼고 무한한 감회에 젖곤 했다.

내가 마흔 살이란 좀 뒤늦은 나이에 소설을 써서 문단에 데뷔를 하고 조금씩 이름이 알려지고 나서였다. 나는 20여 년 만의 J의 목소리를 전화로 들었다. 신문사에서 나의 전화번호를 알아냈다고 했다. 나는 흥분해서 당장 만나자고 대강의 위치를 가르쳐주고 버스 정류장에 나가 기다렸다. 이윽고 나타난 J는 너무 늙고 초라했다. 앞니가 두 개나 빠진 걸 해 넣지 않고 있어서 할머니처럼 보였고, 손은 거칠고 옷차림은 구질구질했다. 그러나 밝게 웃으면서 자기가 처한 곤경을 조금도 감추지 않고 털어놓았다. 남편이 반신불수로 오래 누워 있는데 정신마저 정상이 아니어서 많이 힘들다는 얘기와 아이들의 학교 공부도 중학교 이상 시키기가 벅차다는 얘기를 담담히 늘어놓았다. 나는 약간 수선을 떨며 그녀에게 불고기를 해 먹이는 것 외에는 어찌할 바를 몰랐다. J는 나에게 중학교를 나와 집에서 아버지 시중을 드는 맏딸의 취직을 부탁했다. 별로 발이 넓지 못한 나는 난감했지만 어떻든 알아보라고 했다. 취직 건으로 J는 그후에도 몇 번 우리집에 왔지만 나는 내 무능함이 창피한 나머지 그녀에게 비관적인 한탄이나 하기 일쑤였다.

그녀의 초조한 태도와 초라한 모습에서 그녀의 곤궁을 눈치챈 우리 식구들은 취직을 못 시켜주더라도 우선 경제적으로 도울 수 있는 데까지 도와주자고들 말했다. 그러나 나는 그녀의 자존심이 상할 것을 우려해서 그런 의견을 못 들은 척 했다.

J가 아무런 예고도 없이 발을 끊었다. 그리고 여지껏 그녀

의 소식을 모른다. 나는 그때 J를 경제적으로 도와주어야 했
었다. 나도 그녀의 자존심을 상하게 할까봐 돈을 주는 걸 삼
갔지만 어디까지나 그건 핑계일 뿐 실상은 내 마음이 인색해
서가 아니었을까? 목마른 친구에게 물을, 헐벗은 친구에겐
옷을, 궁색한 친구에겐 돈을 우선 주고 보는 게 우정의 자연
스러운 표현이다.

우리는 예로부터 관포管鮑의 교우를 동양적인 우정의 이상
으로 삼아왔다. 관중管仲이 포숙아鮑叔牙에 대해 한 말은 누구
나 새겨둘 만한 얘기다.

"내가 아직 젊고 가난했을 때 포군과 장사를 같이 한 일이
있는데, 그 이익을 나눌 때 늘 내가 그보다 많이 가졌다. 내가
가난한 것을 그가 알고 있었기 때문이다. 또 그를 위한 내 일
이 실패해서 되레 궁지에 몰아넣었을 때도 그는 나를 어리석
은 자라고 하지 않았다. 사람은 누구나 실수라는 걸 할 수 있
다는 걸 알고 있었기 때문이다. 나는 또 몇 번이나 관리가 되
었다가 쫓겨난 일이 있지만 그는 그걸 무능하기 때문이라고
하지 않았다. 아직 운수가 트이지 않았음을 알아주었기 때문
이다. 전쟁에 나갔다가도 몇 차례나 져서 도망쳤지만 그걸 비
겁하다고 하지 않았다. 내게 늙은 어머님이 계심을 알고 있었
기 때문이다. (……) 나를 낳아주신 이는 부모님이지만 나를

진정 알아준 사람은 포군이었다."

이 말을 생각할 때마다 그때 J를 못 도와준 게 부끄럽고 후회스럽다. 아아 나도 그때 J에게 돈을 주었어야만 했었다.

그때 J는 너무도 궁색했었으니까.

아이들

1

아이들이 둘이서 돌 던지기를 하고 있었다. 과녁은 아파트 진입로에 달린 표지판이었다. 그 표지판은 그 길로 들어가면 몇 동서부터 몇 동까지 갈 수 있다는 걸 안내하기 위한 중요한 표지판이었다.

두 아이는 무슨 내기를 하는 것도 아니고 과녁을 맞히는 걸 즐기는 것도 아니었다. 심심해서 못 견디겠다는 듯이 짜증스럽고 권태로운 얼굴로 마치 화풀이라도 하듯이 표지판에다 팔매질을 하고 있었다. 표지판은 철판에 페인트칠을 한 것이어서 지겨운 쇳소리를 내면서 우그러지고 나중엔 건들거리기 시작했다. 아이들은 그 표지판이 받침대에서 떨어져나갈 때까지 그 짓을 할 모양이었다.

나는 그중의 한 아이를 알고 있었다. 어른 보고 인사하는 법은 없지만 귀염성스럽고 건강한 사내아이였다.

나는 그 아이가 얼마나 바쁜 아이인지도 알고 있었다. 아직 저학년이라 거의 점심 전에 돌아왔지만 돌아오면 곧장 웅변학원에 갔다 와서 숙제하고 태권도장에 갔다 와서 저녁 먹고는 음대 나온 어머니한테 피아노를 배워야 했다. 심심할 틈이 조금도 없도록 눈부시게 휘둘리는 아이였다. 그런데도 그 아이는 심심해서 못 견디겠다는 얼굴을 하고 그 팔매질을 계속하고 있었다. 표지판은 엉망으로 우그러졌을 뿐 아니라 글씨를 못 알아볼 만큼 칠도 벗겨졌다. 내가 그 아이 곁을 쉬 지나치지 못하고 머뭇거리고 있었던 것은 그 못된 장난을 말리고 싶어서였다. 그러나 생각뿐 용기가 나지 않았다. 어른이 아이의 잘못을 나무라는데 무슨 용기가 필요하냐 하겠지만 나는 속으로 그 아이들을 겁내고 있었다.

지난여름에 본 일인데 어깨에 끈만 달린 원피스를 입고 지나가던 젊은 엄마를 보고 저희들끼리 고약한 상소리로 흉을 본 아이들이 있었다. 그 젊은 엄마가 그중의 한 아이를 붙들고 엄하게 꾸짖었다. 그 아이들의 상소리가 아이들로선 차마 입에 못 담을 난잡한 소리였기 때문에 그 엄마가 그 아이를 나무라는 건 조금도 지나친 처사가 아니었다. 그러나 그 아이는 매우 불손하게 왜 여럿이 한 소리를 나만 가지고 트집 잡느냐고 항의를 하더니 재수 더럽다고 혼잣말을 했다. 흥분한 그 여자와 아이가 한동안 옥신각신하더니 분에 못 이겨 울음을 터뜨린 건 아이가 아니라 그 여자였다. 그때 그 여자가 어깨를 들먹이며 서럽게 울던 생각이 나서 나는 팔매질하는 아이를 나무랄까 말까를 그렇게 겁을 내고 망설였던 것이다.

나는 그 아이와 우연히 눈이 마주치길 바랐다. 엘리베이터에서 자주 보는 아이니 싱긋 웃고 아는 척을 하면서 그런 장난 그만하고 집으로 들어가라고 하면 한결 부드럽고 수월할 것 같았다. 나중에 그 아이는 나를 힐끗 쳐다봤지만 전혀 모른 척하고 하던 짓을 계속했다. 결국 나도 그 아이와 그 아이의 하는 짓을 모른 척하고 그 자리를 떠났다. 요새 우리들은 스트레스라는 말과 함께 자폐증이란 말을 자주 쓴다.

바로 이 모른 척이야말로 자폐증의 시작이 아닐까? 자신의 의견을 숨기고 모른 척하는 게 가장 무난한 처세술이 될까. 어느 때부터 왜 그렇게 되었는지 진지하게 생각해봄직하다.

2

아파트 단지 내엔 반드시 쇼핑센터 또는 슈퍼마켓이라 불리는 상가가 있다. 상가는 아파트와 동시에 준공되어 입주 시기에 맞춰 개점을 하게 마련이다. 시장과 함께 상가는 도시생활에 한시도 없어선 안 될 생활 여건이다.

시장도 크고 번화한 시장과 작고 영세한 시장이 있는 것처럼 상가도 이용하는 층에 따라 터무니없이 고급화되기도 하고 그저 그런 조그맣게 되기도 한다. 이름난 고급 상가든 그저 그런 보통 상가든 공통점은 사람들의 발길이 뜸한 고층엔 대개 사무실이나 교회, 학원 등이 자리잡고 있다는 것이다. 특히 학원은 주부들과 아이들의 여가선용을 위한 별의별 학원이 다 있다. 도둑질 빼놓고는 뭐든지 배워 해될 게 없다는 옛말이 바야흐로 활짝 꽃피워가고 있다고나 할까. 그중에도 빼놓을 수 없는 게 아이들의 웅변학원이다.

일전엔 친구한테 들은 싸고 잘한다는 미장원을 찾아 낯선 동네 쇼핑센터 3층을 두리번거리다 바깥까지 크게 들리는 아이들의 째지는 목청에 발길을 멈춘 적이 있다.

아이들 목청에 어울리지 않는 비분강개한 목소리로 공산당의 만행을 규탄하고 어른들의 사치 풍조를 나무라는 웅변을 들으며 나는 등골이 오싹했다.

피를 토하듯이 격앙된 목소리, 웅변조의 과장된 억양, 어렵고 상투적인 내용은 도저히 아이들의 것일 수가 없는 것들이었다. 아이들다운 생활이나 체험이 조금도 담기지 않은, 따라서 마음으로부터 우러날 리가 없는 감격과 흥분의 목청을 그렇게 체계적으로 훈련시켜서 도대체 어쩌겠다는 것일까. 아무리 옳고 지당한 말도 자신이 먼저 옳다는 것을 마음으로부터 느끼기 전에 남에게 옳다고 느끼게 하는 기교를 먼저 익히면 빈말이 되고 만다.

도대체 일상적인 말도 바르게 할 줄 모르는 아이들한테 웅변술을 먼저 가르칠 필요가 있을까. 웅변술 없어도 우리가 아이들의 말을 귀하고 값지게 여기는 것은 그 때문이지 않은 순수성 때문이고 거짓 없는 정직성 때문이다. 어른이 시켜서 빈말을 해버릇한 아이는 혼자서도 예사로 자기 말 아닌 말을 하게될지도 모른다.

나는 고층에 살아 엘리베이터를 이용해야 하는데 벽엔 항상 낙서가 그칠 날이 없다.

청소하는 아주머니가 보는 족족 지우건만 그렇다. 아주머니의 노력을 비웃듯이 비누칠이나 웬만한 약품 정도로는 지워지지 않는 재료를 쓰기도 한다. 더 나쁜 것은 날카로운 것으로 긁어서 홈을 파놓는 짓이다. 이런 낙서는 엘리베이터 속을 완전히 다시 칠하기 전엔 없앨 방법이 없다. 이런 낙서들을 지우느라 끙끙댈 때마다 청소부 아주머니는 애새끼들 못쓰겠다고 투덜댄다. 그러나 낙서 내용은 공중변소에서 치한이나 쓸 내용이지 결코 아이들이 한 짓으로 여겨지지 않았다. 그 점을 아주머니에게 항의했더니 낙서의 높이가 아이들 높이고 실제로 현장을 목격한 적도 몇 번 있었다고 한다.

그 조그만 통 속에서 그런 낙서를 하고 있는 어린이를 상상하는 것은 끔찍한 일이다. 차라리 아주머니가 거짓말을 하고 있다고 생각하는 게 편하다. 그건 치한의 언어이지 아이들의 언어가 아니다.

따라서 거짓말이다. 아이들에게 웅변을 가르치기 전에 바른말, 정직한 말을 먼저 가르쳐야겠다.

3

고만고만한 아이들 둘이 싸우고 있었다. 처음엔 티격태격 가벼운 주먹질들을 하더니 차차 숨결이 거칠어지면서 발길질까지 하기 시작했다. 건강하고 잘생긴 사내아이들이었다. 한창 기운이 복받칠 나이의 아이들은 그렇게 해서 몸을 풀기도 하고 우정도 다지는지라 웃으면서 지나치려고 했다. 그런데 막상막하이던 힘자랑이 갑자기 한쪽의 열세로 기우는가 했더니 한 아이가 다른 한 아이를 타고 앉아 패주기 시작했다. 깔린 아이가 얼굴을 비참하게 일그러뜨리고 죽는 소리를 질렀지만 타고 앉은 아이는 모진 공격을 조금도 늦추지 않았다. 내가 보기엔 당장 무슨 일이 날 것 같았다. 이럴 때 나는 별수 없이 그 불상사의 목격자이자 어른이라는 이중의 책임감을 느끼게 된다. 그 아이들은 매우 힘이 셌으므로 뜯어말리는 데 나는 그야말로 죽을힘을 다해야 했다.

"자아 자아, 친구들끼리 의좋게 놀아야지 그렇게 싸우면 쓰나?"

뜯어말리는 데 힘겹게 성공한 나는 이렇게 설교까지 하려 들었다.

"상관 말아요." 친구를 타고 앉아 패주던 아이가 이렇게 말했다. "체, 웬 참견이야." 밑에 깔렸던 아이의 말이다. 두 아이는 각각 한마디씩 남기고 다시 의좋게 걸어갔다. 나는 혼자서 머쓱해졌다. 그애들은 싸움을 한 게 아니라 재미있는 장난을 한 거였고 나는 눈치도 없이 한창 신나는 판에 초를 친 주책없는 늙은이가 되고 만 것이었다. 그렇더라도 아이들의 상관 말라는 대꾸는 매우 섭섭한 것이었다. 아랫사람이 그렇게 말할 때 윗사람은 무안하고 말문이 막히게 된다. 예전에 우리가 자랄 때는 어른들한테 꾸지람을 들을 때 변명을 하는 걸 말대답이라고 해서 가장 버릇없는 것으로 쳤다.

어른한테 억울한 야단을 맞으면서 말대답한다는 불호령이 무서워서 마음속으로만 지글대던 일은 어린 시절의 경험 중에서도 매우 씁쓸하고 불행한 기억으로 남아 있다. 예전의 어른들은 될 수 있는 대로 아이들의 말에 귀기울이지 않고 불필요한 말이라고 생각되는 것은 즉각 중간을 자르는 걸로 권위를 유지하려고 했다. 그래서 엄한 가정일수록 위에서 내려오는 말만 있고 밑에서 올라가는 말은 없었다. 서로 오고가지 않는 말은 대화가 아니다. 그러나 상관 말라는 대꾸로 끝난 말은 그런 일방통행조차 이루어지지 않은 말이 아닐까. 상관 말라는 말 속엔 상대방의 말을 들을 필요도 대꾸할 필요도 없다는 담벼락 같은 거부가 담겨 있다.

길이나 놀이터에서 건강한 아이, 귀여운 아이를 보면 나도 모르게 만져보고 싶고 말을 시키고 싶어진다. 낯모르는 사람의 이런 애정 표시에도 아이들은 즉각 상관 말라는 식의 냉정한 반응을 보인다. 노골적인 적의나 경계의 빛을 띠는 아이도 있다.

아이들한테 말을 시킬 때 가장 흔히 쓰는 말로 "몇 살이니?" "이름이 뭐니?"라고 물었을 때 대답을 안 하거나 "몰라" 하기가 일쑤이다. "몰라요"도 아닌 "몰라"는 상관 말라보다 더 지독한 거부의 말이다. 이민 간 노인이 예쁜 서양 아이의 고추를 귀엽다고 만져봤다가 음란죄로 고소당했다는 얘기를 듣고 문화의 차이에 경악했던 것도 이제 옛말이다. 우리도 싫든 좋든 곧 그런 세상에 살게 될 것 같아 서글프다.

4

애써 참견할 생각 없이 무심코 아이들 말에 귀를 기울이면 참 재미도 있거니와 깜짝깜짝 놀랄 적도 있다. 우선 아이들이 뭐든지 알고 있음에 놀라게 된다. 어느 배우가 언제 결혼한다는 얘기로부터 아이들은 정말 몰라도 될 우리 어른들 세계의 더럽고 창피한 유언비어까지도 화제 삼기를 서슴지 않는다. 심지어 피임약 이름을 은어로 삼아 저희들끼리만 알아들을 수 있는 웃기는 소리를 주고받기도 한다.

전파를 타고 대량으로 퍼지는 정보는 이제 어른 아이 가릴 정도를 훨씬 넘어 마치 공기처럼 골고루 충만해 있는 것 같다.

아이들은 집에서 눈치 안 보고 마음껏 기를 펴고 자란 아이답게 어디서든지 명랑하고 활발하게 거침없이 말들을 잘한다. 특히 익살들을 잘 떤다. 직업적인 개그맨보다 한술 더 떠서 자기는 표정 하나 변하지 않고도 곧잘 웃긴다.

그렇다고 어떤 한 아이가 웃기고 나머지 아이들은 주로 웃느냐 하면 결코 그렇지가 않아서 서로 즉시즉시 재치 있고 재미있는 말을 주고받는 솜씨가 핑퐁 알이 튀기는 것보다 더 재빠르고 경쾌하다. 요새 아이들이 그만큼 골고루 재담에 능해졌다는 얘기도 될 것 같다.

예전엔 아이들이 말하는 걸 보면 그 집안의 법도나 가족들의 사람 됨됨이를 대강은 짐작할 수가 있었다. 자식들 때문에 집안 망신 당할까봐 부모들은 각별히 자식들 말버릇에 신경을 써야만 했다. 그러나 요새 아이들이 말하는 것을 아무리 귀담아 들어도 그 집안이 점잖은 집안인지 막돼먹은 집안인지 알 수가 없다. 부모보다는 코미디언의 영향을 단박 짐작할 수 있는 재치 있는 말장난에 능한 것으로 거의 획일화돼 있다. 또 얼마 전까지만 해도 아이들이 코미디언 흉내를 어설프게 낸다고 생각했는데 요새는 코미디언이 아이들한테 배워가야겠다 싶을 만큼 아이들의 웃기는 재간이 직업적인 익살꾼보다 한 단계 높고 훨씬 세련돼 있음을 발견하게 된다.

아이들에게서 익살꾼의 싹수가 보여서 나쁠 것은 없다. 아이들은 모든 가능성이고 이왕이면 점차 모든 분야에서 기성의 것을 뛰어넘을 만해야 한다. 그러나 다 익살꾼만 되어선 곤란하다. 남을 웃기고 시름을 잊게 해주는 말재간에 능한 익살꾼도 있어야겠지만 자기가 천신만고 연구하고 알아낸 진리를 남들도 다 알아들을 수 있는 학설로 체계화시킬 수 있는 논리적인 말에 능한 학자도 나와야 하고 천하를 경륜할 원대한 포부와 자기가 옳다고 믿는 것을 남들도 동의하게끔 설득력과 박력이 있는 말을 할 줄 아는 정치가도 나와야 한다. 물론 말 아닌 딴것으로 진리나 아름다움을 표현하고 탐구하는 예술가도 과학자도 나와야 한다.

요새 어머니들 사이에선 글짓기 붐이 한창이라고 한다. 어머니들이 글쟁이가 되고자 해서가 아니라 장차 논문 시험을 치르게 될 자식들에게 뭔가를 가르쳐줄 수 있기 위해서라고 한다.

아이들에게 글짓기를 가르치는 것도 좋지만 말을 바르게 하는 법 먼저 가르치는 게 순서가 아닐까.

자신의 생각을 제대로 표현하려면 우선 생각하기 전에 말부터 총알같이 뱉어야 하는 코미디언식 말버릇에서 벗어나는 일이 시급하다.

보통 사람

남보다 아이를 많이 낳아 늘 집안이 시끌시끌하고 유쾌한 사건과 잔근심이 그칠 날이 없었다. 늘 그렇게 살 줄만 알았더니 하나둘 짝을 찾아 떠나기 시작하고부터 불과 몇 년 사이에 식구가 허룩하게 줄고 슬하가 적막하게 되었다.

자식이 제때제때 짝을 만나 부모 곁을 떠나는 것도 큰 복이라고 위로해주는 사람도 있지만 식구가 드는 건 몰라도 나는 건 안다고, 문득문득 허전하고 저녁 밥상머리에서 꼭 누가 더 들어올 사람이 있는 것처럼 멍하니 기다리기도 한다.

딸애들이 한창 혼기에 있을 땐 어떤 사위를 얻고 싶으냐고 묻는 사람도 있었고, 친구들끼리 모여도 화제는 주로 시집보낼 걱정이었다. 큰 욕심은 처음부터 안 부렸다. 보통 사람이면 족하다고 생각했다. 그러나 말이 쉬워 보통 사람이지 보통 사람의 조건을 구체적으로 대라면 그때부터 차츰 어려워지기 시작한다.

우선 생활 정도는 우리 정도로 잡았다. 왜냐하면 우리보다 잘사는 사람도 많고 못사는 사람도 많은데 내 어림짐작으로는 우리보다 잘사는 사람과 못사는 사람의 수효가 비등비등한 것 같으니 우리가 중간, 즉 보통 정도는 될 것 같았다. 그런 식으로 만들어본 보통 사람은 대략 이러했다.

살기는 너무 부자도 아니고 너무 가난하지도 않을 것, 식구끼리는 화목하되 가끔 의견 충돌쯤 있어도 무방함, 부모가 생존해 계시되 인품이 보통 정도로 무던하여 자식에게 보통 정도의 예절과 공중도덕을 가르쳤을 것, 학력은 내 자식이 대학을 나왔으니 대학은 나와야겠지만 일류냐 이류냐까지는 안 따지기로 하고 그 대신 적성에 안 맞는 엉뚱한 공부를 해서 대학을 나오나 마나이면 절대로 안 되고, 용모나 키도 보통 정도만 되면 되지만 건강할 것, 돈 귀한 줄 알고 인색하지 않을 것, 등등이었다.

나는 그만하면 욕심도 너무 안 부렸다고 생각했기 때문에 그 정도의 사윗감은 쌔고 쌨으려니 했다. 그러나 웬걸, 막상 나서는 혼처는 하나같이 내가 생각하고 있는 보통 사람을 넘지 않으면 처졌다. 보통 사람이 그렇게 귀할 수가 없었다. 내가 가장 보통이라고 생각하고 내세운 조건은 어쩌면 가장 까다로운 조건인지도 몰랐다.

나는 우선 사돈을 맺기 위해서가 아니라 그냥 보통 가정을 내 둘레에서 찾아보기 시작했다. 역시 귀하긴 마찬가지였다. 그러면 내 집은 남이 보기에 보통일까? 거기 생각이 미치자 그것조차 자신이 없는 게 아닌가. 우선 주부가 글을 쓴다고 툭하면 이름 석 자가 내걸리고, 살림은 건성건성 엉터리로 하는 가정이 어디 보통 가정인가. 나는 그만 실소를 터뜨리고 말았다.

보통 사람은 나에게만 어려운 게 아닌 모양이다. 〈보통 사람들〉이란 TV 연속극이 인기를 독차지하고 있을 때 나도 그걸 꽤 열심히 보았지만 그 사람들이 보통 사람이라고 여겨지진 않았다. 그러나 보통 사람이란 제목은 가장 광범위한 사람에게 동류의식을 일으켰음직하다. 전형적인 보통 사람을 찾긴 힘들지만 사람들은 누구나 자기를 보통 사람이라고 생각하고 싶어하고 또 그렇게 생각할 때 가장 마음이 편안한 것 같다. 그것은 아마 학교에서 가정환경 조사서를 써오라고 할 때 생활 정도란에 거의 다 '중'을 쓰는 심리와도 비슷한 것이 아닐까.

얼마 전에 어떤 일간지에서 평균치의 한국 사람을 계산해서 거기 꼭 들어맞는 사람을 찾아내서 한국의 보통 사람이라는 이름으로 크게 보도한 적이 있다. 나는 그가 크게 웃고 있는 낙천적이고 건강한 얼굴을 보고 내가 오랫동안 찾고 있는 사람을 만난 것 같은 반가움과 친숙함을 느꼈다. 그러나 그가 갖춘 보통 사람의 조건은 내가 생각하고 있는 보통 사람의 조건하곤 얼토당토않은 것이었다.

그의 생활 정도나 학벌은 내가 생각하고 있는 보통 사람을 훨씬 밑돌았지만 그는 보통 이상의 날카로운 사회적 안목과 비판정신을 지니고 있었다. 그가 보통 사람다운 점이 딱 하나 있다면 그것은 큰 욕심 안 부리고 열심히 노력해서 지금보다 좀더 잘살고 자식은 자기보다 더 많이 가르치고 싶다는 건전하고 소박한 꿈이었다.

그러나 한편 냉정히 생각해보면 큰 욕심 안 부리고 노력한 것만큼만 잘살아보겠다는 게 과연 보통 사람의 경지일까? 보통 사람이란 좌절한 욕망을 한 장의 올림픽복권에 걸고 일주일 동안 행복하고 허황한 꿈을 꾸는 사람이 아닐까? 보통 사람의 숨은 허욕이 없다면 주택복권이나 올림픽복권이 그렇게 큰 이익을 올릴 수는 없을 것이다. 이 풍진 세상에서 노력한 만큼만 잘살기를 바라고 딴 욕심이 없다면 그건 보통 사람을 훨씬 넘은 성인의 경지이다.

그럼 진짜 보통 사람은 어디 있는 것일까? 과연 있기는 있는 것일까? 보통 사람이란 평균 점수처럼 어떤 집단을 대표하고 싶어하는 가공의 숫자일 뿐, 실지로 존재하는 것은 아닐지도 모른다.

"크게는 안 바라요. 그저 보통 사람이면 돼요." 가장 겸손한 척 가장 욕심 없는 척 이렇게 말했지만 실은 얼마나 큰 욕심을 부렸었는지 모른다. 욕심 안 부린다는 말처럼 앙큼한 위선은 없다는 것도 내 경험으로 알 것 같다. 아마 나의 가장 평범한 것 같으면서도 가장 까다로운 조건만 내세워 자식들의 배우자를 골랐더라면 생전 시집 장가 못 보냈을지도 모른다. 다행히 제 마음에 드는 짝을 제각기 찾아내서 부모의 승낙을 받고 슬하를 떠났으니 큰 효도한 셈이다. 아직도 보내야 할 자식이 남아 있긴 하지만 보통 사람을 찾는 일은 그만두기로 한 지 오래다.

서른둘이 되도록 시집을 안 가고 있는 딸을 둔 내 친구는 보는 사람마다 붙들고 중매 서라고 조르는 버릇이 있다. "바지만 입었으면 돼." 그게 내 친구의 사윗감에 대한 간단명료한 조건이다. 그러나 서른두 살 먹은 그 처녀는 치마 입은 총각이나 나타나면 시집을 갈까 바지 입은 총각들한테는 흥미 없다는 낙천주의자다. 나는 그렇게 초조해하는 친구보다 그의 딸의 느긋한 여유가 한결 보기 좋아서 친구한테, 그애는 결혼 안 해도 얼마든지 행복할 수 있는 애니 제발 좀 내버려두라고 충고 비슷한 말을 한 적이 있다. 친구는 벌컥 화를 내면서 보통 사람들이 다 하는 사람 노릇도 못하고 나서 행복 불행이 어디 있느냐는 것이었다. 그렇담 내 친구는 행불행 이전의 최소한 사람 노릇을 보통 사람의 전형으로 삼고 있다고도 볼 수 있다.

내가 생각하고 있는 보통 사람과도, 신문사에서 뽑은 보통 사람과도 다른 또하나의 보통 사람이었다. 내가 좋아하는 보통 사람의 실체를 파악하기가 점점 더 어려워진다. 이러다가는 내가 보통 사람을 좋아한다는 게 정말인지조차 의심스러워진다.

모르겠다. 지금 누가 나에게 보통 사람이 누구냐고 묻는다면 이마에 뿔만 안 달리면 다 보통 사람이라고 대답하겠다.

소멸과 생성의 수수께끼

　노인들을 보고 있으면 슬퍼진다. 외롭거나 불쌍한 노인이 아니더라도 마찬가지다.

　나도 늙어가고 있고 곧 노인 소리를 듣게 되리라는 걸 어쩔 수 없이 그리고 자주 의식하게 되고부터인 것 같다.

　행복한 노인도 슬프긴 마찬가지다. 관광여행이나 장수무대 등에 나와 활짝 웃는 노인을 보면 더욱 슬퍼진다. 노인들이 너무 천진해서, 그리고 그분들의 행복이 일시적이고 어딘지 내보이기 위해 과장된 것처럼 보이는 게 슬프다.

　텔레비전 화면 같은 데 그런 노인들이 나와 웃고 춤출 때마다 나는 외면하거나 텔레비전을 꺼버린다.

　"보기 싫어, 꺼버려."

나는 아이들에게 악을 쓴다. 슬프다고 말하면 아이들이 웃을 것 같다. 아니 못 알아들을 것 같다.

문자 그대로 세계 정상의 권세와 지위를 가진 노인도 보기 싫도록 슬프긴 마찬가지다. 그가 연설할 때도 나는 외친다.

"그 노인 보기 싫어, 꺼버려."

세계적인 권세도 부귀도 뺨에서 목으로 흐르는 칠십 노인다운 처량한 선을 지울 수 없음이 슬프다.

노인을 보면 슬퍼지고부터는 사진 찍기가 싫다. 공개되어야 할 사진을 찍기는 더욱 싫다. 두렵기조차 하다.

그러나 내가 진정으로 두려워하는 건 지금 사진 찍는 일이 아니라, 어느 날, 정말로 늙고 망령 들어 사진 찍기를 좋아하고 어디든지 나서고 싶어하게 되는 일이다.

그래서 지금부터 아이들에게 한사코 말려야 한다고.

나이보다 젊게 사는 노인을 보는 것도 슬프다.

우리 동네엔 아주 잘 지은 노인정이 있다. 정자같이 생긴 이층누각이고 둘레엔 계절 따라 꽃이 피고 진다.

남 보이기 위해 지어놓은 노인정만은 아닌 듯 늘 노인들이 드나들고 어떤 때는 그 속에서 장구 소리가 날 때도 있다.

어느 날, 나는 꽃밭을 헤치고 그 안에까지 들어가보았다.

마침 어디로 단체 나들이라도 떠나시려는지 여자 노인들

이 여러분 모여서 떠들고 있었다. 여자 노인이라면 마땅히 노파라고 불러야 옳으리라.

그러나 웬걸.

입은 옷들이 최신식의 양장에 울긋불긋 화려하기가 젊은 여자들의 명동 거리 계모임과 흡사했고, 머리는 한결같이 염색한 커트였고, 입술은 꽃잎처럼 붉었고, 향수 냄새가 현기증이 나게 짙었다.

카세트로 최신 유행곡을 들으며 어떤 노인은 하이힐 굽으로 콩콩 양회 바닥을 구르며 장단을 맞추고 있었다.

이렇게 적극적으로 젊게 사는 노인들 역시 슬퍼 보였다. 나는 너무 슬퍼서 숨도 크게 못 쉬고 가만가만히 그곳을 도망쳐 나왔다.

양로원엘 딱 한 번 가본 일이 있다. 시어머님이 돌아가시고 나서 유품을 정리하다보니 한 번도 안 입으신 새 옷이 꽤 많았다. 그렇다고 내가 그분에게 철철이 옷을 많이 해드린 건 아니었다. 말년에 외출을 못하고 들어앉아 계신 후부터 거의 새 옷을 안 해드렸다.

그분은 낡은 헌옷만 입으셨고, 그나마 잘 안 갈아입으셨다. 남부끄러운 마음에 내가 새 옷으로 갈아입혀드리려면 나들이 갈 때 입어야지 집에서 그 좋은 옷을 뭣하려 입느냐고 펄쩍

뛰셨다.

나들이할 가망이 없는 오랜 병석에서도 나들이할 때 입을 옷을 아끼느라 헌옷만 입으셨다. 나는 그분이 마치 며느리를 망신주기 위해 헌옷만 입으시는 것 같아 그분이 싫었다. 그분의 초라하던 헌옷 때문에 속도 많이 썩었고 분노를 걷잡을 수 없을 때도 한두 번이 아니었다.

그분은 그 아끼던 새 옷을 입고 다시 나들이해보지 못하고 돌아가셨다. 친척들과 함께 그분의 유품을 정리할 때, 친척들은 아직 진솔인 채인 그분의 많은 비단옷에 놀란 것 같았다. 친척들은 새삼스럽게 나를 효부로 추켜세웠다.

그제야 나는 알았다. 그분이 마지막 먼 나들이에 그 새 비단옷들을 한꺼번에 입고 가셨음을. 그분이 마지막으로 껴입은 그 비단옷은 며느리를 빛내기 위함이었음을.

돌아가신 그분은 키가 작았다. 옛날 노인 중에도 작은 키에 속했다. 요새 숙성한 국민학교 4, 5학년 아이들이 입으면 맞을 것 같은 회색·옥색·밤색·흰색 등의 양단 뉴똥 치마저고리를 무엇에 쓸까?

친척 중의 한 분이 한 번이라도 입으시던 것은 태우든지 넝마장수를 주되 진솔은 양로원에다 갖다주면 어떻겠느냐고 했다. 그래서 가려놓았던 것을 그해 겨울 마침 양로원을 단골로 찾는 분과 동행할 기회가 생겨서 갖고 가게 되었다.

나는 내 선물을 매우 수줍어했고, 그쪽에서도 그것을 대수롭게 아는 것 같지도, 우습게 아는 것 같지도 않았다.

나는 그것이 의례적인 감사의 말과 함께 받아들여진 것만 고마웠다.

그때 양로원 분위기는 내가 생각했던 것보다 훨씬 밝았고, 어딘지 침착지 못하게 들떠 있었다.

궁상맞고 우울하게 가라앉아 있지 않아 훨씬 다행스러웠음에도 불구하고 나는 형언할 수 없는 슬픔을 느꼈다.

양로원에 크리스마스가 다가오고 있었다. 복도의 크리스마스트리에선 오색 전구가 깜빡이고 있었고, 어떤 노인은 버선 속에 하나 가득 알사탕을 감추고 있었다.

"더도 말고 덜도 말고 매일매일 크리스마스만 같았으면 좋겠어."

망령기가 있는지 유아 같은 표정의 노인이 유아처럼 분홍빛 잇몸만으로 활짝 웃으며 귓전에 속삭였다.

"더도 말고 덜도 말고 팔월 한가위만 하여라"라는 우리의 옛 속담은 팔월 한가위의 풍요를 말해주기보다는 팔월 한가위를 뺀 날들의 고독을 더 실감나게 말해주고 있었다.

나는 내가 뜻하지 않게 양로원의 문전성시에 끼어든 걸 알

고 부끄러움을 느꼈다. 그러나 크리스마스 외의 계절에 양로
원을 따로 다시 찾을 용기는 좀처럼 나지 않았다.

1년 중 가장 행복한 계절의 양로원도 보기 슬프거늘 아무
도 찾는 이 없는 쓸쓸한 날의 양로원을 어찌 견디랴. 미리 주
눅부터 드니 어쩌랴.

양로원 노인보다 더 슬픈 노인은 나의 어머니다.

하필이면 꼭 내가 전화드려야지 마음먹고 있는 날 아침에
먼저 걸려오는 내 어머니의 목소리처럼 절절하게 슬픈 게 또
있을까? 몸 성하냐, 밥 잘 먹냐, 아이들 학교 잘 다니냐, 이런
세세한 안부 때문에 내가 문안드릴 겨를도 안 주는 어머니의
자상한 목소리처럼 듣기 싫은 게 또 있을까.

그러나 나는, "듣기 싫어, 꺼버려"라고 누구에게 말할 수도
없으니 어쩌랴.

어머니가 내 집에 오셔서 멍하니 창밖을 내다보고 계신 걸
보는 것은 슬프다. 어머니가 보고 계신 건 창밖의 풍경일까?
당신의 지난날 일일까?

창밖의 풍경도 지난날도 하염없이 흐르고 차디찬 죽음의
예감이 우울하게 서린 어머니의 노안은 크나큰 비애다.

나의 어머니가 보기 좋을 적이 전혀 없는 건 아니다. 뭐니
뭐니 해도 행복해 보일 적의 어머니가 제일 보기 좋다.

어머니가 참으로 행복해 보일 적은 입지도 않으실 비단옷을 해갔을 적도 아니고, 용돈을 드렸을 적도 아니고, 고기를 사갔을 적도 아니다.

그런 효도는 평상시의 무관심에 대한 일시적인 보상에 지나지 않는다는 것을 누구보다도 어머니는 잘 알고 계시다. 양로원 노인들이 크리스마스가 1년에 한 번밖에 안 돌아온다는 걸 알고 있듯이.

그래서 그런 일시적이고도 물량적인 효도를 받으실 때의 어머니는 차라리 더 쓸쓸하다. 어머니가 정말 행복해 보일 적은 무릎으로 엉겨드는 증손자를 어루만지실 때다. 그 어린놈은 그 노인의 얼굴이 늙어서 보기 싫다는 것도 그 노인의 위치가 무력하다는 것도 아직 모른다. 따습고 말랑하고 정이 흐르는 손길이 본능적으로 좋아 따르고 있을 뿐이다. 내 어머니뿐 아니라 어떤 노인도 어린 손자와 함께 있을 때 슬프지 않다.

생명이 소멸돼갈 때일수록 막 움튼 생명과 아름답게 어울린다는 건 무슨 조화일까? 생명은 덧없이 소멸되는 게 아니라 영원히 이어진다고 믿고 싶은 마음 때문일까?

이번 겨울엔 내 어머니를 증손자가 무릎으로 엉겨붙는 당신의 집으로 돌아가 계시게 해야겠다.

앓아누운 산

여행을 좋아하는 편이지만 몇 년째 여름 여행은 안 하기로 작정하고 지내왔다. 아이들만 바캉스를 떠나보내고 집을 지키는 호젓하고 한가한 재미에 맛을 들이고 나니 그게 그렇게 좋을 수가 없었다.

우선 서늘하고 쾌적한 밤잠과 낮잠을 위해 삼베 홑청을 뻣뻣하게 풀을 먹여 다려놓고 나서 나는 아이들에게 어서 바캉스를 떠나라고 성화를 한다. 이럴 때 나는 마치 아이들을 내쫓고 혼자만 맛있는 걸 먹으려는 못된 엄마처럼 음흉스러워진다.

그런데 올해는 이렇게 어렵게 얻은 집 보기도 서늘하지 않았고, 아이들이 바캉스를 다녀온 후에도 더위는 가실 줄을 몰랐다. 게다가 아이들의 밤낮을 가리지 않는 올림픽 열기를 따라가기도 힘겨웠다. 나 역시 선전하는 우리 선수에게 격려의 박수도 보내고 싶고 금메달도 좋아하지만 오랜 버릇인 초저녁부터의 숙면과 새벽의 각성과 그때부터 날 밝기까지의 완벽한 고독 또한 사랑하는 걸 어쩌랴. 이런 나의 건강의 리듬을 깨면서까지 열중하기엔 나는 너무 나이를 많이 먹었나보다.

이래저래 집을 떠나고 싶어도 엄두를 못 내고 있던 차에 어느 날 시내로 들어오는 택시 속에서였다. 택시가 남산터널을 지나는데 차가 밀려서 좀처럼 빠져나가질 못했다. 잘 빠질 때도 나는 남산터널이 싫다. 가슴이 답답해지고 사람의 피가 배추벌레의 피로 변한 것처럼 피부가 연두색으로 바래 보일 뿐 아니라 아무리 고운 옷 빛깔도 수의처럼 죽은 색으로 변색한다. 그날의 그 속 더위는 유별났다. 아아, 올여름 나의 더위 중 피크였을 것이다. 눈이 탁하고 무거운 공기가 땀과 범벅이 되어 찐득찐득 눌어붙으면서 정신이 몽롱해졌다. 몽롱한 정신 때문인지 서울이란 도시가 온통 엄청난 인구와 차량이 내뿜는 뜨겁고 탁한 숨결이 모여서 된 두꺼운 지붕을 쓰고 있는 거대한 터널이 아닐까 하는 생각이 들었다. 서둘러 빠져나가 맑은 공기를 쐬지 않으면 미칠 것 같았다. 맑은 공기에 대한 갈증으로 더위 먹은 짐승처럼 헐떡였다.

다음날 덮어놓고 고속버스 표를 샀다. 별다른 여행 계획 없이 될 수 있는 대로 서울에서 멀리 떠날 생각만 했다. 그러나 사전 지식 없이 떠났기 때문에 당도한 곳은 교통이 편한 국립공원일 수밖에 없었다. 첩첩한 산과 짙은 숲이 반가웠다. 물소리가 상쾌한 골짜기에 들어서자 싱그러운 수풀 냄새 대신 불고기 냄새가 진동을 했다. 불고기 굽는 연기가 골짜기에 푸르게 서려 저녁나절의 시골 마을을 연상시켰다.

다행히 숙소는 번거로운 초입에서 한참 올라간 전망 좋고 한적한 곳에 잡을 수가 있었다. 마당엔 분나무가 아이들 몇이서 숨바꼭질을 해도 머리카락 하나 안 보일 만큼 크게 잘 퍼져서, 수백 송이나 되는 노랑꽃 분홍꽃에서 뿜어내는 약간은 촌스러운 향기가 유년기에의 향수를 불러일으켰다. 어렸을 적 우리 시골에선 분꽃이 시계였다. 분꽃이 벌어질 무렵 겉보리 절구질을 시작하면 저녁 짓기에 꼭 알맞다고 했다.

마을엔 통틀어 괘종시계가 딱 하나 있었는데 그나마 늙어서 오락가락했다. 사람들은 시계 없이도 자연이나 자신의 감각을 통해 시간을 잘 맞췄다. 그래도 귀한 손자를 본 노인은 밤중에도 시계 있는 집 문을 두드려 정확한 생시를 알려고 했기 때문에 마을 사람들 누구나 그 늙은 시계를 귀물처럼 아꼈다.

밤엔 밖이 소란스러웠다. 밤이 깊을수록 소란이 더해서 도무지 잠을 이룰 수가 없었다. 전전반측 뒤척이다못해 잠 좀 자게 해달라고 부탁을 할까 하고 나가보았더니 거기서도 올림픽 열기였다. 마루에 컬러 TV를 놓고 마당에 대나무 평상을 잇대놓고 숙소에 든 손님들과 종업원들이 함께 어울려 열띤 응원을 하고 있었다. 그건 단순한 열광이 아니라 열렬한 애국이었다. 그들의 애국에 비하면 나의 설친 잠은 너무도 하찮은 것이었으므로 조용히 내 방으로 물러났다.

다음날 산을 오르면서 보니 겹겹이 사람이요, 첩첩이 쓰레기였다. 산은 사람과 도시의 쓰레기에 시달리다못해 앓고 있는 것처럼 보였다. 도시의 쓰레기로 들이 피폐하고 산이 의연한 기상과 정기를 잃으면 장차 어떻게 일용할 양식을 얻을 수 있으며 어떻게 늠름한 건아인들 키울 수 있겠는가. 들을 기름지게, 산을 청청하게, 나무들을 정정하게, 시냇물에선 물고기가 놀게, 숲에선 새들과 풀벌레들이 노래 부르게 우리 국토의 건강을 지켜주는 일이야말로 화끈할 것 없지만 정말 해야 할 나라 사랑이란 생각이 절절해지는 여행이었다.

친절도 절약

바깥날이 부쩍 더워지고부터 아이들은 도무지 집에 있으려고 하지 않는다. 제 엄마를 졸라서 외가로 나들이 온 외손자는 또 외할머니를 밖으로 끌어낸다.

봄볕엔 며느리를 내놓고, 가을볕엔 딸을 내놓는다던가. 딸을 조금이라도 쉬게 할 양으로 외손자를 데리고 밖으로 나와 아이의 발길 가는 대로 따라다니다보면 10리 길은 보통이다. 외할머니 노릇도 결코 쉬운 노릇은 아니다.

그러나 이 마냥 길고 밝고 아름다운 봄날에 정처 없이 아이를 따라다니는 것만큼 할 만한 일도 없다. 아이는 나에게 봄볕을 실컷 쐬게 해줄 뿐 아니라 끊임없이 말을 하게 하고 문득문득 깜짝 놀라게 하고 잠시도 긴장을 풀지 못하게 한다.

아이가 가장 많이 시키는 말은 "할머니 이게 뭐예요?"다. 다만 세 살을 넘긴 지 얼마 안 되는 아이지만 "이게 뭔가?" 속에 담긴 궁금증은 비단 그 대상의 이름만은 아닌 것 같다. "이게 뭐예요?" "십자매." "이건 뭐예요?" "병아리." "십자매가 뭐예요?" 이렇게 되물을 적이 종종 있는 걸 보면 아이는 그 처음 본 것의 이름을 안 것만으로는 채워지지 않는 지적 호기심을 갖기 시작했는지도 모른다. 그러나 나는 이름을 다 가르쳐주기만도 벅찰 적이 많다. 파는 물건엔 다 이름이 붙어 있어서 가르쳐주기에 별 불편이 없지만 나무나 풀의 이름을 물어볼 때는 영 자신이 없다.

심심산천이나 풍토가 다른 타향도 아닌 그렇고 그런 나무와 잔디로 가꾸어놓은 단지 내 녹지대나 인근의 놀이터, 공원 등에서 줄곧 봐온 나무나 화초들의 이름을 반도 제대로 알고 있지 못하는 나의 무식함이 아이 앞에 부끄러워 쩔쩔매게 된다.

어릴 때 뛰어놀던 고향의 동산을 떠올릴 적마다 같이 놀던 친구의 이름과 함께 감미로운 그리움으로 떠오르는 들풀과 산나물의 이름을 빼놓을 수가 없다. 둥글레, 삽주, 쑥, 무릇, 싱아, 뻐꾹채, 처녀곰방대, 곰취, 참두릅, 칡뿌리, 원추리…… 이런 이름에 대한 애정이 없다면 고향 동산에 대한 향수도 있을 것 같지가 않다. 이름이 생각나지 않는 옛 친구는 이미 그립지도 않다.

아이가 어른 된 후 도시 속의 작은 녹지대를 그리운 고향 동산으로 기억해주길 바란다는 건 억지스런 발상인지도 모르겠다. 그러나 아이의 유년 시기에 한두 그루의 잊을 수 없는 나무나 그리운 몇 포기의 들풀이라도 심어주고 싶은 건 각박한 도시 공간일수록 반드시 녹지대가 있어야 하는 까닭과도 통하리라. 내가 아이에게 나무나 풀의 이름을 제대로 가르쳐주고 싶은 것도 벌써부터 자연공부를 시켜보겠다는 게 아니라 자연에 대한 애정과 관심을 일깨워주고 싶어서이다.

식목일을 전후해서 아이와 내가 잘 다니는 산책로 주변에도 새로 나무들이 많이 심어졌다. 목련, 벚나무 등 이미 꽃이 활짝 핀 나무를 심기 위해 한꺼번에 갖다 쌓아놓은 광경은 왠지 무참해 보였다. 뿌리가 있는 나무라기보다는 꽃 가장귀를 함부로 꺾어서 쌓아놓은 것처럼 보였다. 나무들은 심자마자 휴지 쪽이 휘날리는 것처럼 삭막한 낙화가 시작되었다.

또 새순이 돋기까지는 아직 아직 먼 것처럼 보이는 나무도 여러 그루 심어졌다. 가장귀 뻗은 거 하며, 든든한 줄기 하며 보기에 매우 의젓해 값비싼 나무 같았으나 무슨 나무인지는 알 수 없었다. 그렇게 눈에 띄게 잘생긴 나무는 하나같이 휜

나무 기둥이 옆에 서 있어서 다행스러웠다. 국민학교가 가까워 우리뿐 아니라 아이들의 왕래가 빈번한 길가니 귀한 나무엔 이름을 알 수 있도록 푯말을 달아놓은 건 꼭 필요한 일로 생각된다.

나는 아이의 "이게 뭐냐?"는 질문에 대답하기 위해 그 기둥의 글씨를 큰 소리로 읽었다. 그러나 기둥에 써 있는 건 나무 이름이 아니라 사람의 이름이었다. 어쩐지 푯말치곤 너무 눈에 거슬리게 큰 기둥이다 싶었는데 그 나무를 기증한 사람이 누구고 지금 어떤 지위에 있다는 것만 밝혀놓았을 뿐 나무 이름은 없었다. 기증한 나무보다 훨씬 눈에 띄게 선명한 흰빛으로 쭉쭉 뻗은 나무 기둥들이 하나같이 그랬다. 이왕 그렇게 자세히 밝힐 바엔 무슨 나무를 기증한다고 나무 이름도 밝혔으면 좋았으련만.

그 기증자가 그 앞을 지나는 아이들이 어른이 될 때까지 길이길이 덕을 기리며 바라볼 만큼 자신의 명성과 덕망에 자신이 있지 않는 한 그의 이름은 빼고 나무만 기증했더라면 더 좋았으련만. 그러나 그 나무 기둥도 세월이 흐를수록 비바람에 씻겨 글씨는 희미해지고 몰골도 누추해지련만 나무는 세월이 갈수록 잎과 가장귀가 새롭고 무성해질 생각을 하면 그런 일에 분개하는 게 오히려 쑥스러워진다. 아이는 "이게 뭐냐?"고 끊임없이 물을 뿐만 아니라 끊임없이 제 또래의 흉내를 내고 싶어하고, 남이 가진 걸 갖고 싶어하고 남의 말씨와 행동을 닮으려든다.

중고등학교엔 제복이 없어졌다지만 어린 아이들에겐 요새 도리어 제복 비슷한 게 생겨 끼리끼리 친교인지, 소속감인지 그런 걸 느끼는 모양이다. 다름아닌 프로야구의 회원이 되면 같은 옷이나 가방 따위를 선물로 받게 되는데 프로야구가 뭔지 모를 때부터 큰 아이들이 입고 으스대며 다니는 특정의 점퍼나 티셔츠를 입고 싶어한다. 아이들의 이런 추종심리에 어떻게 대처해야 할 것인가는 쉽지가 않다. 추종심리는 어려서 뿌리 뽑아야 할 것 같기도 하지만 그 또래의 소속감이란 것도 존중해줘야 할 것 같다.

남이 다 입는 점퍼 하나 때문에 어린것을 소외감 느끼게 하고 싶지 않아 그걸 하나 얻어 입히려면 그 수속이 여간 까다롭지가 않다. 우선 소정의 입회비를 내고 회원이 된 후 지정된 날짜에 지정한 장소로 그걸 타러 가야 한다. 그 야구팀이 좋아서 회원이 된 건지, 그 옷이 좋아서 회원이 된 건지 모르게 옷 타러 오라는 날을 손꼽아 기다려 아이와 함께 지정된 장소에 갔다. 일요일이었지만 다른 가게는 다 열렸는데 그 가게만 닫혀 있었다. 그렇지만 일요일이라는 걸로 약속을 어긴

게 별로 불쾌하지 않았다. 하루를 더 기다려 월요일에 갔더니 선물이 준비돼 있어 주긴 주는데 약속을 어긴 데 대한 사과의 말은커녕 그 태도가 그렇게 불친절할 수가 없었다. 약속된 푸짐한 선물이라는 게 실은 회비에 해당하는 값어치련만 거저 베푸는 것처럼 오만불손하고 구박이 자심하다. 어제 일에 대해서 넌지시 한마디하려 했더니 그 말대꾸라는 게 꼭 얻어먹는 주제에 더운밥 식은밥 가리는 거지한테 하듯 한다. 나는 그만 빤히 쳐다보는 아이의 눈이 부끄러워 얼른 그곳에서 물러나고 말았다. 실상 여지껏 살아온 연륜이란 게 일상적으로 당하는 그런 부당한 박해의 퇴적이라고 해도 과언이 아니건만 그때는 그게 그렇게 부끄러웠다. 상대방과 나를 싸잡아 아이의 눈으로 바라볼 수 있었기 때문일 게다.

흔히 우리의 불친절을 개탄할 때마다 88올림픽이 들먹여지고 그때 외국인한테 부끄러울 것을 근심한다.

그러나 나는 내 손자한테 부끄러운 게 더 싫다. 격렬한 분노마저 느낀다. 1988년에 외국인한테 불친절할까봐 걱정하는 일은 접어둬도 될 것 같다. 가난한 집에서 먼 훗날 올 귀한 손님을 위해 제 식구는 안 먹고, 안 쓰고 좋은 것을 아껴두듯이 지금부터 우린 열심히 친절을 절약하고 있으니까.

이웃과 동족을 상습적으로 불행하게 하다가 갑자기 남의

나라 사람을 행복하게 할 수 있을까? 만일 그럴 수 있다면 그건 얼마나 징그러운 허위일까? 집에서 형제간에 불화한 사람이 밖에 나가 남에게서 얻는 인심은 일단 그 진실성을 의심할 수밖에 없다. 이제 우린 손님 보기에 부끄러운 짓에만 신경을 쓸 게 아니라 우리 아이들 보기에 부끄러운 짓을 다 조심해야 할 것 같다. 손님은 다녀가지만 아이들은 자라고 계승한다.

집안 식구끼리 화목하면 손님은 저절로 편안하게 마련이다.

팁에 대해

가끔 식구들이 함께 여행을 떠날 적이 있다. '가족여행' 하면 남 듣기엔 즐겁게 들릴지 모르지만, 남하고의 여행보다 더 신경이 써지고 까딱 잘못하다가 싸움까지 하고 돌아오게 된다.

남이 제멋대로 집 떠난 기분 내는 건 얼마든지 너그럽게 봐주겠는데 제 식구가 집 떠나서 방만해진 모습이나 다양해진 욕구는 서로 용납하려들지 않기 때문이다. 또 여행 떠나기 전에 가슴이 울렁이는 건 새로운 풍경이나 풍속에 대한 동경보다도 가족으로부터의 해방감과 새로운 만남에 대한 은근한 기대 때문이겠는데 가족여행은 처음부터 그런 기쁨은 단념하고 시작해야 한다.

그런 줄 뻔히 알면서도 1년에 서너 번 정도는 가족여행을 꾀하는 것은, 아이들이 다 자라 식구가 어른으로만 구성되고 보니 제각기 바빠 좀처럼 한자리에 모여 곰곰 얼굴을 바라볼 새도 없어서인 것 같다. 그래서 서로 어려운 시간을 내서 집 밖을 한차례 똘똘 뭉쳐 돌아다니는 걸로 단합 대회라도 치른 것 같은 기분을 낸다고나 할까.

특히 엄마로서의 나는 군중 속에서 본, 또는 낯선 고장에서 본 내 남편, 내 자식이 남보다 유난히 비슬비슬하고 초라해서 가슴에 찡하게 와닿는 데서도 여수旅愁 못지않은 삶의 쓸쓸함을 맛보게 된다.

이번 겨울에도 남해안 쪽으로 그런 싱겁고도 별난 가족여행을 다녀왔다. 의견 충돌은 떠나기 전부터 시작됐다.

남자들은 취사도구와 반찬거리를 장만해가지고 다니면서 밥을 지어 먹기를 원했고, 여자들은 집 떠난 김에 근사한 호텔에서 잠자고 그 지방의 별미를 맛보며 취사를 위해선 손끝 하나 까딱하지 않기를 원했다. 집밖에서나마 잠시 무엇을 해 먹을까와 설거지에서 해방되고 싶은 건 누구보다도 여자 쪽의 우두머리인 나의 간절한 소망이었다. 결국 남자들이 양보해서 우리 식구는 여비만 갖고 훨훨 집을 나섰다.

난동暖冬의 남해는 봄날의 오수처럼 잔잔하고 꼬박꼬박 졸고 싶게 따분하기도 했다. 부산에서 '엔젤호'를 타고 도착한 C항의 관광호텔은 그 고장의 절경을 독차지한 듯 넓고 아름다운 환경에 훌륭한 시설을 갖춘 일급의 호텔이었다. 우린 짐이 없었기 때문에 숙박 절차를 치르고 키만 받기를 원했지만 친절한 웨이터는 부득부득 내 핸드백을 받아들고 앞장서면서 우리가 들려는 방이 일출과 일몰을 다 볼 수 있는 특별한 방임을 자상하게 일러주었다.

방에 들어와서도 난방 밸브를 틀어주고, 통기가 되는 요란한 소리가 날 때까지 확인하면서 시골에서 나와 처음 문화시설을 경험하는 사람에게 하듯이 이것저것 가르쳐도 주고, 주의도 주는 것이었다.

큰 호텔이지만 한겨울이라 손님이 없어 이렇게 가족적으로 대해주는 게 고맙고 마음놓이면서도 나는 내심 심한 갈등에 빠졌다. 팁을 줘야 할 것도 같고 주면 안 될 것 같기도 해서였다. 그의 친절은 거저 받긴 과람한 거였을 뿐 아니라, 그의 표정에는 팁을 바라는 적나라한 무엇인가가 있었다. 또 그런 호텔급의 숙박업소에 들었을 땐 으레 팁을 챙기던 여태까지의 나의 관습도 문제였다. 그런데도 팁을 선뜻 내줄 수 없었던 것은 집 떠나기 얼마 전 신문이나 TV를 통해 본 전국 관광업소의 팁 안 받기 운동 때문이었다.

특히 TV를 통해 본, 외국 관광객이 내미는 팁을 정중하게 사절하면서 봉사료는 계산서에 포함돼 있다고 말하는 미소 띤 종업원의 얼굴은 인상적이었다. 당국은 외국 손님이 급격히 늘어날 88올림픽 연도를 겨냥하고 팁 안 받기 운동을 강력하게 추진할 기세였다.

그러나 법은 멀고 웃는 얼굴은 가까운 걸 어쩌랴. 나는 구원을 청하듯 식구들의 표정을 살폈다. 이럴 때 말없이도 의논이 가능한 게 식구들 사이다. 그러나 식구들의 표정 역시 찬반양론으로 갈라져 나의 갈등 해결에 도움이 되지 못했다.

나는 에라 모르겠다, 마치 경범죄 단속 기간에 길바닥에 가래침을 뱉는 것처럼 떳떳지 못한 작은 만용을 부렸다. 훔치는 것처럼 날렵하게 그의 주머니에 돈을 구겨넣었고, 그는 그것을 모르는 것처럼 표정을 바꾸지 않았다.

그가 나간 후, 우리 식구 사이엔 나의 위법행위를 나무라는 소리와 옹호하는 소리로 다시 의견이 엇갈렸다.

나는 내 입장을 변명하기 위해 그런 결의는 외국 관광객을 대상으로 한 거지 내국인은 상관없을 거라고 얼버무렸다.

다음날 아침에 호텔 내부를 돌아보니 여기저기 큰 간판처럼 눈에 띄게 팁을 사절한다고 한글은 물론 일어, 영어로 써 붙인 게 보였다. 팁을 주는 건 종업원의 인격을 모독하는 행위라는 극단적인 단서까지 붙어 있었다.

나는 적이 불쾌해졌다. 내가 남의 인격을 모독한 게 불쾌한 것도 같았고, 몇 푼 돈에 인격을 모독당하기를 서슴지 않은 종업원이 불쾌한 것도 같았고, 그런 유의 결의나 규제란 그걸 소리 높이 부르짖던 입에 침도 마르기 전에 얼마나 쉽게 무화되나, 그 무화의 과정에 우리는 얼마나 무심히 동참하나를 생생히 체험한 게 불쾌한 것도 같았다.

저렇게까지 써붙여놓았으니 우리끼리는 그것을 흐지부지할 수 있어도 외국 관광객에겐 설마 못 그러겠지, 눙쳐서 생각해보기도 했다. 외국인, 특히 키 크고 피부가 흰 외국인과 상대할 땐 유난히 예절 바르고자, 약속이나 법을 지키고자 온 신경을 곤두세우는 게 우리의 체질이니만큼 그런 상상은 얼마든지 가능했다. 그래도 불쾌하긴 마찬가지였다. 우리끼리 팁을 안 받으면 몰라도 왜 외국인에게 팁을 안 받느냐 말이다.

외국 나가는 우리나라 사람 중 헬로 소리 한마디 뺑끗할 줄 모르는 사람은 많아도 팁에 대해 모르는 사람은 없으리라. 너무 아는 것이 탈이랄까, 팁이 곧 체면과 관계된다고 생각하고 체면을 실속보다 존중하는 우리의 사고방식이 탈이랄까? 팁 때문에 앉았다 일어설 때마다 신경을 곤두세운 웃지 못할 얘기를 많이 듣는다.

외국의 이름난 갑부보다도 많은 팁을 뿌려 웃음거리가 된

철없는 부자들 얘기는 눈살이나 찌푸리고 들어 넘기면 그만 이지만 허구한 날 햄버거나 굳은 빵으로 끼니를 때우면서도 아침마다 침대 머리에 후한 팁을 내놓는 걸 잊지 않았던 얘기는 차라리 가슴 아프다. 선진 외국의 풍속을 흉내내기란 얼마나 힘겨운가.

그래도 어떻게 하든 흉내를 내려고 애쓰는 게 우리의 슬픈 소심증이다. 그 흔한 '전자 자'는커녕 담배 한 갑 외국 거라곤 안 사들고 표연히 공항을 통과하는 멋진 사람도 아마 이국땅에 몇 푼의 팁은 떨구었으리라.

우린 이렇게 남의 풍속을 흉내내느라 적잖이 애를 써가며, 어색하게 쭈뼛거리면서 오히려 과분한 팁을 떨구고 다니는데, 봉사의 대가를 돈으로 환산하는 일에 일찍부터 익숙해진 그들이 우리 땅에 극히 자연스럽게 떨구는 팁을 굳이 안 받을 건 또 뭐며, 받고도 인격을 모독했다는 누명을 씌울 건 또 뭔가.

언젠가의 전자밥통 소동이 아니더라도 우리가 밖에서 뿌리고 오는 돈과 외국인이 우리나라에 뿌리고 가는 돈이 도무지 수지가 안 맞는다는 건 진작부터 알고 있는 일이니 수지를 맞추기 위해 다방면으로 노력해봄직하다. 그러나 보다 많은 관광객을 유치하고 유치한 관광객에게 좋은 인상을 주기 위한 방안으로 팁 안 받기는 과연 적절할까?

서비스를 무형의 상품으로 생각할 수 있다면 기분 좋게 보다 많은 팁을 내놓을 수 있도록 서비스의 질을 향상시키는 게 마땅할 줄 안다. 이제 거저 주거나 헐값으로 줘도 싼 상품은 그만 만들어야 하는 이치가 서비스에도 통하지 말란 법이 없다.

또 접객업소 종업원에게도 받고 싶은 팁을 안 받는 고역을 치르면서 좋은 봉사를 하기를 가르치기보다는, 비굴하지 않게 최선의 봉사를 하고 떳떳하게 대가를 받는 태도와 팁을 안 주는 손님에게도 안색을 바꾸는 일 없이 대하는 우리의 점잖은 예절을 아울러 겸비하도록 훈련시키는 게 바람직하지 않을까. 실속을 위해서도 체면을 위해서도 말이다.

나는 왜 작은 일에만 분개하는가

> 모래야 나는 얼마큼 적으냐
> 바람아 먼지야 풀아 나는 얼마큼 적으냐
> 정말 얼마큼 적으냐……
> ─김수영

한창 기억력이 좋을 나이엔 백 수 가까운 시를 외고 있었다. 주로 김소월·박인환 등의 시와 번역시도 꽤 포함돼 있었다. 시의 독특한 운율과 멋있는 구절에 대한 그 나이 독특한 감수성 때문에 그럴 수 있었을 뿐이지, 시의 참맛에 대해 뭘 좀 알고 있었던 것 같진 않다. 또 그럴 나이도 아니었다. 얼마 전 책을 정리하다가 『해방전후시인선집解放前後詩人選集』인가 하는 데서 박인환의 시를 다시 읽어볼 기회가 있었는데 전혀 이해할 수가 없었다. 더군다나 멋있는 구절에 대한 감수성마저 둔화되고 보니 한때 그 시를 욀 수 있었던 게 신기하게 느껴질 지경이었다.

지금은 외고 있는 시가 거의 없다. 김소월의 시 서너 수 정

도를 완전히 욀 수 있을 정도다. 이것들이나마 아마 곧 잊힐
것이다. 자주 떠올리지 않으므로.

이런 이른바 애송시와는 상관없이 나의 일상에 자주 떠오
르는 시가 있다. 떠오른다기보다는 가로걸린다고 하는 표현
이 더 적절할지도 모르겠다. 시라는 그 고상한 게 남의 구질
구질한 일상을 간섭하는 것도 뭣한데 더군다나 문지방처럼
가로걸려서야 시의 품위에 관한 문제이기보다는 차라리 나
자신의 품위에 관한 문제로 돌리고 싶다.

김수영의 시에 이렇게 시작되는 시가 있다.

　왜 나는 조그마한 일에만 분개하는가
　(……)
　50원짜리 갈비가 기름 덩어리만 나왔다고 분개하고
　　옹졸하게 분개하고 설렁탕집 돼지 같은 주인년한테 욕
을 하고
　　옹졸하게 욕을 하고

「어느 날 고궁古宮을 나오면서」라는 시는 이렇게 시작되고
내가 욀 수 있는 것도 거기까지다. 중간은 욀다기보다는 이야
기의 줄거리처럼 대강대강 기억하고 있고 건너뛰어서 마지막

구절을 외고 있다.

> 모래야 나는 얼마큼 적으냐
> 바람아 먼지야 풀아 나는 얼마큼 적으냐
> 정말 얼마큼 적으냐……

「어느 날 고궁을 나오면서」는 이렇게 끝나고 있다.

김수영의 시는 감수성도 기억력도 한창 쇠퇴해갈 나이에 접했건만 「꽃잎」 등 몇 수는 거의 완전히 욀 수가 있는 건 이상한 일이다. 그러나 「어느 날 고궁을 나오면서」는 이렇게 잘 외지는 김수영의 시에도 포함되지 않는다. 물론 나는 이 시가 김수영의 여러 시 중에서 잘된 시인지 그저 그런 시인지 잘 모르겠다. 더 솔직히 말한다면 김수영이란 시인이 훌륭한 시인인지 그저 그런 시인인지도 잘 모르겠다.

다만 "왜 나는 조그마한 일에만 분개하는가"로 시작되는 그의 시를 통해 그를 나와 매우 친했던, 서로 약점까지 속속들이 알아서 점잖고 싶을 땐 슬쩍 피하고 싶게 친했던 사람처럼 착각하고 있을 뿐이다.

나야말로 얼마나 하찮은 일에만 분개하는가. 고작 불쌍한 안내양한테 분개하고, 1백20원짜리 연탄이 80원짜리 연탄보다 화력이 약하다고 분개하고, 동평화시장에서 산 홈웨어에 달린 열 개의 단추가 하나도 안 빼고 차례차례 모조리 떨어 져서 다시 달고 나서 분개하고, 객식구가 비싼 참기름을 헤프 게 썼다고 분개하고 일기예보가 안 맞아서 분개하고, 꿀 같은 낮잠을 깨운 불청 방문객들을 증오한다. 고작 그 정도가 나의 분개의 분수이다. 그 정도의 분개의 경력을 가지고 엉뚱하게 도 정의파를 자처하고 싶을 때마다 이 시구가 떠오르면서 나 는 그만 못된 짓을 하다가 들킨 것처럼 움찔하고 만다. 그렇 다고 그 시구가 주는 게 준엄한 경고나 가차없는 비난이란 소 리가 아니다. 냉소적인 것 같으면서도 따뜻한 연민—그건 필 시 시인의 자신에 대한 연민이었으련만 그것이 읽는 사람까 지를 비웃는 듯 위로한다. 마치 동병상련처럼.

그러나 하나의 작품을 완성하고 나서 떠오르는 이 시구는 나를 참담하게 낭패시키고 만다. 젖 빨던 시절로부터 축적한 용기에다가 뱀의 지혜까지를 빌려다 자신 있게 완성한 작품 이 실은 "…… 50원짜리 갈비가 기름 덩어리만 나왔다고 분 개하"는 나의 일상의 옹졸한 분개의 한도에서 한 발자국도 못 벗어나 있다는 걸 깨닫게 해주기 때문이다.

그럴 때 나는 애꿎은 연탄재나 힘껏 쓰레기통에 밀어 부딪 쳐본다. 그리고 그 분분한 먼지 속에서 중얼거린다.

모래야 나는 얼마큼 적으냐

바람아 먼지야 풀아 나는 얼마큼 적으냐

정말 얼마큼 적으냐……

참으로 자신과, 자신의 분노와, 자신의 작품이 하찮게 느껴
진다.

그렇다고 새해의 소망을 내 분개가 큰 것에 미치도록 크게
해달라고 빌진 않겠다. 더군다나 분개로부터 아주 벗어나게
해달라고 빌지도 않겠다. 어쩌면 나는 하찮은 일에나마 분개
하지 않을진대 차라리 나를 죽게 하옵소서, 라고 빌고 싶은지
도 모르겠다.

하늘의 무지개를 볼 적마다 가슴이 뛰노는 일이 어렸을 적
부터 어른 된 지금까지 변함이 없는데 만약 그렇지 않게 될진
대 차라리 죽게 해달라고 빈 워즈워스의 소망에 비해 그건 너
무도 삭막하고 비시적非詩的인 소망이다. 그런 걸 모르진 않
더라도 어쩌랴. 한번 정정당당하게 분개하지 못하고 그걸 비
켜나서 하찮은 일에 속을 끓이는 옹졸함과 비굴함이 오직 내
가 설 수 있는 떳떳한 자리의 말석에서의 일이니 어쩌라. 이
건 역설도 아니고 말장난도 아닌 곧이곧대로의 고백이다.

그래서 내가 「어느 날 고궁을 나오면서」를 정말로 좋아하는 까닭은 그 첫 구절에 있지도 않고 마지막 구절에도 있지 않다. 실은 중간쯤에 있는,

떨어지는 은행나무 잎도 내가 밟고 가는 가시밭

이 구절 때문에 그 시가 좋다. 그 구절엔 옹졸함에 대한, 비굴함에 대한 한결같은 자조와 연민에 문득 떳떳한 긍지 같은 게 드러나 보여서다.

그러나 보다 자주 처음 구절을 떠올리면서 나는 내 일상을 산다.

1931년   10월 20일 경기도 개풍군 청교면 묵송리 박적골에서 출생.
          아버지 박영노朴泳魯, 어머니 홍기숙洪己宿. 열 살 위인 오빠
          있음.

1934년   아버지 별세. 어머니는 오빠만 데리고 서울로 떠남. 조부모
          와 숙부모 밑에서 어린 시절을 보냄.

1938년   서울로 와서 살게 됨. 매동국민학교 입학.

1944년   숙명여고 입학.

1945년   소개령疎開令이 내려져 개성으로 이사, 호수돈여고로 전학.
          고향에서 해방을 맞음. 서울로 와 학교를 계속 다님. 여중
          5학년 때 담임을 맡은 소설가 박노갑 선생에게서 많은 영
          향을 받음.

1950년   서울대학교 문리대 국문과 입학. 6월 초순에 입학식이 있
          어서 학교를 다닌 기간은 며칠 되지 않음. 전쟁으로 오빠와
          숙부가 죽고 대가족의 생계를 책임지게 됨. 미군 부대에 취
          직, 미8군 PX(동화백화점, 곧 지금의 신세계백화점 자리)의
          초상화부에 근무. 거기서 박수근 화백을 알게 됨.

1953년   호영진屬榮鎭과 결혼, 이후 1남 4녀의 자녀를 둠(1954년 원
          숙, 1955년 원순, 1958년 원경, 1960년 원균, 1963년 원태).

1970년   「나목」으로 『여성동아』 여류장편소설 공모에 당선.

1975년   남편이 사기사건에 연루되어 옥바라지를 함. 「도시의 흉
        년」을 『문학사상』에 연재.

1976년   첫 창작집 『부끄러움을 가르칩니다』(일지사) 출간. 「휘청거
        리는 오후」를 동아일보에 연재.

1977년   남편의 옥바라지 체험을 바탕으로 전해에 발표했던 단편
        「조그만 체험기」에 얽힌 기사가 일간지에 실렸는데, 개인
        의 명예를 생각하지 않고 검찰측의 입장만 밝혀서 문제가
        됨. 『휘청거리는 오후』(창작과비평사, 전2권), 중편집 『창 밖
        은 봄』(열화당), 산문집 『꼴찌에게 보내는 갈채』(평민사),
        『혼자 부르는 합창』(진문출판사) 출간.

1978년   창작집 『배반의 여름』(창작과비평사), 장편 『목마른 계절』
        (원제 『한발기』, 수문서관), 산문집 『여자와 남자가 있는 풍
        경』(한길사) 출간.

1979년   『도시의 흉년』 완간(문학사상사, 전3권), 『욕망의 응달』(수
        문서관. 이 책은 1985년 같은 출판사에서 『인간의 꽃』으로,
        1989년 원제대로 우리문학사에서 재출간), 창작동화 『달걀은
        달걀로 갚으렴』 출간(샘터, 『마지막 임금님』으로 재출간).

1980년   「그 가을의 사흘 동안」으로 한국문학작가상 수상. 전해부
        터 동아일보에 연재했던 『살아 있는 날의 시작』(전예원) 출
        간. 「오만과 몽상」을 『한국문학』에 연재.

1981년   「엄마의 말뚝 2」로 제5회 이상문학상 수상. 제5회 이상문
        학상 수상작품집 『엄마의 말뚝 2』 출간. 『도둑맞은 가난』
        (민음사, 「나목」이 재수록되어 있음), 콩트집 『이민가는 맷

돌』(심설당) 출간. 20년간 살던 보문동 한옥을 떠나 강남의
아파트로 이사.

1982년 10월, 11월 문공부 주최 문인해외연수에 참가하여 유럽과
인도를 다녀옴. 단편집 『엄마의 말뚝』(일월서각), 장편 『오
만과 몽상』(한국문학사, 1985년 고려원에서 재출간), 산문집
『살아 있는 날의 소망』(주우) 출간. 「그해 겨울은 따뜻했네」
를 한국일보에 연재.

1984년 7월 1일 영세 받음. 풍자소설집 『서울 사람들』(글수레) 출간.

1985년 11월에 '일본 국제기금재단'의 초청으로 일본을 여행함. 장
편 『서 있는 여자』(학원사, 『떠도는 결혼』과 동일 작품), 작품
선집 『그 가을의 사흘 동안』(나남) 출간.

1986년 산문집 『서 있는 여자의 갈등』(나남), 창작집 『꽃을 찾아서』
(창작사, 1982년에서 1986년 사이에 창작한 중·단편을 수록)
출간.

1988년 남편과 아들을 연이어 잃음. 서울을 떠나는 일이 많아짐.
미국 여행을 다녀옴. 『문학사상』에 연재하던 「미망」을 10월
부터 다음해 6월까지 쉼.

1989년 「그대 아직도 꿈꾸고 있는가」를 여성신문에 연재. 장편 『그
대 아직도 꿈꾸고 있는가』(삼진기획) 출간.

1990년 『미망』(문학사상사, 전3권) 출간. 이 작품으로 대한민국문학
상 우수상을 수상. 산문집 『나는 왜 작은 일에만 분개하는
가』(햇빛출판사) 출간. 『그대 아직도 꿈꾸고 있는가』의 성
공으로 출판사 주최 성지순례 해외여행을 다녀옴.

1991년   회갑 기념 소설집『저문 날의 삽화』(문학과지성사), 콩트집
        『나의 아름다운 이웃』(작가정신) 출간. 장편『미망』으로
        제3회 이산문학상 수상 .

1992년   『그 많던 싱아는 누가 다 먹었을까』(웅진출판사),『박완서
        문학앨범』(웅진출판사) 출간.

1993년   「꿈꾸는 인큐베이터」(『현대문학』1월호)로 제38회 현대문
        학상 수상. 제38회 현대문학상 수상작품집『꿈꾸는 인큐베
        이터』(현대문학사) 출간. 제19회 중앙문화대상(예술 부문)
        수상. 장편『휘청거리는 오후』를 제1권으로『박완서 소설
        전집』(세계사) 출간 시작. 소설전집 제2·3·4·5권으로 장
        편『도시의 흉년』(상·하),『살아 있는 날의 시작』『욕망의
        응달』출간.

1994년   「나의 가장 나종 지니인 것」(『상상』창간호, 1993)으로 제25회
        동인문학상 수상. 제25회 동인문학상 수상작품집『나의 가
        장 나종 지니인 것』(조선일보사), 창작집『한 말씀만 하소
        서』(솔), 창작동화『부숭이의 땅힘』(한양출판사), 소설전집
        제6·7·8·9권으로 장편『목마른 계절』, 소설집『엄마의 말
        뚝』, 장편『오만과 몽상』『그해 겨울은 따뜻했네』출간.

1995년   장편『그 산이 정말 거기 있었을까』(웅진출판사), 산문집
        『한 길 사람 속』(작가정신) 출간.「환각의 나비」(『문학동네』
        봄호)로 제1회 한무숙문학상 수상. 소설전집 제10·11권으
        로 장편『나목』『서 있는 여자』출간.

1996년   소설전집 제12·13권으로 장편『미망』(상·하) 출간.

1997년   티베트, 네팔 여행기 『모독冒瀆』(학고재), 동화집 『속삭임』
         (샘터) 출간. 장편 『그 산이 정말 거기 있었을까』로 제5회
         대산문학상 수상.

1998년   산문집 『어른 노릇 사람 노릇』(작가정신) 출간. 보관문화훈
         장(문화관광부) 받음. 소설집 『너무도 쓸쓸한 당신』(창작과
         비평사) 출간.

1999년   묵상집 『님이여, 그 숲을 떠나지 마오』(여백) 출간. 『너무도
         쓸쓸한 당신』으로 제14회 만해문학상 수상. 『박완서 단편
         소설 전집』(문학동네, 전5권) 출간.

2000년   장편소설 『아주 오래된 농담』(실천문학사) 출간. 제14회 인
         촌상 수상.

2001년   단편소설 「그리움을 위하여」로 제1회 황순원문학상 수상.

2005년   기행산문집 『잃어버린 여행가방』(실천문학사) 출간.

2006년   『박완서 단편소설 전집』 개정판(문학동네, 전6권) 출간. 서울
         대학교 명예문학박사학위 수여. 제16회 호암상 예술상 수상.

2007년   산문집 『호미』(열림원), 소설집 『친절한 복희씨』(문학과지
         성사) 출간.

2009년   『세 가지 소원』(마음산책), 『이 세상에 태어나길 참 잘했다』
         (어린이작가정신) 출간. 『문학동네』 가을호에 단편소설 「빨
         갱이 바이러스」 발표.

2010년   산문집 『못 가본 길이 더 아름답다』(현대문학) 출간.

2011년   1월 22일, 담낭암 투병중 향년 81세를 일기로 별세. 1월
         24일, 정부로부터 '금관문화훈장'을 추서받았다.

2012년	산문집 『세상에 예쁜 것』(마음산책), 소설집 『기나긴 하루』(문학동네) 출간.
2013년	『박완서 단편소설 전집』 개정판(문학동네, 전7권) 출간. 짧은 소설집 『노란집』(열림원) 출간.
2014년	티베트, 네팔 여행기 『모독』, 산문집 『호미』 개정판(열림원) 출간. 그림동화 『엄마 아빠 기다리신다』(어린이작가정신) 출간.
2015년	『박완서 산문집』(문학동네, 전7권), 그림동화 『이 세상에서 제일 예쁜 못난이』(어린이작가정신), 『7년 동안의 잠』(어린이작가정신) 출간.
2016년	대담집 『우리가 참 아끼던 사람』(달) 출간.
2017년	소설집 『꿈을 찍는 사진사』(열림원), 그림동화 『노인과 소년』(어린이작가정신) 출간.
2018년	박완서 산문집 『한 길 사람 속』 『나를 닮은 목소리로』(문학동네), 대담집 『박완서의 말』(마음산책) 출간.
2020년	『프롤로그 에필로그 박완서의 모든 책』(작가정신) 출간.

박완서(1931~2011)

1931년 경기도 개풍 출생. 1970년 불혹의 나이에 『나목裸木』으로 『여성동아』 장편소설 공모에 당선되어 문단에 나온 이래 2011년 영면에 들기까지 40여 년간 수많은 걸작들을 선보였다. 『부끄러움을 가르칩니다』 『배반의 여름』 『엄마의 말뚝』 『그해 겨울은 따뜻했네』 『그 많던 싱아는 누가 다 먹었을까』 『그 산이 정말 거기 있었을까』 『친절한 복희씨』 『기나긴 하루』 등 다수의 작품이 있고, 한국문학작가상 이상문학상 대한민국문학상 이산문학상 중앙문화대상 현대문학상 동인문학상 한무숙문학상 대산문학상 만해문학상 인촌상 황순원문학상 호암상 등을 수상했다. 2006년, 서울대 명예문학박사학위를 받았다.

박완서 산문집 5

지금은 행복한 시간인가
ⓒ 박완서 2015

1판 1쇄 2015년 1월 20일
1판 6쇄 2022년 8월 12일

지은이 박완서
책임편집 김필균 | 편집 곽유경 김형균 이경록 | 디자인 김현우 유현아
마케팅 정민호 이숙재 박치우 한민아 이민경 박지영 안남영 김수현 정경주
브랜딩 함유지 함근아 김희숙 박민재 박진희 정승민
제작 강신은 김동욱 임현식 | 제작처 한영문화사(인쇄) 경일제책사(제본)

펴낸곳 (주)문학동네 | 펴낸이 김소영
출판등록 1993년 10월 22일 제2003-000045호
주소 10881 경기도 파주시 회동길 210
전자우편 editor@munhak.com | 대표전화 031) 955-8888 | 팩스 031) 955-8855
문의전화 031) 955-3578(마케팅) 031) 955-8864(편집)
문학동네카페 http://cafe.naver.com/mhdn
인스타그램 @munhakdongne | 트위터 @munhakdongne
북클럽문학동네 http://bookclubmunhak.com

ISBN 978-89-546-3457-1 04810
　　　 978-89-546-3452-6 (세트)

www.munhak.com